MOSELWUNDER

Viel Spaß beim
Lese

Hannah Corveys

Hannah Corvey stammt aus einem kleinen Ort an der Mosel. Sie studierte Anglistik und Französische Philologie in Trier, absolvierte ein Verlagsvolontariat und promovierte anschließend in Sprach- und Übersetzungswissenschaft. Nach Stationen in Nancy, Frankfurt und München lebt und arbeitet sie seit 2001 in Heidelberg.

HANNAH CORVEY

MOSELWUNDER

Kriminalroman

emons:

Bibliografische Information der Deutschen Nationalbibliothek
Die Deutsche Nationalbibliothek verzeichnet diese Publikation in der Deutschen Nationalbibliografie; detaillierte bibliografische Daten sind im Internet über http://dnb.d-nb.de abrufbar.

MIX
Papier aus verantwortungsvollen Quellen
FSC® C083411

Umschlagmotiv: mauritius images/imageBROKER/
Wolfgang Diederich
Umschlaggestaltung: Nina Schäfer, nach einem Konzept
von Leonardo Magrelli und Nina Schäfer
Umsetzung: Tobias Doetsch
Gestaltung Innenteil: César Satz & Grafik GmbH, Köln
Lektorat: Susann Säuberlich, Neubiberg
Druck und Bindung: CPI – Clausen & Bosse, Leck
Printed in Germany 2019
ISBN 978-3-7408-0536-4
Originalausgabe

Dieser Roman wurde vermittelt durch die
Literarische Agentur Kossack GbR, Hamburg.

Love is in the air.
John Paul Young

Ohne Lockerung des Strangwerkzeugs dauert ein Drosselvorgang mindestens vier bis fünf Minuten. Zu Beginn wird das Atemzentrum massiv gereizt, eine quälende Luftnot tritt ein. Erstickungsangst überwältigt das Opfer, die Atemhilfsmuskulatur spannt sich maximal an – vergeblich. Das Gesicht färbt sich blau.
Nach anderthalb Minuten setzt Bewusstlosigkeit ein, begleitet von Krämpfen. Kot und Urin können abgehen. Der Täter muss weiterdrosseln.
An die Krampfphase schließt sich eine Apnoe an, in der die Atmung ein bis zwei Minuten lang völlig ruht. Der Täter darf nicht nachlassen. Erst die präterminale Schnappatmung läutet den Exitus ein.
Bei unvollständiger Luftabschnürung ziehen sich die einzelnen Phasen deutlich länger hin. Noch eine halbe Stunde nach Pulslosigkeit können im EKG Herzaktionen sichtbar sein.

Ein gieriges Augenpaar flog über den Text. Sehen, was sonst niemand sieht. Den Tod erleben, ihn steuern. Die Faszination des Ultimativen erfahren.

1

Noch vor einem Jahr hätte Georg Reifegerste verständnislos an sich hinuntergesehen. Flache Sache. Flaute im Karton. Mittlerweile war ihm die Angelegenheit bekannt, wenn auch nicht *gut* bekannt. Dass Hella neuerdings ständig diese Countertenöre hörte und den ganzen Abend lang Kastratengejaule durch Georgs Wohnzimmer klang, half nicht unbedingt.

»Ach, Schatz, das macht doch nichts.« Hella zog ihre warme Hand zurück. Immer sagte sie denselben Satz, anfangs verständnisvoll, mittlerweile teilnahmslos.

Sie lupfte den Träger des rosa Seidenhemdchens wieder über ihre Schulter, die eckig gewebte Spitze am Ausschnitt erinnerte Georg an Stahlmatten. Morgen früh wollte er um acht bei Helmut sein.

»Ich möchte gern, dass du zu Hause bist, wenn dein Sohn kommt.« Die Haut über Hellas Oberlippe war knitterig.

Mist, dachte Georg, Adam mitsamt Anhang. Das bei Helmut könnte länger dauern. Sollte es vielleicht sogar.

»Karl und Franz wollen sicher mit ihrem Opa spielen«, fügte Hella an.

Während du mit Olga in der Küche sitzt und Sekt trinkst, dachte Georg.

»Im Ruhestand hast du ja nun mehr Zeit für die beiden.« Hellas Stimme trug ein Fünkchen Schnippigkeit.

Opa, Ruhestand, das macht doch nichts. Gerade kam sich Georg wie ein Tattergreis im Altersheim vor.

»Schlaf gut, mein Lieber.« In der Duftwolke ihrer Hautcreme drehte sich Hella um und zog die Decke hoch bis unter die Achseln. Die Schultern ragten schön gerundet heraus, Hellas aschblondes Haar floss in dicken Strähnen über das Kopfkissen. »Machst du bitte das Licht aus?«

»Ja sicher«, grummelte Georg. Seine Hand tastete nach dem Kippschalter der Nachttischlampe, mit einem Klicken wurde es dunkel. Georg lag auf dem Rücken und starrte gen Zimmerdecke.

Acht fünfzig auf zehn Meter, Ausschachttiefe fünfundvierzig. Helmut brauchte eine neue Mehrzweckhalle, seinem Betrieb ging es offenbar gut. Einer seiner Söhne machte ja auch weiter.

Georgs Sohn dagegen war in die Stadt abgedampft, arbeitete irgendwas mit IT und war mit einer polnischen Ärztin verheiratet, die ihm überdrehte Zwillinge geboren hatte. Adam war nicht danach gewesen, in Georgs Fußstapfen zu treten. Dabei hatte das Bauunternehmen Reifegerste stets schwarze Zahlen geschrieben, es bot eine solide Existenz, gebaut wurde immer. Aber Adam war weich und bequem, seine Mutter hatte ihn hoffnungslos verwöhnt.

In Georgs Bauch gluckerte der Rotwein. Schwerer Bordeaux, eine durchdringende Falsettstimme und Hella, die den gemütlichsten der Wohnzimmersessel besetzte und schmunzelnd »ein richtig gutes Buch« las. So sahen Georgs Abende derzeit aus.

Er drehte sich auf die Seite und zähmte einen gewaltigen Rülpser gerade noch in ein unterdrücktes »Ullppss«. Ein Schluck der Rotweinbrühe floss aus seinem Magen hoch bis in die Kehle, beim Zurücklaufen hinterließ er ein unangenehmes Brennen.

Na super, dachte Georg, kippte seine Beine aus dem Bett und richtete den Oberkörper auf. Die Fußsohlen berührten den Hochflor-Bettvorleger, Hella hatte das Schlafzimmer wie eine Ausstellungsfläche in einem Möbelhaus umgestaltet.

Georg stand auf, er hatte Lust auf ein Bier.

»Musst du noch mal auf Toilette?«, fragte Hella durch das Dunkel des Raums.

Eigentlich liebte er sie. Aber manchmal konnte er sie nicht leiden.

»Nee«, brummte er. »Ich geh kurz runter, was nachgucken.«

Vorsichtig tappte Georg ein paar Schritte bis zur Tür, öffnete sie und trat auf den Flur.

»Bringst du bitte eine Flasche Mineralwasser mit hoch?«, rief ihm Hella hinterher.

»Jaja.«

Georg drückte auf den Lichtschalter, kniff die Augen zusammen und ging auf blanken Sohlen die Holztreppe hinunter. Unten angekommen steuerte er die Küche an. Die gestreifte Schlafanzughose schlackerte um seine Beine. »Mako-Satin«, hatte Hella gesagt. »Georg, du brauchst ein paar gescheite Pyjamas …«

Bei seiner Exfrau Irene hatte er *Schlafanzüge* getragen, mit ausgeleiertem Hosengummi und im Winter aus Frottee.

Zielstrebig öffnete Georg die Kühlschranktür, an der ein Zettel mit Hellas Terminen für die Herzsportgruppe und zwei kritzelige Zeichnungen seiner Enkel hingen.

Das Innenleben des Kühlschranks stand in Reih und Glied da, Georgs Blick flog über Joghurtbecher, Marmeladengläser, Oliven, Frischkäse, saure Gürkchen. Auf dem untersten der Glasböden lagen zwei Flaschen Sekt. Olga war trinkfest. Hella auch. Georg vermutete, dass beide nach drei bis vier Gläsern gemeinsam über Adam herzogen, aber er mischte sich in die Frauengespräche nicht ein.

Ungeduldig öffnete er das Gemüsefach, schob Lauch, Paprika und Kopfsalat beiseite und erspähte eine Flasche Export. Wie einen verschollenen Schatz barg er sie aus dem Grünzeug und hebelte mit einem Öffner den Kronkorken ab. Das Zischen war Musik in seinen Ohren, eine kleine Kohlensäurefahne stieg aus dem Flaschenhals auf. Georg setzte sich an den Küchentisch und trank einen ordentlichen Schluck.

»Aah.« Schnalzend schlug seine Zunge an den Gaumen, das kühle Gebräu tat dem brennenden Hals gut.

Auf der Tischplatte lag Georgs Handy, er griff danach und schaltete es ein. Der Empfang einer neuen Nachricht wurde angezeigt.

»Vielleicht von Helmut«, murmelte er vor sich hin und trank noch einen Schluck. Mit seinem schwieligen Zeigefinger tippte er auf das Briefsymbol, während er das Telefon in ausreichende Entfernung von seinen Augen weghielt.

Irene hatte ihm geschrieben. »Erinnerst du Adam bitte daran, dass er morgen auch bei mir vorbeikommt?«

Natürlich, dachte Georg, der Junge guckt sicher bei seiner Mutter rein. Dabei reichte es Irene völlig, wenn Adam sie besuchte. Georg wusste, dass sie dessen Frau nicht leiden konnte. Wahrscheinlich war Olga ihr zu lebenslustig, damit hatte es Irene nicht so. Und ihre Enkel waren ihr zu wild, von ihrem Geschrei bekam sie Kopfschmerzen.

Einen Moment lang überlegte Georg, ob er seiner Ex antworten sollte. Mit einem Blick auf die große runde Uhr über der Anrichte entschied er sich dagegen. Ein Mann im besten Alter, so wie er, hatte um diese Zeit entweder Spaß oder schlief.

Georg hob die Bierflasche an den Mund und trank. Hoffentlich hielt das Wetter. In strömendem Regen musste er morgen mit dem Ausschachten gar nicht erst anfangen.

Den größten Teil seines Fuhrparks hatte er schon verkauft, aber einen Bagger hatte er behalten, den kleinen *Grundbock*. Damit konnte er gut nebenher noch was machen. Überhaupt war man mit gerade mal Mitte sechzig nicht weg vom Fenster. Georg fühlte sich in vollem Saft und sah auch noch ziemlich passabel aus. *Stattlich*, hatte Irene immer gesagt, Hella sagte eher *attraktiv*, *ein Schnittchen* oder *gut in Schuss* – auch wenn Georg um die Bauchgegend herum etwas stärker geworden war und sein volles Haar grau.

Er stand auf und ging mit der Flasche zur Terrassentür. Ein Blick in den Nachthimmel konnte nicht schaden. Tagsüber war es schwül gewesen und hatte nach Regen gerochen. Georg öffnete die Tür, trat hinaus und atmete tief ein. Es hatte deutlich abgekühlt.

Er schaute in den Garten, der hinter dem Haus lag. Hella konnte dort stundenlang Rosen schneiden, Unkraut jäten und Kräuter hegen und pflegen. Dabei bändigte sie ihr blondes Haar mit einem roten Band, trug geblümte Gartenhandschuhe und strahlte. Wenn Georg sie so sah, fühlte er sich zwanzig Jahre jünger. Und ungefähr hundert Jahre jünger als seinerzeit mit Irene.

Georg beugte sich über das hölzerne Geländer der Veranda. Mit einem Geräusch, das an einen fetten Trompetenfrosch denken ließ, ging ihm ein Wind ab. Er schnüffelte und wich zwei Schritte zur Seite aus.

Gerade hob er die Bierflasche an den Mund, als es metallisch krachte. Er schrak zusammen, seine Hand zuckte. Einen Moment hielt er inne, ließ den Arm sinken und stand reglos da. Wieder krachte es, so als versuche jemand, gegen Metall anzugehen. Ganz in der Nähe. Auf *seinem* Grundstück.

In Georgs Adern pulste Adrenalin, er drehte den Kopf nach rechts, lauschte in die Dunkelheit. Ein leises Quietschen drang zu ihm, es kam aus der Richtung seines gerade erst fertiggestellten Carports.

Vorsichtig stellte Georg die Bierflasche auf dem Geländer ab, zögerte noch ein paar Sekunden und schlich dann barfuß die fünf Stufen der Terrassentreppe hinunter.

Unter der Veranda lagen Latten des alten Gartenzauns, die im nächsten Winter verfeuert werden sollten. Georg bückte sich und griff nach einer. So bewaffnet pirschte er an Hellas Rosenstauden vorbei zur Seite des Hauses, an die Garage und Carport angrenzten. Ein gepflasterter Pfad führte vom Garten aus zu den Anbauten. Der Dreiviertelmond leuchtete vom Nachthimmel und spendete gutes Büchsenlicht.

Mit beiden Händen hielt Georg die Zaunlatte wie einen Baseballschläger quer vor seiner Brust. Etwas stach in seinen Fuß, eine Distel zwängte sich zwischen den Pflastersteinen hervor. Georg schlich weiter, er war nur noch ein paar Meter vom Hintereingang der Garage entfernt.

Im Carport bewegte sich ein Schatten.

»He!«, schrie Georg, ohne nachzudenken. »Was machen Sie da?« Schon stürzte er los. Doch in der Vorwärtsbewegung blieb seine schlackernde Pyjamahose an einem Rosenbusch hängen. Georg strauchelte, ließ die Latte fallen, ruderte mit den Armen verzweifelt nach Gleichgewicht und schlug lang auf die Pflastersteine. »Argh«, entfuhr es ihm, Schmerz funkte durch Handflächen und Knie. »Verdammt!«

So schnell es ging, rappelte er sich hoch. Jemand lief zwischen seinem Grundbock und dem Anhänger aus dem Carport.

»Stehen bleiben!«, schrie Georg und humpelte los, erreichte die mit Lavalit aufgefüllte Drainage, spürte mit dem knirschenden Geräusch unter seiner Fußsohle Stiche wie mit Messerspitzen und sprang hastig zum Betonboden über. An seinem kleinen Bagger vorbei lief er aus dem Carport auf die Straße.

Alles war still, niemand war zu sehen.

In Georgs Kopf rotierte es. Diebe, Einbrecher, Saboteure. Oder wollte sich nur jemand irgendetwas ansehen? Doch wieso dann diese metallischen Geräusche?

Georg ging zu dem Bagger und strich mit der Hand über das knallgelbe Blech. In der Fahrerkabine ragte vor dem Sitz der Steuerknüppel auf, solide und zuverlässig. Die Maschine umwehte ein Duft von Diesel, Schmieröl und Erde – Georgs Lieblingsgeruch, heimelig und vertraut.

Mit Augen und Händen überprüfte er die Fahrerkabine, den Baggerarm und die Ketten. Es schien alles in Ordnung zu sein. Anschließend kontrollierte er den Hänger. Auch daran fiel ihm nichts auf.

Kopfschüttelnd trollte er sich zurück ins Haus.

2

»Ach, da war doch nichts.« Hella bückte sich zum Gefrierschrank, öffnete ihn und zog einen Karton heraus, der mit einer Art braunem Diskus bedruckt war. »Russischer Zupfkuchen« stand auf der Packung. Den servierte Hella immer, wenn Adam und Olga kamen. Einmal hatte Olga erklärt, dass Polen noch nie Russland gewesen sei, eher im Gegenteil, aber Hella hatte nur mit den Schultern gezuckt und Olga Sekt nachgegossen. »Polnische Weihnachtsgans war mir zu aufwendig.«

Es ärgerte Georg, dass Hella einfach so über den Vorfall der letzten Nacht hinwegging. Schließlich lebte auch sie in diesem Haus, und wenn Diebe hier herumschlichen, sollte sie das zumindest interessieren. Aber so war sie. Sorglos und mit dem Gemüt eines vergnügten Teenagers ausgestattet. *Es wird schon gut gehen.* Genau genommen machte sie das für Georg überaus attraktiv. Nach zwanzig Ehejahren mit einer unkenden Irene war Hellas heitere Gelassenheit wie eine Offenbarung gewesen.

Manchmal allerdings fand er die Unbekümmertheit wenig angebracht. Jetzt zum Beispiel.

»Wann genau bist du heute von Helmut zurück?«, fragte Hella. Sie trat in ihrem seidigen hellblauen Morgenmantel an den Frühstückstisch und goss Georg Kaffee nach.

»Weiß noch nicht«, sagte er mit vollem Mund, registrierte Hellas Lippenkräuseln und fügte eilig an: »Früh genug.« Er spülte mit dem Kaffee den Marmeladenbrotbrei hinunter und stand auf. »Ich muss los.« Halb im Gehen drückte er Hella einen Kuss auf die Wange. »Bis später.«

In seinem Blaumann, auf dessen linke Brustseite »Reifegerste« und das Firmenlogo eines stilisierten Baggers eingestickt waren, eilte er aus der Küche.

»Hast du deine Blutdrucktablette genommen?«, fragte Hella noch.

»Jaja.«

Georg hatte sie nicht genommen, er führte seine nachlassende Standhaftigkeit nämlich auch auf die Pillen zurück. Außerdem war sein Blutdruck überhaupt nicht so hoch, aber die Ärzte kamen ja immer direkt mit Medikamenten. Seine Mutter war neunundachtzig und hatte ihr Leben lang noch keine Blutdrucktablette genommen. Gut, sie war hager wie ein Holzspan und bleich wie Hüttenkäse. Georg konnte sich kaum vorstellen, dass sie *ihn* zur Welt gebracht hatte, dass irgendetwas in ihrer kargen, blutleeren Hülle herangewachsen war. Aber sicher war sie nicht immer so gewesen. Ihre Lebensjahre hatten sich wohl von ihrem Fleisch ernährt.

Morgen, am Sonntag, musste Georg wieder zu ihr ins Altersheim und ihre Wäsche austauschen. Wenn Hellas Kater nicht zu groß war, kam sie vielleicht mit.

Bereits vor dem Frühstück hatte Georg den Hänger an seinen Geländewagen gekoppelt und den Grundbock daraufgefahren. Das Gespann parkte direkt vor dem Haus. Georg schlüpfte aus seinen Schlappen und zog die Arbeitsschuhe an. Früher hatte er die Latschen einfach draußen vor der Haustür stehen lassen. Seitdem seine Enkel sie einmal mit gesammelten Schnecken gefüllt hatten, brachte er sie im Flur auf dem Schuhregal unter.

Es war kurz vor acht, Georg war spät dran. Kein Wunder. Bis er nach seiner nächtlichen Entdeckung eingeschlafen war, hatte es bis drei gedauert, entsprechend schlecht war er heute Morgen aus den Federn gekommen.

Skeptisch betrachtete er den grauen Himmel, öffnete die Autotür, klemmte sich hinters Steuer und startete den Motor. Das tiefe Poltern des kräftigen Diesels füllte den Innenraum des Wagens. Georg fuhr an, spürte beim Gasgeben das Gewicht des Anhängers und brachte das Gespann in Bewegung.

Er musste zu einer kleinen Ortschaft oberhalb des Moseltals, man fuhr rund drei Kilometer bis dorthin, immer bergan. Helmut Molitors Hof lag außerhalb des eigentlichen Dorfes. Er hatte ihn von seinen Eltern übernommen und zu einer Geflügelzucht ausgebaut. Sein Sohn setzte nun auf Mais und Raps.

»Man muss mit der Zeit gehen«, hatte Helmut gesagt. »Die Hühner allein bringen nicht mehr genug ein.«

Rund zweihundert Meter von Georgs Haus entfernt stieg die Straße an, rechts und links am Hang lagen Weinberge. Sie reichten bis in den Ort hinein und dehnten sich über viele Hektar rundherum aus. Von den Steillagen über der Mosel hatte man eine phantastische Aussicht auf den glitzernden Fluss. Noch besser war es, mit dem Gleitschirm darüber hinwegzufliegen. Vor über zwanzig Jahren hatte Georg damit angefangen, und die Leidenschaft fürs Fliegen hatte ihn nicht mehr losgelassen.

Er war in seinem Dorf geboren worden und aufgewachsen. Natürlich hatte er auch ein bisschen was von der Welt gesehen, vor allem, seitdem er mit Hella zusammen war. Sie drängte immer darauf zu verreisen. Mit ihr war er zum ersten Mal in Amerika gewesen, drei Tage in New York. Ausgerechnet. Er hatte Fernsehsendungen über die Weiten im Mittleren Westen gesehen, über die Rinderzucht in Texas und die beeindruckende Landschaft der Rocky Mountains. Aber es hatte New York sein müssen. Die Stadt hatte ihn schier erschlagen. Er bekam Herzrasen, das er Hella gegenüber nicht zugeben wollte, hatte bei dem Dauerlärm auf den Straßen nicht schlafen können und war heilfroh gewesen, als er im Flugzeug zurück nach Hause gesessen hatte.

Georg fuhr sein Gespann den ansteigenden Weg hinauf. Nach einer kurzen Strecke bog er links ab. Ein Traktor kam ihm entgegen, er kannte das Fahrzeug und den Mann darauf. Es war Harald, einer seiner ehemaligen Schulkameraden.

Georg lenkte rechts ran, Harald fuhr in jagdgrünem Arbeitskittel und Schirmkappe grüßend an ihm vorbei. Dabei wippte er in dem gefederten Sitz hoch und runter – ein Reiter auf seinem Dieselross.

Das laute Kleppern des Traktors entfernte sich, Georg legte den Gang ein und fuhr weiter. Über die Jahre hatte er sieben Häuser in diesem Ort mitgebaut, dazu etliche Garagen und Carports. Zwei Swimmingpools hatte er in der Erde versenkt, zahlreiche Einfahrten ausgebaggert, Gärten und Außengelände bearbeitet. Das Dorf war sein Revier, seine Heimat. Man kannte sich untereinander, kannte die Familien, wusste, wer fleißig war und wer ein Tagedieb.

Nach wenigen hundert Metern bog Georg nach rechts ab. Auf der Ecke stand ein altes, verlassenes Bruchsteinhaus. Ein geistig verwirrter Mann hatte früher darin gelebt, in zerschlissenen Lumpen hatte er in seinem Gärtchen die Hühner gefüttert und Unrat aufgetürmt. Dabei führte er ärgerliche Selbstgespräche, die vorbeigehende Kinder erschreckten. Damals hatte man ihn einfach dort leben lassen, allein und verwahrlost. »Der Krieg«, hatten die Leute gesagt. »Die Bombentrichter an der Ostfront.«

Georg passierte das Ortsschild, dahinter ging es über eine kurvige Straße hinauf zu dem Bergvölkchen. Saftig belaubter Mischwald löste die Weinberge ab, rechts ansteigend, links abfallend in ein Seitental hinein. Der Motor des Wagens hatte ordentlich zu tun, aber Georg gefiel es, etwas zu bewegen, Zug, Hebelkraft und Mechanik in Aktion zu spüren. Und er liebte es, zu graben, zu baggern und zu bauen. Hier auf dem Land hatte man Platz und Freiheit, es gab immer was zu tun. In der Stadt hätte er nicht leben mögen, dort war es eng und alles, was mit Bauen zu tun hatte, ein riesiges Brimborium. Im Internet las er solche Sachen wie: »Wir wohnen in Essen-Katernberg und hätten zehn Kubikmeter Aushub wegzufahren, wie machen wir das am besten?«

Tja. Firma beauftragen, Genehmigung vom Amt einholen, um den Container zu stellen, Straße absichern, Miete für den Container zahlen, Kosten für das Befüllen, Kosten für den Abtransport, Entsorgungsgebühren für die Deponie … Zack, peng, da kamen mehrere hundert Euro für das bisschen Erde zusammen. Die Leute taten Georg leid.

Er lehnte sich in seinem Fahrersitz zurück, kurvte über den holprigen Straßenbelag und erfreute sich dabei an dem frischen Grün der Natur ringsum. Der Frühling war ihm die liebste Jahreszeit. Nicht nur, weil es sich im Frühjahr am besten bauen ließ, sondern auch, weil er das kraftvolle Sprießen mochte, viel mehr als Welken und Rückzug.

Nach ein paar Minuten erreichte er den Ortseingang. Die Straße wurde zu schmal für zwei Fahrzeuge, aber es gab ohnehin nicht oft Gegenverkehr. Georg bremste ab und lenkte Auto und Hänger routiniert um eine Biegung. Er fuhr an einem Ausflugslokal vorbei, das grandios über dem Moseltal lag, danach an der alten Kirche, in der nur noch selten Gottesdienst gehalten wurde.

Die Straße war gesäumt von Bruchsteinhäusern, Scheunen und leer stehenden Gebäuden, von denen der Putz bröckelte. Früher hatte man immer aufpassen müssen, dass man keine Katze überfuhr, heute waren kaum noch Katzen zu sehen. Einwohner auch nicht.

Gegenüber dem Gemeindehaus lag der kleine Friedhof, und schon hörte das Dorf wieder auf. Georg bog kurz hinter dem Ortsschild in einen Weg ein, der in die Felder führte.

Nach ein paar hundert Metern kam der Hof der Molitors in Sicht, das weiß gestrichene Wohnhaus, der lang gezogene Stall, die zwei Silos und die geräumige Scheune. Daran grenzte der Anbau, in dem die neue Biogasanlage untergebracht war, Helmuts Sohn Gernot hatte sie angeschafft.

Der große Traktor der Molitors stand mitsamt Hänger neben dem Gelände, auf dem die geplante Halle entstehen sollte. Langsam fuhr Georg weiter und sah, wie Helmut in Arbeitsoverall und Gummistiefeln vom Bulldog stieg und zwischen Hänger und Zugmaschine werkelte.

Georg bog nach links auf die Zufahrt zum Hof ein. Wenig später hielt er an und stieg aus.

»Morgen«, sagte er munter.

Helmut kam ihm entgegen und erwiderte den Gruß. Sein wettergegerbtes Gesicht wirkte gutmütig, die Nase stand wie eine Kreuzung aus Runkelrübe und Kartoffel heraus. Helmuts Hände glichen Pranken, es waren die eines Mannes, der mit seinem Land und harter körperlicher Arbeit verwachsen war.

»Jo. Da.« Helmut deutete mit dem Kopf zu dem ausgemessenen, mit Maurerschnur abgespannten Stück Land.

»Na, hoffen wir mal, dass das Wetter hält«, meinte Georg. »Dann können wir heute schon ein gutes Stück schaffen.«

»Jo.« Helmut nickte bekräftigend.

»In ein paar Wochen kann die Halle stehen.«

»Joho.« Ein kurzes Lachen, wie in Vorfreude, begleitete das Wort.

»Fährst du den Aushub direkt ab?«, fragte Georg weiter.

»Jo.«

»Kannst den Grund woanders bestimmt gebrauchen?«

»Ah. Sicher.«

»Na dann. Legen wir los ...« Auffordernd klatschte Georg in die Hände. Ein neues Projekt stand an, damit kam immer ein gutes Gefühl auf.

Er ging zu seinem Hänger und zog eine der Auffahrschienen aus der Halterung am Hängerboden heraus. Helmut kümmerte sich um die andere. Er war kein Mann großer Worte, doch er wusste, wo man zupacken musste. So wie ein Arzt Krankheiten erkannte und ein Friseur einen miesen Haarschnitt, besann sich Helmut auf die Arbeit und ging daran, sie zu erledigen.

Georg und Helmut befestigten die Auffahrschienen an der Ladekante des Hängers, damit der Grundbock rückwärts herunterfahren konnte.

»Wie geht's Lieselotte?«, fragte Georg dabei. Helmuts Frau hatte vor Kurzem ein neues Hüftgelenk bekommen.

»Och jo ...«

»Kann sie schon wieder richtig gehen?«

»Nä. Noch net so.« Helmut musterte seine Stiefel, offenbar wusste er nicht mehr zu dem Thema zu sagen.

Gut, dachte Georg, muss auch nicht sein. Die Gespräche über Krankheiten, die in seiner Generation an der Tagesordnung waren, lagen ihm ohnehin nicht. Hella redete zum Glück nicht über Krankheiten. Sie hatte keine. Aus Prinzip nicht. »Höchstens später mal, wenn wir alt sind«, sagte sie und klang dabei, als dauerte das noch eine Ewigkeit.

Georg stieg auf den Hänger, kletterte in die Fahrerkabine des Baggers und ließ den Motor an. Langsam setzte er rückwärts. Die Antriebsketten liefen auf die Schienen, der Grundbock tuckerte in Schräglage hinunter bis zum Boden und kam rumpelnd dort an. Georg kurvte ihn dicht neben dem Abfuhrhänger an eine der Maurerschnüre heran.

Mit einem Tick Aufregung, der beim ersten Aushub, einem Spatenstich gleich, immer mitschwang, griff Georg nach dem Steuerknüppel und senkte die Metallzähne der Schaufel in die Erde.

Happs. Wie ein hungriges Tier fraß sie sich in den lehmigen Grund, nahm das Maul voll und kam auf Georgs Steuerbefehl hin wieder nach oben. Die Hydraulik des Baggerarms hob das Gewicht mühelos. Der Grundbock rüttelte, Georg spürte die Vibration des Sitzes und nahm sie mit einem leichten Wackeln des Oberkörpers auf.

Er ließ den Baggerarm zur Seite bis über den Hänger schwenken und den Schaufelinhalt hineinfallen. Der Anfang war gemacht.

Zufrieden führte Georg die Metallzähne zurück, ließ sie den zweiten Bissen Erde nehmen und in den Hänger ausspucken. Die nächste Ladung folgte und die nächste. Eine nach der anderen. Der Motor des Grundbocks dröhnte, Georg wackelte und steuerte. Nur für Laien wirkte die Arbeit gleichförmig oder gar eintönig. Wer sich auskannte, wusste, dass jede gehobene Schaufel anders war und man immer achtgeben musste.

Nach der sechsten oder siebten Ladung kam Georg in seinen Rhythmus, war ganz bei sich und bei dem, was er tat. Das Wort *Flow* war ihm unbekannt, er brauchte es auch nicht. Baggern hatte ihn schon erfüllt, bevor die Leute Gefühlen und Zuständen importierte Namen gegeben hatten.

Mit jedem Hub zeigte sich der Fortschritt, die Vertiefung hinter der Maurerschnur wurde größer und breiter.

Helmut kraxelte mit der Mühe, die Alter und Körperumfang mit sich brachten, auf den Hänger und verteilte den klebrigen Erdhaufen über die Ladefläche. Dann kletterte er wieder hinunter, um kratzend und schaufelnd die ausgebaggerten Kanten entlang der gespannten Kordel nachzuarbeiten.

Ein paarmal glaubte Georg, durch das Motorengeräusch des Grundbocks hindurch Vogelgezwitscher zu hören. Der Frühjahrstag wäre ganz nach seinem Geschmack gewesen, aber der Himmel war zu trüb. Und er zog sich weiter zu.

Gerade hatte Georg wieder eine Ladung auf den Hänger abgeschüttet, als sein Blick, der mit dem hydraulischen Arm zurückgeschwenkt war, hängen blieb. Die Baggerschaufel entfernte sich aus Georgs Sichtfeld, während er auf die Frau, die vom Wohnhaus der Molitors her näher kam, starrte.

Es war Lieselotte. Ein Bild aus lang zurückliegender Zeit blitzte vor Georgs geistigem Auge auf. Es zeigte ein schwarzhaariges Mädchen mit graublauen Augen, dicken Brauen, einer kräftigen Nase und heller sommersprossiger Haut. Sie trug ein weißes Spitzenkleid und roch nach Zwiebeln. Bestimmend und unnachgiebig manövrierte sie ihn über glattes Parkett. Lieselotte war Georgs Partnerin beim Abschlussball der Tanzschule gewesen. Sie hatte ihn gefragt gehabt, er hatte sich nicht getraut, Nein zu sagen.

Helmuts Frau hinkte auf die Baustelle zu. Sie trug einen flachen Korb, aus dem eine Thermoskanne herausragte.

Natürlich hatte Georg Lieselotte über die Jahre immer wieder getroffen. Er erinnerte sich noch an ihren Polterabend mit Helmut, wie sie rotwangig und laut lachend Scherben weggekehrt und ihren zukünftigen Mann angetrieben hatte. Später hatte Georg den Reiz ihrer Jugend dahinwelken sehen, hatte bemerkt, wie sie dicker und derber wurde, ihre Stimme schärfer, das Gesicht männlicher. Die bestimmende Art war ihr geblieben.

Nun allerdings kam eine klapprig gewordene Frau auf Georg zu. In ihrer verfilzten Strickweste, dem gemusterten Kittel und der blauen Trainingshose stand sie unweit von Helmut entfernt und rief ihm etwas zu. Der bedeutete Georg mit einem Handzeichen, Pause zu machen.

Georg zögerte einen Moment. Dann nickte er, in Anbetracht des sich zuwolkenden Himmels eher widerwillig, stellte den Motor ab und kletterte aus der Fahrerkabine.

»Hallo, Lieselotte«, grüßte er. »Was bringst du uns denn Schönes?«

»Ach Gott. Was Schönes? Nix Besonderes. Nur Kaffee und

ein bisschen trockenen Kuchen. Ich kann noch nicht gut einkaufen fahren. Du siehst es ja.« Die Stimme war knarrend wie eine verzogene Kellertür.

»Geht's denn bergauf mit der Hüfte?«, fragte Georg, mehr aus Höflichkeit als aus Interesse.

»Was soll denn bei uns noch bergauf gehen?« Lieselotte stellte den Korb auf der breiten Gabel des Hängers ab, nahm zwei weiße Kunststofftassen heraus und reichte eine Georg und eine ihrem Mann. Dann goss sie dampfenden Kaffee aus der Kanne hinein.

»Danke schön«, sagte Georg. Schlürfend nahm er einen kleinen Schluck.

Lieselotte griff nochmals in den Korb und brachte einen mit Frischhaltefolie abgedeckten Teller zum Vorschein. Darauf lagen ein paar Stücke Streuselkuchen, der hier Riwweleplätzje hieß. Mit geschwollenen Fingern nestelte sie die Folie zurück.

»Bedien dich.« Sie streckte den Teller Georg hin, der nahm sich ein Stück und reichte ihn Helmut weiter.

Der süße Buttergeschmack des ersten Bissens erfreute Georg mehr, als er gedacht hatte. Manchmal muss man zu den kleinen Freuden genötigt werden, dachte er, und unwillkürlich kam ihm Hella in den Sinn. Kleine und auch größere Freuden waren ihre Spezialität.

Der Gedanke schlug sich in einem Schmunzeln auf Georgs Gesicht nieder, er fing einen abschätzigen Blick von Lieselotte auf.

»Ich muss rein und mich setzen«, knarzte sie mit heruntergezogenen Mundwinkeln und hinkte zurück zum Haus. Georg blickte ihr nach. Ein Kelch, der in seiner Jugend an ihm vorübergegangen war.

Fünf Minuten später saß er wieder auf dem Bagger, erfrischt durch Zucker, Fett und Koffein. Ruckelnd ließ er die Schaufel in die Erde absinken und hob sie gefüllt wieder an. Im selben Moment stutzte er. Oben auf dem braunen Grund zeichnete sich etwas Weißes ab, länglich und schmal, wie ein Stock. Georg schaute genauer hin, fast leuchtend lag das Ding da. Dann erkannte er, dass es ein Knochen war, zwanzig bis dreißig Zentimeter lang und recht dick.

In Georgs Gehirn begann es zu arbeiten. Automatisch ging er Tiere durch, die derartige Knochen haben konnten, aber er kannte sich nicht gut aus.

Der Baggerarm hing seltsam unentschieden in der Luft. Georg räusperte sich, lenkte ihn zum Hänger und leerte die Schaufel aus. Helmut stand daneben. Der helle Knochen purzelte mit dem Grund heraus, drehte und überschlug sich und lag schließlich seitlich neben dem aufgeschütteten Erdhügel.

Helmut trat näher heran. Er kniff die Brauen zusammen, legte den Kopf schräg, fasste dann den Knochen mit seiner Pranke und hob ihn hoch. Skeptisch wandte er ihn hin und her.

»Vieh«, sagte er laut. »Rindvieh.«

Der hat doch nur Hühner, dachte Georg.

Helmut stand mit dem Knochen in der Hand da. Wie in Zeitlupe machte er eine ausschwenkende Bewegung mit seinem Arm. Sie erinnerte Georg an die eines Hundehalters, der einen Stock zum Apportieren wirft. Doch Helmut hielt im Schwung inne, stand einen Augenblick lang still, ließ den Arm sinken und setzte sich in Bewegung Richtung Hof.

Seine kräftige, immer noch gerade Gestalt steuerte mit entschlossenen Schritten auf den Anbau zu, in dem die Biogasanlage war. Dabei traf er kurz vor dem Gebäude auf Lieselotte. Georg beobachtete einen Wortwechsel, Lieselotte deutete fragend auf den Knochen, Helmut ließ sie stehen und betrat den Anbau.

Kurze Zeit später kam er wieder heraus und begab sich zurück zur Baustelle.

»Machen wir weiter«, sagte er mit einer Kopfbewegung gen Himmel.

Georg lenkte die nächste Schaufel in die Grube und ließ sie hochfahren. Seine Hand zuckte am Steuerknüppel. In der Erde lagen drei kleine weiße Dinger, wie Stäbchen. Oder wie Knochen. Wie die von Fingern, schoss es Georg in den Sinn. Reflexartig wandte er den Kopf zu Helmut, der guckte in die

Baugrube, in Richtung der weißen Teile. In seinem Gesicht regte sich nichts.

Rindviecher haben keine Finger, dachte Georg, es könnten Hühnerknochen sein. Er war irritiert. Eine Kuh und ein Huhn im Tode vereint?

Auf das merkwürdige Bild in seiner Vorstellung schlug ein Wassertropfen. Georg blinzelte. Der Tropfen war auf der Windschutzscheibe des Baggers gelandet, augenblicklich folgten weitere. Mit leisem Ploppen zerbarsten sie auf dem Sicherheitsglas.

»Wir hören auf«, sagte Helmut. »Machen nächste Woche weiter.«

Was? Bei den ersten Tropfen muss man die Arbeit doch nicht direkt einstellen, wollte Georg einwenden, der Regen kann sich schnell verziehen. Er bemerkte Helmuts entschiedenen Ausdruck und schwieg. Unbehagen überkam ihn.

»Jo. Komm. Hat keinen Zweck mehr«, murrte Helmut. »Feierabend.«

Georg stoppte den Motor und stieg vom Bagger.

»Es regnet sich ein«, sagte Helmut bestimmend. »Wenn du Zeit hast, machen wir am Montag weiter.«

3

»Georg? Bist du schon da?« Hella kam erstaunt aus der Küche in den Flur.

»Es regnet«, knurrte Georg. Er konnte sich seine schlechte Laune selbst nicht recht erklären.

»Die paar Tröpfchen?« Hella hob die Augenbrauen. Links und rechts des Scheitels hatte sie zwei dicke Lockenwickler ins Haar montiert. Auch so etwas, das Georg nie verstand. Einerseits war Hella nicht gerade scharf auf die Besuche von Adam und Olga, andererseits machte sie sich dafür schick. Wem sie gefallen wollte, war Georg schleierhaft. Ihm selbst gefiel sie ja sowieso.

»Du, ich muss noch was einkaufen«, meinte Hella geschäftig, eilte zurück in die Küche und schoss mit ihrer großen Korbtasche über der Schulter wieder heraus. Georg klaubte gerade seine Hauslatschen vom Schuhregal.

»Morgen müssen wir ja auch irgendwas essen. Ich fahr schnell rüber nach Traben-Trarbach. Bis gleich.« Hella öffnete die Haustür und hauchte einen Luftkuss zu Georg hin. Der wies mit seinem Zeigefinger auf ihren Haaransatz.

»Ach ja.« Lachend nestelte Hella die beiden Wickler heraus und warf sie auf die kleine Kommode unter dem Garderobenspiegel. Ziemlich oft suchte sie ihre Lesebrille, wenn sie sie auf den Kopf hochgeschoben hatte, oder ihr Buch, wenn es auf dem Wohnzimmertisch lag. Ein ganz wunder Punkt war der Aufenthaltsort ihres Schlüsselbunds. Doch Hella wäre nie auf die Idee gekommen, dass diese Dinge etwas mit dem Alter zu tun haben könnten.

»Bei Helmut war was Seltsames«, murmelte Georg.

»Der ganze Helmut ist seltsam«, meinte Hella leichthin. »Und seine Frau auch.«

»Nein. Nicht so. Da lag was in der Erde.«

»Wie? In der Erde?« Hella war bereits aus der Tür und auf

dem Weg zur Garage. »Erzähl's mir später!« Dann verschwand sie aus Georgs Blickfeld.

Mit seinen Hausschuhen in der Hand ging er durch den Flur in den offenen Wohnbereich und stellte die Latschen auf dem Esstisch ab. Er öffnete den Reißverschluss des Blaumanns, streifte das Oberteil über die Arme, ließ den Overall an sich runterrutschen und stieg mit den Füßen heraus. Der blaue Stoffhaufen lag auf den Terrakottafliesen und störte Georg dort nicht weiter. Nach einem kurzen Zögern bückte er sich jedoch, hob ihn auf und warf ihn auf einen der beigefarbenen Lederstühle am Tisch. Hella mochte es nicht, wenn er seine Sachen herumliegen ließ.

Georgs Blick streifte die hellblau gestrichene Wand. *»Bleu Monroe«*, hatte Hella gesagt. »Schick, oder?«

Als sie vor sechs Jahren zu ihm gezogen war, hatte sie nach und nach alles renovieren wollen. »Etwas moderner und freundlicher könnte es schon sein«, hatte sie gemeint. Für Georg wäre auch das Alte noch okay gewesen, aber gute Güte, er war Bauunternehmer. Das bisschen Renovieren mach ich nebenher, hatte er gedacht.

Es war nicht ganz *nebenher* gewesen. Zuerst das Schlafzimmer, natürlich, den alten Teppich raus, die Tapeten runter, die Holzdecke weißen, teuren Sisalboden rein. Dann die Küche *en complet*, das Wohn- und Esszimmer, die hellbraunen Fliesen im Gästeklo raus – »Georg, die gehen wirklich nicht mehr …«, Georg wollte gar nicht daran zurückdenken.

Er öffnete die Flasche Mineralwasser, die auf dem Tisch stand, setzte sie an den Hals und trank ein paar Schlucke. Noch immer war dieses Unwohlsein in ihm, das ihn bei Helmut überkommen hatte. Er versuchte, das Bild aus seiner Erinnerung plastisch werden zu lassen, es sich genau vor seinem geistigen Auge anzusehen. Ein großer und drei kleine Knochen, wie sie da in der braunen Erde lagen. Knochen von irgendeinem Tier.

Warum hatte Helmut die Arbeit abgebrochen und erst am Montag weitermachen wollen? Wieso hatte er den großen Knochen direkt entsorgt?

Weil er wusste, dass es kein Tierknochen war?, überlegte Georg. Helmut kennt Viehknochen, die gefundenen konnte er nicht zuordnen.

Nachdenklich schlurfte Georg in sein Arbeitszimmer. Es war der einzige Raum, der von Hellas Renovierungsmaßnahmen verschont geblieben war und den sie nicht aufräumte. Entsprechend sah es dort aus. Aktenordner stapelten sich, Zeitschriften und anderer Papierkram lagen herum, an den Wänden hingen Wimpel und halb vergilbte Fotos von Georg und seinen Gleitschirmfliegerkollegen.

Er schob einen Stapel Unterlagen von seinem Laptop herunter und ging mit dem Gerät zurück an den Esstisch. Unschlüssig ließ er den Zeigefinger über die Tastatur gleiten. Nach was sollte er überhaupt im Internet suchen? Nach Tierskeletten? Oder denen von Menschen?

Oberschenkel? Oberarm? Arm und Finger?

Georgs Nackenhaare sträubten sich, er gab »menschliches Skelett« ein. Zahlreiche Fotos und Abbildungen wurden angezeigt. Nach ein paar weiteren Klicks fand er ein Bild, auf dem sich die einzelnen Knochen separat vergrößert anzeigen ließen. Er betrachtete erst Arme, dann Beine, auf den Monitor des Laptops starrend.

Das Geräusch der Türklingel ließ ihn zusammenzucken. Die Küchenuhr zeigte halb zehn. Der Paketbote?, überlegte er und stand auf. Es klingelte wieder, dieses Mal Sturm.

Georg linste an sich hinunter, das Unterhemd ging knapp über die Unterhose. Lang genug, entschied er, eilte zur Tür und riss sie auf.

»Hallo, Opi!« Einer der Zwillinge sprang ihn an, Karl oder Franz. Natürlich konnte Georg sie unterscheiden, aber nicht im ersten Moment.

»Ah. Oh. Seid ihr schon da?«

»Ja?«, erwiderte Adam. »Wieso? Sind wir zu früh?« Sein Ton war latent vorwurfsvoll, das hatte er von seiner Mutter.

»Natürlich sind wir zu früh«, sagte Olga lachend, und ihre Nase kräuselte sich dabei. »Aber die Jungs waren heute Morgen so zeitig wach, da sind wir einfach nach dem Frühstück los.« Sie drückte Adam die Platte mit der selbst gebackenen Schwarzwälder Kirschtorte in die Hand, trat einen Schritt auf Georg zu und umarmte ihn. »Hallo. Gut siehst du aus ...« Ihre grünen Augen musterten ihn zwinkernd in seiner Feinripp-montur.

»Ich komme gerade von einer Baustelle«, nuschelte Georg. »Rein mit euch. Hella ist noch unterwegs.«

Seine Enkelsöhne stürmten an ihm vorbei ins Haus. Sie waren hübsche Kerle mit Sommersprossen und dem welligen, kastanienbraunen Haar ihrer Mutter. Außerdem mit ihrem Nachnamen. Karl und Franz *Tomaszewski*. Nicht Reifegerste.

Es war einer der schwarzen Tage in Georgs Leben gewesen. Olga hatte erklärt, dass es nur gerecht sei, wenn die Kinder bei deutschen Vornamen einen polnischen Nachnamen hätten. Für Georg war das nicht gerecht gewesen, sondern schier unbegreiflich. Hella und er hatten mit Freunden die Geburt der Jungs begossen. Mindestens eine halbe der an diesem Abend in seinem Blut befindlichen Promille stammte von Enttäuschungsbier.

»Uih, Opa, was guckst du dir denn da an?«, fragte einer der Jungs laut vom Esstisch herüber. »Das ist ja wie in der Geisterbahn.«

»Wie bitte?« Adam warf Georg einen fragenden Blick zu. *Um diese Zeit? In deinem Alter?*

Mit einem Kopfschütteln ging Adam zum Esstisch, stellte den aufwendig verzierten Kuchen darauf ab und mit einem Naserümpfen die Hausschuhe runter auf den Boden.

»Tatsächlich?« Olga klang belustigt, kam an den Tisch und lugte über die Köpfe ihrer Söhne hinweg auf den Computerbildschirm. »Was tut dir weh, Georg?«, wollte sie mit zusammengekniffenen Brauen wissen.

»Mir? Nichts.«

»Warum interessierst du dich dann für diese Knochen?«

»Wie? Ach, das ... keine Ahnung. Ich geh schnell nach oben und zieh mir was an.«

Georg eilte die Treppe hoch ins Schlafzimmer, schnappte sich eine Jeans und ein kariertes Hemd und schlüpfte hinein.

Als er wieder runterkam, waren seine Enkel im Garten und schaukelten. Zu Hause in Trier hatten sie keine Schaukel, noch nicht einmal ein Gärtchen. Sie wuchsen in einer Vier-Zimmer-Altbauwohnung mit winzigem Balkon auf und lernten in der Grundschule häkeln und Blockflöte spielen.

Adam saß mit übereinandergeschlagenen Beinen auf dem Sofa. Er las in der Tageszeitung, während sich Olga in der Küche zu schaffen machte. Georg ging zu ihr. Gerade schnitt sie die mitgebrachte Torte in Stücke.

»Die Kinderversion.« Schmunzelnd strich sie eine Ponysträhne ihrer Kurzhaarfrisur zur Seite. »Erst mal noch ohne Kirschwasser.« Wenn Olga sprach, vibrierte das R, und manche Silben waren zu lang gezogen.

Olga konnte gut backen und kochen, das sah man Adam allerdings nicht an. Er war gertenschlank und meist blass, aus Georgs Sohn war ein Bürohengst mit Seitenscheitel und hellblauen Hemden geworden.

Im Schloss der Haustür drehte sich ein Schlüssel, verwundert horchte Georg auf. Einen Moment später stand Hella im Türrahmen der Küche.

»Ach, seid ihr schon da?«, fragte sie, ging auf Olga zu und begrüßte sie mit einer Umarmung.

»Ja, die Jungs waren früh dran heute …« Olga rollte ihre großen Augen.

»Und warum bist du schon wieder hier?«, fragte Georg.

»Weil ich den blöden Geldbeutel vergessen habe …« Hella machte eine abwinkende Handbewegung und betonte *blöd* so, als sei es tatsächlich die Schuld des Portemonnaies, nicht mitgekommen zu sein. »Jetzt muss ich noch mal los.« Mit geröteten Wangen schüttelte sie ihre Frisur zurecht. »Wirklich ärgerlich.«

»Adam soll ohnehin noch bei seiner Mutter vorbei, da kann er das mit dem Einkauf auch unterwegs erledigen«, erwiderte Georg resolut.

Mittlerweile hatte sich Adam gemächlich vom Sofa erhoben und war herangekommen.

»Hallo, Hella.« Er gab ihr die Hand. Geradezu demonstrativ war er ihr gegenüber immer reserviert geblieben, über ein halbes Jahr lang hatte er sie tatsächlich *Frau Traber* genannt. Erst als Georg ihm fast gedroht hatte, war er zu Hellas Vornamen übergegangen. Georg wusste nicht, ob Adam aus Loyalität seiner Mutter gegenüber so war oder aus Protest gegen seinen Vater. Im Prinzip war es ihm auch egal.

»Ja, sicher.« Adam hüstelte. »Sag mir, was du brauchst, ich bringe es mit.«

»Das ist lieb ...« Hella kramte in ihrer Korbtasche und reichte Adam einen rosa Notizzettel. Dann ging sie zur Anrichte, griff nach dem Portemonnaie, das neben dem Obstkorb lag, und hielt es Adam hin. Der drehte sich mit verkniffenen Lippen um, ohne das Geld anzunehmen, und bewegte sich zur Veranda.

»Jungs, kommt ihr mit zu Omi?«, rief er von dort aus in den Garten. »Da gibt es bestimmt was Leckeres zu essen. Ihr könnt auch mit Dunja spielen.«

Dunja war Irenes überfütterter Rauhaardackel. Nach der Scheidung war sie auf den Hund gekommen.

»Super, Dunja«, jubelten Karl und Franz, sprangen von den Schaukeln und kamen angerannt.

Kurze Zeit später fuhr Adam mit ihnen in der Familienkutsche davon.

»Möchtest du einen Kaffee?«, fragte Hella ihre Fast-Schwiegertochter. »Oder ein Gläschen Sekt?«

»Sekt.« Olga redete grundsätzlich nicht lang um die Dinge herum, es war ihr fremd, sich zu zieren.

Hella nahm zwei Gläser vom Sideboard und eine der beiden Sektflaschen aus dem Kühlschrank. Mit einem Knall löste sie den Korken und goss ein.

»Prost.« Die Gläser klangen aneinander. Der Teil des Tages, ab dem Georg überflüssig war, begann heute ziemlich früh.

»Ich gehe Rasenmähen«, sagte er. Der Regen hatte sich verzogen, es gab draußen genug zu tun.

»Stopp!« Olga setzte ihr strenges Medizinergesicht auf. In Anbetracht des Sektglases in ihrer Hand und der morgendlichen Uhrzeit wirkte es ein wenig unpassend. »Bevor du dich schon wieder in die Arbeit stürzt, sagst du mir, was deine armen Knochen plagt.«

»Welche Knochen?«, fragte Hella. »Wieso Knochen?«

»Georg hat wohl ein gesundheitliches Problem. Oder warum sonst guckt er im Internet nach dem menschlichen Skelett?«

»Skelett?«, wiederholte Hella.

»Also?«, schloss Olga auffordernd an.

Ein paar Sekunden lang überlegte Georg. Schließlich entschied er sich, zu berichten.

»Als wir bei Helmut ausgeschachtet haben, kam ein großer Knochen aus der Erde. Helmut hat ihn sich angesehen, gesagt, es sei ein Viehknochen, und ihn direkt in die Biogasanlage gebracht.«

»Und?«, fragten Olga und Hella wie aus einem Mund.

Georg erzählte weiter von den drei kleinen Knochen, wie sie ausgesehen hatten und dass Helmut nach diesem Fund die Arbeit abgebrochen hatte.

»Du machst dir Gedanken darüber, was da in der Erde liegt?«, fragte Olga.

»Ach, bestimmt wirklich nur ein totes Tier …«

Olga runzelte die Stirn. »Wenn du ehrlich bist, hast du Zweifel.«

Unentschlossen zuckte Georg mit den Schultern.

»Da hilft nur eins«, erwiderte Olga. »Heute Nacht sehen wir nach.«

»Wie bitte?« Hella riss die Augen auf.

»Georg und ich fahren zur Baustelle und gucken, ob wir weitere Knochen finden. Ich kann Kuh und Mensch ganz gut unterscheiden.«

»Ah nein.« Georg dehnte die Wörter in Unbehagen. »Ich weiß nicht. Helmut ist ein anständiger Mann, er hat sich nie was zuschulden kommen lassen. Wir sollten die Sache einfach auf sich beruhen lassen.«

»Wenn dort womöglich jemand verbuddelt wurde?«, fragte Olga und leerte ihr Glas. »Kommt gar nicht in Frage. Hella, schenk mir bitte noch mal nach. Bis heute Abend muss ich wieder nüchtern sein.«

4

Olga fuhr wie ein Henker. Der Minivan flog mit quietschenden Reifen um die Kurve, Georg krallte sich am Haltegriff über der Beifahrertür fest.

»Alles okay?«, fragte Olga. »Du wirkst ein bisschen angespannt.«

»Hm«, machte Georg. »Ach was.«

Olga lachte. »Du bist wie dein Sohn.«

Das allerdings bezweifelte Georg.

»Der sitzt auch verkrampft da, wenn ich fahre.«

Kein Wunder, dachte Georg.

»Ihr Männer glaubt wahrscheinlich immer noch, ihr wärt die besseren Autofahrer.« Olga hielt mit beiden Händen das Lenkrad umklammert und gab weiter Gas. »Dabei fängt Adam schon bei drei Schneeflocken an, über die Fahrbahn zu schleichen wie ein verängstigter Grottenolm. Bei uns in Polen weiß man die Straße zu beherrschen, bei Wind und Wetter. Genau genommen sind wir die geborene Autofahrernation.«

»Pass auf!« Georg stützte sich am Armaturenbrett ab.

Blitzschnell trat Olga auf die Bremse. Ein Fuchs huschte über die Straße und verschwand auf dünnen Beinen im Wald, der rotbraune Schwanz leuchtete im Scheinwerferlicht wie ein Feuerschweif.

»Stimmt, wir sind ja auf dem Land«, murmelte Olga. »Mitten in der Natur.« Sie beschleunigte den Wagen wieder.

Georg atmete flach, dabei dachte er an Adam. Sein ahnungsloser Sohn schlief zu Hause im Gästezimmer, während er mit dessen Frau durch die Nacht kreuzte. In jeder Kurve lauerte der Totalschaden, und am Ziel der Fahrt stand Hausfriedensbruch. Das alles kam Georg wie eine gewaltige Schnapsidee vor. Auf seiner Stirn sammelten sich Schweißtropfen.

Olga raste weiter bergan. Nach einem längeren geraden Stück und zwei Biegungen passierten sie das Ortsschild. Olga bremste.

Linksseitig befand sich das Felsplateau, auf dem einst die Starkenburg gestanden hatte, im vierzehnten Jahrhundert das Zuhause der jungen und offenbar ziemlich aufmüpfigen Gräfin Loretta. Kurzerhand hatte sie damals ihren Widersacher, den mächtigen Kurfürsten Balduin, während einer Schifffahrt auf der Mosel kidnappen, auf ihre Burg transportieren und neun Monate lang dort schmoren lassen – bis sie das bekommen hatte, was sie wollte. Drohungen des Kaisers und der Bann des Papstes hatten sie wenig beeindruckt.

Georg schluckte und rutschte ein Stück auf seinem Sitz hinunter. Derweil fegte Olga um eine Hausecke und weiter durch den Ort.

»Park am besten da vorn rechts beim Gemeindehaus«, sagte Georg. »Den Rest des Weges gehen wir zu Fuß.«

»Alles klar.« Olga bog ab. Am Rand einer Seitenstraße hielt sie an.

Sie stiegen aus, Olga griff nach dem Rucksack, der auf dem Rücksitz lag. Sie hatte zwei Taschenlampen eingepackt, dazu eine größere und eine kleinere von Hellas Gartenschaufeln sowie eine ihrer Tupperdosen und eine Rolle Frischhaltefolie. »Zur Beweismittelsicherung«, hatte sie gesagt. Dabei hatte sie geklungen wie eine dieser abgeklärten *Detective Sergeants* in den Serien, die Georg nur anschauen konnte, wenn Hella schon im Bett war.

»Lass uns los.« Im Stechschritt setzte sich Olga in Bewegung, Georg lief neben ihr.

Das Dorf lag wie ausgestorben da, in keinem der Fenster brannte Licht.

»Dort entlang.« Er dirigierte seine Schwiegertochter auf den Weg, der zu dem Aussiedlerhof führte. Schweigend gingen beide nebeneinanderher.

Hinter dem Ortsrand standen die Straßenlaternen in größeren Abständen, aber der Mond beleuchtete die umliegenden Felder mit seinem fahlen Licht. Nach einer kurzen Strecke kam der Hof der Molitors in Sicht. Dunkel lag er da.

Vom Ort her klang Hundegebell. Olga beschleunigte ihren

Schritt. Georg wusste, dass sie keine Hunde mochte. Als Kind war sie von einem ins Gesicht gebissen worden, die Narbe an der linken Wange war noch immer erkennbar.

Georg hielt seinen Blick auf das Gehöft vor ihnen gerichtet. Es war still hier draußen, die Luft war mild, man roch die Erde der Felder.

Etwa fünfzig Meter vor dem Hof wurden Olga und Georg langsamer. Sie sahen sich um wie Diebe in der Nacht. Georg kamen ernsthafte Zweifel an seinem eigenen Verstand. Er schlich durch die Dunkelheit wie ein linkischer Hobbydetektiv.

Kurz darauf stand er vor der Baustelle. Ein Flattern lief durch seine Magengegend. Auf Anhieb bemerkte er, dass jemand in der Ausschachtung weitergegraben hatte.

»Das sieht anders aus als heute Morgen«, flüsterte er. »Da war einer zugange.«

Olga nickte, stieg in die Grube und zog die beiden Schaufeln aus dem Rucksack.

»Wir finden hier nichts mehr«, raunte Georg. »Dafür hat bestimmt jemand gesorgt.«

»Abwarten. Wo genau kamen die Knochen zum Vorschein?«

Georg deutete auf die Stelle.

Entschlossen setzte Olga den ersten Stich in die Erde, begann sie umzugraben und mit der linken Hand tastend über die Krume zu fühlen. »Nimm die andere Schaufel«, flüsterte sie.

Georg ging in die Hocke, mit Widerwillen machte er sich ebenfalls ans Graben. Er stocherte in der Erde herum, wendete rötlich braune Schollen und suchte im Mondlicht den Boden ab.

Vom Hühnerstall her kam ein Flattern und Gackern, Georg schrak zusammen. Unwillkürlich dachte er an Füchse und Marder, an fliegende Federn und durchgebissene Hälse. Er horchte, im Stall kehrte wieder Ruhe ein. Angespannt grub er weiter.

Drei oder vier Minuten später verschwand sein Unwohlsein zunehmend, er kam einfach in die Arbeit hinein und konzentrierte sich auf das, was er tat.

»Mein Papa hat Archäologie studiert«, flüsterte Olga irgendwann neben ihm. »Wusstest du das?«

Georg wusste es nicht. Er hatte Olgas Eltern nur zweimal gesehen, bei der Hochzeit und nach der Geburt der Zwillinge. Olgas robusten, trinkfesten Vater hätte er eher in der Landwirtschaft verortet.

Georg wendete eine Schaufel Erde – und stockte. Etwas Weißes lag vor ihm. Er stellte die Augen scharf, beugte sich dichter heran. In der nächsten Sekunde erkannte er einen flachen, länglichen Kiesel.

Mit dem Erkennen loderte ein Funken Enttäuschung auf, doch direkt danach kam Erleichterung. Besser so, dachte Georg. Etwas in ihm drängte danach, die Aktion zu beenden und nach Hause zu fahren.

»Hier ist nichts mehr«, murmelte er. »Lass uns aufhören.«

Von Olga kam ein Geräusch, das wie ein unterdrücktes Japsen klang. Georg wandte sich um, mit der rechten Hand griff Olga irgendetwas. Er konnte nicht erkennen, was es war, jedenfalls kein dicker Knochen.

Olga raunte zwei Wörter auf Polnisch, die Georg nicht verstand. Dann streckte sie den Arm aus und hielt ihm etwas vor die Nase. Georg blieb die Luft weg. Es war eine Halskette aus dunkel gewordenem Silber, an ihr baumelte ein Kreuzanhänger.

Oha, dachte Georg. Vages Begreifen sickerte in sein Gehirn. In seinen Ohren brummte es, die Augen zuckten zwischen Olgas angespanntem Gesicht und dem Kreuz hin und her. Das Brummen wurde lauter, Georg schluckte und bemerkte, dass es nicht in seinen Ohren war, sondern von irgendwo hinter ihm kam. Er drehte sich um. In ein paar hundert Metern Entfernung bewegte sich ein Scheinwerferpaar auf den Hof der Molitors zu.

Einen Augenblick lang fühlte sich Georg wie gelähmt. Dann hörte er sich selbst »weg hier« zischen. Er sprang aus der Baugrube.

Hastig steckte Olga die Kette in ihre Jackentasche, grapschte den Rucksack, stieg aus der Ausschachtung und rannte mit

Georg los. Der lief zu einem Gebüsch am Rand des Hofgrundstücks und stürzte dahinter. Es war Weißdorn, er blieb mit seinem Hemd hängen, Zweige stachen ihm ins Gesicht. Olga folgte dichtauf, rempelte ihn an, als sie hinter die Büsche hechtete, keuchte neben ihm. Beide gingen in die Hocke und verbargen sich hinter den Zweigen.

Ein schwarzer Jeep rollte langsam auf den Hof, Steine knirschten unter den Reifen, das Motorgeräusch war nur noch ein leises tiefes Surren. Georg registrierte das Kölner Kennzeichen. Der Wagen hielt an, die Scheinwerfer erloschen.

Ein Mann stieg aus. Er war groß und schlank, trug ein weißes Hemd und ein dunkelgraues Jackett. Leise ließ er die Autotür zufallen und begab sich Richtung Wohnhaus. Bei der Ausschachtung blieb er stehen, um sie kurz zu betrachten. Dann ging er weiter, rechts am Wohngebäude vorbei, und verschwand dahinter.

Georg und Olga sahen sich an. Olga machte eine Handbewegung, die Abwarten bedeutete. Georgs Blase meldete sich mit Nachdruck, er verlagerte sein Gewicht in der Hocke, die Knie taten weh. Angestrengt harrte er aus, minutenlang. Der Mann tauchte nicht mehr auf.

Irgendwann stupste Olga Georg an. »Los«, flüsterte sie und richtete sich auf. Nach einem tiefen Atemzug spurtete sie los, hinter der Hecke vor und quer über die Felder, Richtung Ortschaft. Georg hechtete ihr hinterher.

»Stopp!« Der laute Ruf hallte durch die Nacht. »Bleiben Sie sofort stehen!« Der Mann war zum Hof zurückgekehrt.

Verdammt, dachte Georg und rannte weiter, als sei der Leibhaftige hinter ihm her. Er schloss zu Olga auf. Sie rasten über den unebenen Grund der Felder, Georgs Fußknöchel wackelten, er rang um seine letzten Reserven.

Endlich kam asphaltierter Untergrund, es war nicht mehr weit bis zum Ortseingang. Georg schnappte nach Luft, in seiner Brust stach es. Sie erreichten die ersten Häuser, hasteten weiter zu Olgas Wagen, noch im Laufen öffnete sie ihn mit einem Druck auf den Schlüssel.

Georg riss die Beifahrertür auf und warf sich auf den Sitz. Olga landete neben ihm, startete den Motor und gab Gas.

Georg spähte aus dem Seitenfenster. Die Straße, über die sie gekommen waren, lag verlassen da.

5

Sie konnte die vielen Augenpaare in ihrem Rücken spüren, bestimmt waren es über hundert. Alle sahen sie an. Vor ihr lächelte das hagere Männergesicht mit den Haarnadelfalten um die Mundwinkel. Die Züge hatten einen ungewohnt milden Ausdruck angenommen, aber auch etwas Mahnendes lag darin – und, wie eigentlich immer, die leise Verachtung für alles Irdische.

Mathildes Aufregung, die über Tage und Wochen angedauert hatte, war einer ruhigen Gewissheit gewichen. Neben ihr stand Hugo, ihr Mann.

Als sie die Kirche betreten hatte, war ein Raunen durch die Menge gegangen. Mathilde wusste, wie schön sie aussah. Sie trug einen weißen Traum aus Spitze mit kunstvoller Perlenstickerei, es war das Kleid, das ihre Schwester hätte tragen sollen. Dann war die Mutter gestorben, und Dorothee hatte in Schwarz heiraten müssen. Ihr Mann Richard hatte das Trauerjahr nicht abwarten wollen, ungestüm und egoistisch, wie er gewesen war.

Der Pfarrer öffnete die schmalen Lippen. »Und so frage ich dich, Mathilde Emilie Sonntag, willst du den hier Anwesenden …«

»Mutter?«

Die Stimme war kräftig, jemand griff nach Mathildes Unterarm.

Nein, dachte sie, lass mich, geh weg.

»Hallo, Mutter?« Wieder dieses Rütteln am Arm.

Unwillig öffnete Mathilde die Augen. Dicht vor ihr stand ihr Sohn Georg.

»Guck mal, du hast Besuch«, meinte er mit einem nachsichtigen Schmunzeln.

Mathilde blinzelte und brauchte einen Moment, um zu wissen, wo sie war. Mit steif gewordenen Gliedern richtete sie sich in ihrem Sessel auf. Über ihren Beinen lag eine gehäkelte Decke, die kleinen Füße steckten in Fellpantoffeln. Das ganze Jahr über, auch im Hochsommer.

»Ei, Mutter, und? Wie ist es?«

»Ach, Georg«, lamentierte Mathilde. »Immer fragst du dasselbe.«

»Jo. Man will ja wissen, wie's dir geht.«

»Wie es *dir* geht, ist wohl wichtiger. Bei mir ist nicht mehr viel zu wollen.«

In letzter Zeit dachte Mathilde oft daran, wie ihr Vater früher die kleinen Katzen ertränkt hatte, in einem zugebundenen Sack mit ein oder zwei schweren Steinen drin. Das Schlimmste war das Mauzen gewesen, wenn er sie runter zur Mosel trug. Mathilde hatte sich gefragt, warum er sie nicht zu Hause in einem Eimer ersäufte. Wahrscheinlich hatte er es vermeiden wollen, sie danach vergraben zu müssen.

Müde sah sie an Georg vorbei und erkannte seine neue Frau, die hinter ihm stand. Er hatte sie schon ein paar Jahre, die blonde Sportlehrerin oder was sie war. Irene war Mathilde lieber gewesen, aber die kam kaum noch.

»Hella. Du bist auch da?«

»Hallo, Mathilde. Gut siehst du heute aus, die Farbe macht dich frisch.«

»Frisch? Habt ihr neue Sachen dabei?« Mathilde mochte die blasslila Bluse, die sie trug, nicht. Sie hatte bei ihr immer den Geruch von Mottenkugeln in der Nase.

»Natürlich«, antwortete Georg. »Deshalb sind wir ja da. Äh ... Also auch deshalb. Und um dich zu besuchen.«

Spitz musterte Mathilde ihren Sohn.

»Wir haben dir Schwarzwälder Kirsch mitgebracht. Selbst gebacken«, sagte der, um das Thema zu wechseln.

»Von wem?«

Als würde das eine Rolle spielen, dachte Georg und antwortete: »Von Hella.« Sein Blick fiel auf das Familienfoto von Adam, Olga und den Jungs, das auf der Kommode stand. Sie waren an Weihnachten zum letzten Mal im Altersheim gewesen.

»Ah«, machte Mathilde. »Ich hab keinen richtigen Appetit.«

»Na, vielleicht später.« Georg ging zum Fenster und öffnete es. Im Zimmer seiner Mutter war es immer zu warm, und es roch nach Kernseife und schlechtem Gewissen. Manchmal fragte er sich, wann das Band zwischen ihm und Mathilde zerrissen war. Er war Einzelkind, früher ein Muttersohn gewesen, seinen Vater hatte er als abweisend und mürrisch in Erinnerung.

Seitdem Mathilde im Heim war, fühlte es sich so an, als sei der Abschied schon passiert. Die Dinge schienen besiegelt, alles, was es zu sagen gab, war gesagt.

»Was gibt es Neues?«, fragte Mathilde.

Immer dieselbe Frage, dachte Georg. Er wusste nicht, ob die Welt da draußen Mathilde noch interessierte. Aber manchmal, wenn er etwas erzählte, blitzte Neugier in ihren Augen auf – oder auch Schadenfreude. Die Anzahl der Wörter reduzierte sich mit dem Alter, so als habe man keine mehr zu verschwenden. Dennoch waren Mathildes Kommentare stets treffend.

»Och«, sagte Georg. »Was Neues ...?« Er setzte sich seiner Mutter gegenüber in einen Sessel, Hella stellte den mitgebrachten Kuchenteller auf den kleinen Couchtisch. Wenn Georg an die gestrigen Ereignisse dachte, wusste er, was es Neues gab. Doch wozu sollte er Mathilde davon erzählen?

»Jo, so weit ist alles wie immer ...« Es kam ihm wie Sprachlosigkeit mit Worten vor. *Wie immer.* Er schlug ein Bein über das andere, Hella setzte sich neben ihn.

»Georg hat gestern bei Helmut Molitor ausgeschachtet«, sagte sie.

Georg schrak zusammen. Die will doch nicht etwa die Geschichte erzählen, dachte er.

Gestern Nacht war Hella noch auf gewesen, als Georg und Olga zurückgekommen waren. Sie hatten ihr die Halskette gezeigt und bis zwei Uhr geredet.

»Müssen wir zur Polizei?«, hatte Hella gefragt.

Georg war unschlüssig gewesen. Schließlich hatte er den Kopf geschüttelt. Es widerstrebte ihm zutiefst, einen rechtschaffenen Mann anzuschwärzen, den er seit sechzig Jahren kannte, ihm die Polizei aufs Grundstück zu hetzen. Er hatte sich vorgenommen, am Montag erst einmal mit Helmut zu sprechen.

»Ah. Helmut und Lieselotte.« Mathilde legte den Kopf schräg, die eine Seite ihres weißen Haars war noch vom Schlafen platt gedrückt. »Mit den ungleichen Söhnen.«

»Ungleiche Söhne?«, wiederholte Hella und beugte sich in ihrem Sessel ein Stück vor.

»Wie heißen die noch mal?« Suchend kniff Mathilde die blauen Augen zusammen.

»Gernot und Uwe«, antwortete Hella.

Mathilde zuckte mit den dürren blasslila Schultern. »Ich hab mich immer gefragt, wie man zwei Kinder so ungleich behandeln kann. Aber ich hatte ja auch nur eins.«

»Hat Lieselotte einen der Jungen bevorzugt?«, fragte Hella weiter.

»Sicher.« Mathilde nickte.

»Welchen?«

»Den, der weggegangen ist.«

Georg spürte, dass seine Handflächen feucht wurden. Er drehte den Oberkörper zum Tisch, zog den Alufolienhut von der Torte und griff nach der beigelegten Gabel. Kurz darauf balancierte er damit die großzügig abgetrennte Kuchenspitze in den Mund. Teilnahmslos guckte ihm Mathilde zu.

»War sonst mal irgendwas bei den Molitors?«, fragte er kauend und in beiläufigem Ton.

»Was soll gewesen sein?«

»Weiß ich nicht. Hat man sich was erzählt? Vor Jahren?«

»Warum fragst du?« Lauerndes Misstrauen lag in Mathildes Ausdruck, Georg kannte dieses Gesicht seit seiner Kindheit. *Was hast du wieder angestellt?*, fragte es. *Da ist doch was im Busch.*

»Nur so«, antwortete Georg und schluckte die sahnige Torte hinunter.

Mathilde schwieg, sie hatte die Hände auf die Sessellehnen gelegt. »Nein«, sagte sie. »Nichts. Ich bin müde.«

Noch mal ließ Georg die Gabel in den Kuchen fahren und

transportierte Nachschub in seinen Mund. Kurz überlegte er. »Mutter, das Wetter ist so schön, wollen wir ein bisschen raus?«, fragte er schmatzend.

»Kommt ein andermal wieder. Ich muss mich ausruhen.«

Von was denn?, dachte Georg und wunderte sich selbst über die Ungehaltenheit, die in ihm aufkam.

Mathilde winkte ab. Ihre Augenlider waren halb geschlossen. »Bis bald«, sagte sie. »Nehmt den Kuchen mit.«

Georg zögerte, seine Mutter war wieder ein Stück zur Seite gekippt. Mit zwei großen Bissen aß er den Rest Torte, dabei wäre ihm ein Stück Fleischwurst mit Senf lieber gewesen. Er packte die Alufolie über den leer geputzten Teller, reichte ihn Hella und stand auf.

Im Zimmer war es still, nur das Ticken der wuchtigen Büfettuhr aus den fünfziger Jahren war zu hören. Sie war ein Hochzeitsgeschenk gewesen, Mathilde hing sehr daran. Georg bildete sich ein, das Ticken von dem Hunderter anderer Uhren unterscheiden zu können. Gleichzeitig versicherte es ihn, dass die Zeit nicht stehen geblieben war. In diesem Raum hätte er es sonst geglaubt.

Er ging zum Kleiderschrank und öffnete ihn. Augenblicklich schlug ihm starker Lavendelduft entgegen, frisch und uralt zugleich, wie Strohblumen oder getrocknete Hochzeitssträuße. Auf dem Schrankboden stand eine Tragetasche mit schmutziger Wäsche. Georg nahm sie heraus und räumte die neuen Sachen aus dem mitgebrachten Korb in die Fächer. Danach klappte er die Kunststofftür, die nach Holz aussehen sollte, wieder zu.

»Also, Mutter, bis bald«, sagte er. Mathilde schaute nicht auf. Georg steuerte den Ausgang an.

»Tschüss, Mathilde.« Sanft strich Hella ihr über Arm und Schulter. »Mach's gut.«

Als sich die Zimmertür hinter Georg schloss, hatte er für einen Moment das Bedürfnis, Hellas Hand zu nehmen. Aber er tat es nicht. Hella hätte sofort gefragt, was los sei.

Mit einem kräftigen Räuspern wechselte er von der Mathildewelt in die andere und ging mit Hella über den Flur. Der Kunststoffboden quietschte unter ihren Schritten. An den Wänden hingen gerahmte Schwarz-Weiß-Fotos und Kalenderblätter mit putzig aussehenden Tieren. Hinter jeder der Türen links und rechts harrte ein gelebtes Leben aus, mit zahllosen Bildern im Kopf und kaum noch Ausdrücken dafür.

Georg und Hella erreichten das Treppenhaus. Kurze Zeit später durchquerten sie den Eingangsbereich im Erdgeschoss.

Das Altersheim lag an der Mosel. Nur eine verkehrsberuhigte Straße und ein grüner Ufergürtel trennten das Gebäude und den Fluss.

Der Besuch bei Mathilde war kurz ausgefallen, Georg hatte Lust, ein bisschen spazieren zu gehen. Es war noch früh am Tag, und zu Hause werkelte ohnehin gerade die Putzfrau. Eigentlich hätte sie gestern kommen sollen, aber wegen Adam und Olga hatte Hella sie umbestellt.

Beim Verlassen des Heims blendete die Vormittagssonne, der Himmel war blau, die Luft frühsommerlich warm.

»Lass uns noch ein bisschen gehen«, sagte Georg. Hella nickte und hakte sich bei ihm unter.

Sie schlenderten an der Mosel entlang, die Wasseroberfläche funkelte. Um diese Zeit war noch nicht viel los. Erst am Nachmittag würden wieder zahlreiche Ausflügler auf den Wegen flanieren, entlang traumhafter Jugendstilvillen, für die Traben-Trarbach bekannt war. Sie würden in die Sonne blinzeln und sich womöglich fragen, wie der Wein aus den gegenüberliegenden Hängen in diesem Jahr geriet.

»Ich habe immer versucht, meine Töchter gleich zu behandeln«, sagte Hella unvermittelt. »Doch wenn man ehrlich ist, gibt es *gleich* gar nicht.«

»Hm«, machte Georg. Auch ihm ging der Kommentar seiner Mutter zu Helmuts Söhnen durch den Kopf. Dazu gesellte sich wieder die Frage, welche Knochen bei den Molitors in der Erde gewesen waren und wie diese Kette dorthin gelangt war. Womöglich lag der Ursprung Jahrzehnte zurück, und keiner der Molitors ahnte etwas davon.

»Ach, guck mal da …« Hella wies auf zwei Schwäne, die

nebeneinander auf das Flussufer zuschwammen. »Sieht das nicht wunderbar aus? Man sagt, die seien sich ein Leben lang treu.«

Lächelnd nahm sie Georgs Hand, ihre schlanken Finger kreuzten sich in seine. Manchmal erschien sie ihm hoffnungslos romantisch.

Er hörte das Geräusch eines herannahenden Motorrads hinter sich. Super Biker-Wetter, dachte er. Und klasse Wetter zum Fliegen. Ich muss endlich mal wieder in die Luft.

Der Motor heulte auf, der Fahrer zog am Gas, das grelle Dröhnen kam schnell näher. Einem Impuls folgend, drehte sich Georg um. Er sah einen schwarzen Helm mit verspiegeltem Visier, der Oberkörper der Gestalt war in dunkles Leder gekleidet. Die Maschine raste auf Georg und Hella zu. Kurz glaubte Georg an Unachtsamkeit, doch sein Gehirn kombinierte Richtung, Geschwindigkeit und Haltung des Fahrers miteinander und erkannte Absicht.

In einer Hand hielt die Person etwas Längliches, das wie ein Metallstab aussah.

»Weg!«, schrie Georg, hechtete zu der abfallenden Uferböschung und zerrte Hella mit. Er warf sich über sie und drückte sie nach unten. Aus den Augenwinkeln nahm er ein weißes Flattern auf der Wasseroberfläche wahr, eines seiner Beine wurde eiskalt, es hing in der Mosel. Oberhalb, am Rand des Gehwegs, rauschte mit sägendem Motorgeheul ein schwarzer Schatten vorbei. Georg blieb geduckt, sein Herz raste, unter ihm japste Hella.

Das Motorrad entfernte sich, der Lärm wurde leiser.

Langsam richtete sich Georg auf und horchte, fürchtete, dass der Fahrer einen zweiten Anlauf nahm. Schräg neben ihm rappelte sich Hella hoch, Fassungslosigkeit stand in ihrem Gesicht.

»Was war das denn?«, keuchte sie und starrte Georg entgeistert an.

Ihre Stimme brachte ihn dazu, zu handeln. Er stürmte die Böschung hoch und rannte auf die Straße. Das Motorrad bog in einiger Entfernung nach links ab und verschwand.

Am ganzen Leib zitternd, bemerkte er, wie Moselwasser ein Hosenbein hinuntertropfte und aus dem Schuh quoll.

Mit unsicheren Schritten kam Hella heran. »Das ist ja unglaublich«, sagte sie verärgert. »Wir müssen Anzeige erstatten.«

In Georgs Kopf war nur das Bild einer schwarzen Gestalt mit Helm. Dünne Beschreibung, dachte er. »Gegen wen?«

Ein paar Meter entfernt lag die Tragetasche mit Mathildes schmutziger Wäsche und dem Kuchenteller auf den Ufersteinen. Georg ging hin und hob die Sachen auf.

»Keine Ahnung. Gegen unbekannt«, erwiderte Hella aufgebracht.

»Lass uns erst mal nach Hause.« Georg hatte das Bedürfnis, sich zu sammeln und trockene Sachen anzuziehen. »Von dort aus können wir immer noch zur Polizei.«

6

Der Schrei ließ Georg das Blut in den Adern gefrieren, gerade als er das zweite Bein in die eben aus dem Schrank gezogene trockene Jeans zwängte. Wieder schrie Hella, gellend und entsetzt. Georg brachte seinen blanken Fuß durch die Hosenbeinöffnung, rannte die Treppe runter und stürzte durch den Flur und den Wohnbereich. Hellas Schreie waren von der Veranda gekommen.

Noch im Laufen schloss sich eine eiskalte Klammer um seine Brust, abrupt hielt er inne. Auf der Veranda lag ein Bein, es endete in einem verdrehten grünen Gartenclog.

Alles in Georg sträubte sich. Er wollte nicht sehen, was es da draußen zu sehen gab. Wie betäubt trat er durch die offen stehende Verandatür.

Auf den Betonfliesen schräg davor lag Jessica Göbel, die Putzfrau. Ihr Unterkörper war unnatürlich abgewinkelt, die Hände steckten in gelben Gummihandschuhen, die Augen starrten leer in den Himmel. Dunkelrotes Blut rann unter Jessicas Kopf und Torso hervor.

Fassungslos betrachtete Georg die Tote. Dabei bemerkte er, dass er mit einem seiner nackten Füße in etwas Feuchtem stand. Er sah an sich hinunter, seine Zehen badeten in Blut. In Georgs Kehle stieg Würgereiz auf. Mit einem unterdrückten Stöhnen wendete er seinen Blick möglichst weit vom Boden ab. In der Hausfassade klaffte eine rechteckige Öffnung, das Fenster im Gästezimmer stand sperrangelweit auf.

»Die ist von da oben runtergestürzt«, murmelte er. »Ich rufe die Polizei.«

Entsetzt presste Hella die Hände vor den Mund.

»Komm mit rein, Hella«, kam es hohl über Georgs Lippen. »Du brauchst dir das nicht länger anzusehen.« Behutsam fasste er sie am Oberarm, manövrierte sie ins Haus und schob sie auf einen der Stühle am Esstisch. Arbeitszimmer, dachte Georg,

Telefon. Die Gedanken tropften zäh wie Tapetenkleister in sein Gehirn.

Er ging in den Nachbarraum, griff nach dem Telefon und wählte 110. Nach einmaligem Rufton hörte er eine kräftige Männerstimme. »Polizei. Hallo?« Gleichzeitig wollte er nichts lieber als seinen blutigen Fuß abwaschen.

»Ja, hallo.« Georg kratzte mit dem großen Zeh im Teppich. »Hier ist ein Unfall passiert. Unsere Putzfrau liegt tot auf der Veranda. Das heißt ... man sieht, dass sie tot ist. Einen Krankenwagen müssen Sie wohl nicht mehr schicken. Denke ich. Aber wahrscheinlich die Polizei.«

Am anderen Ende der Leitung war es einige Sekunden lang still.

»Wer spricht da, und wo wohnen Sie?«, wollte der Mann wissen.

»Ach, natürlich.« Georg nannte Namen und Anschrift. »Wir sind eben nach Hause gekommen, da lag sie da. Jessica Göbel heißt sie. Also *hieß*. Oder heißt.« Georg war schwindelig, er stützte sich am Schreibtisch ab.

»Die Kollegen sind gleich bei Ihnen. Verändern Sie bitte nichts am Fundort«, hörte er.

Das hatte er auch nicht vor. Überhaupt hatte er keinerlei Bedürfnis, auf die Terrasse zurückzugehen. Er legte auf und begab sich auf direktem Weg ins Gästebad. Dort hob er seinen linken Fuß in das kleine Waschbecken, quetschte ihn unter den Hahn, drehte das Wasser auf und seifte Zehen und Sohle ab.

Seine Ferse blockierte den Abfluss, die hellrote Seifenlauge stieg an, Georg schauderte es. Er drehte den Fuß ein Stück, aber so ungünstig, dass er unter dem Wasserhahn festhing und sich verkeilte.

Unweigerlich verlagerte sich Georgs Körperschwerpunkt. Er versuchte, mit dem rechten Bein auszugleichen und die Balance wiederzufinden, doch die Angelegenheit wurde zusehends instabil. Seine Hand griff nach dem Handtuchhalter, um sich festzukrallen, erwischte nur den dunkelroten Frotteestoff und zog ihn, ohne Halt zu finden, von der Stange. Georg strauchelte, wusste schlagartig, dass er verloren hatte, kippte nach hinten und knallte aus der offenen Tür rücklings in den Flur.

Heiliger Bimbam, dachte er.

»Georg? Was machst du? Alles in Ordnung?« Eilig kam Hella heran, ihr Gesicht war fahl.

»Argh, verdammt«, fluchte Georg und rappelte sich auf. »Jaja, nichts passiert. Die Polizei kommt gleich.« Er rieb sich die Lendengegend. »Ich geh hoch und hol mir ein paar Socken.«

»Ich komme mit«, erwiderte Hella sofort. »Ich bleib nicht allein hier.«

Wieso das denn nicht?, fragte sich Georg. Er stieg, dicht gefolgt von Hella, die Stufen rauf in den ersten Stock.

Die Tür des Gästezimmers stand einen Spalt offen. Georg blieb davor stehen, Hella tastete nach seiner Hand.

Schaudernd stieß Georg die Tür weiter auf.

Vor dem geöffneten Fenster stand ein antiker Sekretär, auf dem Boden davor der blaue Putzeimer. Etwa einen halben Meter entfernt lag der zweite Gartenclog.

»Sie ist gestorben, weil sie *unsere* Fenster geputzt hat«, flüsterte Hella und verbarg ihr Gesicht an Georgs Schulter.

Er lenkte sie rüber ins Schlafzimmer. »Setz dich, du bist ganz blass.«

Während Georg ein paar Socken aus der Kommodenschublade griff, ließ sich Hella auf dem Bettrand nieder. »Dabei war sie immer so fröhlich. Und sie war noch so jung.« In ihren Augen standen Tränen.

»Wie konnte das passieren?«, murmelte Georg mehr zu sich selbst. »Warum ist sie da rausgestürzt?«

Auf wackligen Beinen zog er die Strümpfe an. Nach einem Zögern ging er langsam hinüber ins Gästezimmer. Sein Blick lief über das Doppelbett mit der türkisfarbenen Tagesdecke, den weißen Kleiderschrank und das Bücherregal, in das Hella ihre gelesenen Romane stellte.

Erst kurz bevor Jessica zum Putzen gekommen war, waren Adam und Olga abgereist. Neben dem Bett lag ein Kinderbuch. »Rudi auf der Baustelle«, stand darauf. Der Buchdeckel zeigte einen quietschgelben Bagger, in dem ein Hund mit einer breiten Grinseschnauze saß. Hella hatte es für die Jungs zu Ostern besorgt.

Still stand Georg neben dem Bett. Er wünschte sich, die Zeit zurückdrehen zu können. Jemand war in seinem Zuhause ums Leben gekommen. Zweifellos gehörte das zu den übelsten Dingen, die einem Haus passieren konnten. Er wollte gar nicht daran denken, wie er hier mit Hella weiterleben sollte. Am Ende würde sie ihn nachts wecken, weil der Geist der toten Jessica herumspukte.

»Elender Mist«, zischte Georg zwischen den Zähnen hervor. Am liebsten hätte er irgendwo gegen getreten. Nicht mit Socken, sondern mit seinen dicken Stahlkappenschuhen an den Füßen.

Er ging auf den Sekretär zu und bemerkte, dass eine der Schubladen weiter vorstand als die anderen. Mit den Fingerspitzen drückte er sie zu. Dann stutzte er und zog sie auf. Sie war leer.

»Hm«, brummte er und schloss sie wieder, das Holz glitt geschmeidig in der Führung. Vor einer Weile hatte Hella das Möbelstück bei einem befreundeten Schreiner überholen lassen.

Georg trat ans Fenster, er beugte sich vor. Beim Anblick von Jessica in der Blutlache schreckte er sofort wieder zurück.

Entweder hatte sie sich zu weit hinausgelehnt oder aber auf dem Sekretär gestanden, vielleicht auch gekniet, und das Gleichgewicht verloren. Skeptisch betrachtete Georg das Möbel. »Art déco«, hatte Hella gesagt. »Ganz was Feines.« Hätten die vier dünnen Holzbeinchen Jessica überhaupt ausgehalten?

Wieso hat sie nicht besser aufgepasst?, grollte es in Georg. Und warum ist sie so unglücklich gefallen? Es war doch nur der erste Stock.

Das Geräusch einer Polizeisirene schreckte ihn auf. Hastig verließ er das Zimmer, lief nach unten und brachte sich vor dem Haus in Position.

Als Erstes fuhr der Streifenwagen vor, dicht gefolgt von einem Notarztauto. Die Fahrzeuge hielten vor dem Haus,

Türen wurden aufgerissen und wieder zugeschlagen, plötzlich waren lauter Leute um ihn herum.

»Wo?«, fragte einer der uniformierten Beamten.

»Auf der Gartenseite, draußen auf der Veranda. Sie können durchs Haus.« Georg wies auf die offene Eingangstür.

»Ach, hallo, Georg.« Kumpelhaft klopfte der Sani aus dem Notarztwagen Georg auf die Schulter. Der brauchte einen Moment, bis er Rüdiger Schüssler erkannte, einen der Schulfreunde seines Sohnes.

»Da habt ihr ja eine schöne Bescherung«, meinte Rüdiger. »Gucken wir mal. Zu machen ist nicht mehr viel, gell? Hattest du ja schon gesagt.« Mit einem angedeuteten Kopfschütteln folgte er den uniformierten Polizisten und dem Arzt ins Haus.

Gerade wollte Georg hinterher, als ein silbergrauer Kombi anfuhr. Ein Mann Mitte dreißig und eine blonde Frau in den Fünfzigern stiegen aus. Beide kamen auf ihn zu.

»Hauptkommissar Max Engel«, stellte sich der Mann vor. »Das ist meine Kollegin Renate Haase. Wo liegt die Tote?«

»Auf der Veranda hinterm Haus«, wiederholte Georg.

»Kommen Sie bitte mit uns rein und beantworten ein paar Fragen?«, sagte die Frau.

»Natürlich.« Georg ging vor durch die Diele in den Wohnbereich.

Die beiden Ermittler ließen ihn dort stehen und begaben sich auf die Terrasse. Durch das große Fenster beobachtete Georg, wie sie die Leiche in Augenschein nahmen und sich mit den Polizisten und dem Arzt besprachen.

Max Engel kam Georg entfernt bekannt vor, er fragte sich, woher. Ein lautes Schniefen von Hella ließ ihn zusammenzucken. Sie war aus dem Schlafzimmer heruntergekommen und sackte gerade auf die Couch. Georg stand weiter herum wie Falschgeld.

Die Tote wurde fotografiert, die Polizisten zogen Autoschlüssel und Handy aus Jessicas Hosentasche, gingen hoch in den ersten Stock, kamen wieder herunter, begaben sich erneut auf die Veranda, nickten, inspizierten die rückwärtige Hausfront und machten weitere Fotos. Ein Polizist überprüfte die Haustür und die Fenster im Erdgeschoss auf Einbruchspuren.

»In die Rechtsmedizin«, sagte Max Engel zu einem der Streifenbeamten. »Der Leichenwagen müsste gleich da sein.«

»In Ordnung, wir sind so weit fertig.« Der Notarzt reichte dem Hauptkommissar ein ausgefülltes Formular und kam mit Rüdiger Schüssler zusammen von der Veranda rein.

»Tschöö, Georg.« Jovial hob Rüdiger die Hand. »Wir sind durch. Tote wieder lebendig machen haben wir leider noch nicht im Programm. Schade drum. Echt. Aber Jessi war auch ganz schön oft breit. Da kann man schon mal ins Trudeln kommen.«

»Was?«, fragte Georg verständnislos. Rüdiger war bereits im Flur. Kurz darauf fiel die Haustür ins Schloss.

»Also, Herr … äh … Reifegerste … und Frau Traber …« Renate Haases Stimme war tief und kräftig. »Setzen wir uns einen Moment.« Sie deutete auf die Stühle am Esstisch.

Georg nahm ihr gegenüber Platz, Parfümdunst wehte zu ihm hin. Womöglich war es auch der Geruch von Haarspray – Renate Haases blonde Wellen standen wie Beton. Neben Georg saß Hella mit hängenden Schultern und schniefte in ein Taschentuch.

Renate Haase zog Block und Stift aus ihrer Tasche. »Die Tote, Frau Jessica Göbel, hat bei Ihnen geputzt?«

Georg nickte. »Eigentlich ist sie Arzthelferin, aber sie hat sich abends oder am Wochenende was dazuverdient. Schon seit ungefähr zwei Jahren hat sie bei uns sauber gemacht. Es gab nie Probleme.«

»Kam sie immer allein?«

»Wer soll denn mitgekommen sein?«, meinte Hella erstaunt.

»Keine Ahnung. Das frage ich Sie.«

»Sie kam allein«, antwortete Georg.

»Hatte sie einen Hausschlüssel?«

»Nein. Einer von uns hat sie immer reingelassen. Heute gegen zehn Uhr auch. Danach sind wir zu meiner Mutter ins Altersheim nach Traben-Trarbach gefahren. Als wir zurückkamen, lag Jessica da. Ich habe sofort die Polizei angerufen.«

»Kann sonst jemand im Haus gewesen sein, während Sie weg waren?«

Hella und Georg sahen sich an, Hella schüttelte den Kopf. »Jessica könnte natürlich jemanden reingelassen haben, das wissen wir nicht. Aber einen Schlüssel hat außer uns niemand.«

»Hinweise auf einen Einbruch haben sich nicht gefunden.« Renate Haase faltete ihre Hände mit den rot lackierten Fingernägeln ineinander. »Insofern gab es wohl kein gewaltsames Eindringen ins Haus. Ist Ihnen heute irgendetwas an Frau Göbel aufgefallen, als Sie sie gesehen haben? Noch lebend, meine ich.«

»Nein«, antwortete Georg. »Sie war wie immer.« Er überlegte kurz. »Und davon, dass sie Drogen genommen hat oder so was, haben wir auch nichts gewusst. Überhaupt nicht. Sonst hätten wir sie nicht beschäftigt.«

»Hatte sie heute den Auftrag, die Fenster zu putzen?«, fragte Max Engel. Er stand mit verschränkten Armen am Kopfende des Tischs, ein paar Locken hingen ihm in die Stirn.

Hella zuckte mit den Schultern. »Nicht so ausdrücklich. Sie hat halt immer die Böden gemacht, das Bad, was so anfiel. Manchmal auch gebügelt.«

Die Türklingel schrillte. Georg schrak zusammen, seine Nerven lagen blank.

»Die Bestatter.« Hauptkommissar Engel ging vor und öffnete.

Zwei Männer manövrierten einen Zinksarg heran. »Tach zusammen«, grüßte der vordere, steuerte an Georg und Hella vorbei und die Verandatür hinaus.

»Wenn die Tote weg ist, können Sie nachher da sauber machen.« Renate Haases Gesicht trug nun den Ausdruck einer praktisch veranlagten Hausfrau. »Mit dem Gartenschlauch oder so.«

Neben sich hörte Georg Hella tief einatmen.

»Sand streuen und dann aufkehren geht auch«, fügte Renate Haase an. Georg wurde flau im Magen.

»Gut«, sagte Max Engel und strich über seinen Dreitagebart. »Wenn wir weitere Fragen haben, hören Sie von uns. Natürlich können Sie uns auch anrufen, wenn Sie noch etwas mitteilen möchten.« Er reichte Georg eine Karte. »Angemeldet hatten Sie Frau Göbel als Putzhilfe?«

Mist, dachte Georg. Das musste ja noch kommen. Er straffte seine Haltung. »Ich hatte sie über mein Geschäft angemeldet«, sagte er. Dass er die Firma kürzlich abgewickelt hatte, behielt er für sich.

Max Engel nickte.

»Ähm …«, machte Hella und suchte nach Worten. »Also … Es gibt da noch was. Als wir heute aus dem Altersheim kamen, hat uns ein Motorradfahrer attackiert.«

»Attackiert?« Max Engel hob die Augenbrauen.

»Ja, er kam auf uns zugerast, wir konnten uns nur noch mit einem Sprung in die Böschung retten.«

Max Engel und seine Kollegin tauschten einen Blick.

»Haben Sie das Kennzeichen gesehen?«, fragte Renate Haase.

»Nein.«

»Irgendwelche anderen besonderen Merkmale, die den Fahrer beschreiben?«

Hella hob die Schultern. »Es war so eine schwarze Gestalt, schwarzer Helm und Lederjacke.«

»Aha. Nun ja. Sie können natürlich Anzeige gegen unbekannt erstatten. Dazu kommen Sie am besten im Polizeirevier vorbei.«

»Ist das alles?«, fragte Hella ungläubig.

»Was sollen wir Ihrer Meinung nach tun?« In Renate Haases stark geschminktem Gesicht regte sich nichts.

»Und hopp«, klang es lautstark von der Veranda her.

Als habe das Kommando ihm gegolten, stand Georg auf. Ihm war heiß, Schweiß rann seinen Rücken hinunter. Die beiden Männer kamen mit dem Sarg durch die Terrassentür und trugen ihn durchs Haus zum Vordereingang. Ihrer Haltung war anzusehen, dass sie dieses Mal Gewicht transportierten.

Renate Haase packte Block und Stift wieder ein. Sie erhob sich ebenfalls. »Auf Wiedersehen.« Max Engel und sie verabschiedeten sich. Wenig später hatten sie das Haus verlassen.

Zurück blieben eine verdatterte Hella und heftige Übelkeit

bei Georg. Die Schwarzwälder Kirschtorte stieß ihm sauer auf, zusammen mit der anstehenden Säuberungsaktion lag sie ihm schwer im Magen. Er versuchte, die Blutlache auf der Veranda gedanklich zu der eines erlegten Wildschweins zu machen. Über das freute man sich hier – ein Schwarzkittel weniger, der die umliegenden Weinberge zerwühlte. Doch es gelang ihm nicht.

»Ich fang mal an«, nuschelte er zu Hella hin, begab sich nach draußen und tappte bedrückt zum Außenwasseranschluss an der Seite des Hauses. Mit wachsendem Widerwillen rollte er den Gartenschlauch von der Halterung ab. Gerade zog er ihn zur Veranda, als Hella neben ihm auftauchte.

»Du, Georg«, sagte sie. »Die Halskette von gestern Nacht ist weg.«

7

»Was macht ihr denn hier? Haben wir was vergessen? Ein Kind vielleicht?« Olga drehte den Kopf über die Schulter. »Karl? Franz? Seid ihr da?«

Georg war nicht zu Scherzen aufgelegt. Die halbe Fahrt nach Trier über hatte Hella geheult und sich und ihm Vorwürfe gemacht. Es war nicht in Frage gekommen, zu Hause zu bleiben, und keinesfalls hatte Hella zu einer Freundin im Ort gewollt. »Es ist schon schlimm genug, dass ich am Dienstag wieder die Herzsportgruppe habe. Was, denkst du, wird da geredet? Mir graut schon davor«, hatte sie gejammert.

Unweigerlich wurde Jessicas Tod innerhalb weniger Stunden zum Dorfgespräch, das sich viele Tage lang hielt. Dabei kamen erfahrungsgemäß alle möglichen Versionen des Geschehens in Umlauf.

»Unsere Putzfrau ist tot«, sagte Hella zu der erstaunten Olga und schniefte immer noch.

»*Deshalb* fahrt ihr nach Trier?«

»Sie ist aus unserem Gästezimmer gefallen. Aus *eurem* Gästezimmer.«

Olga legte den Kopf schräg. Was ist denn mit denen los?, schien sie sich zu fragen. »Kommt erst mal rein.«

Georg und Hella stiegen über im Flur verstreutes Kinderspielzeug und bogen rechts ab in die Küche. Einer der Zwillinge kam angelaufen, er umarmte Georg stürmisch. Dann musterte er Hella. »Oma Hella, du siehst ja aus wie ein geplatztes Sofa.«

Hella hatte Georgs Enkeln geduldig und beharrlich abgewöhnt, sie *Oma* Hella zu nennen. Allerdings gab es immer wieder Ausrutscher. Dieses Mal sah sie darüber hinweg, es war Schlimmeres passiert.

»Franz, spiel doch was mit deinem Bruder.« Olga strich ihrem Sohn übers Haar. »Wir müssen etwas besprechen.«

»Wieso?« Franz machte große Augen und keine Anstalten, die Küche zu verlassen.

»Daso«, konterte Olga, schnappte sich den Kleinen und trug ihn kurzerhand hinaus.

Georg schaute aus dem Küchenfenster in einen Hinterhof. Die Nagelstraße lag mitten in der Innenstadt, umgeben von all den historischen Gebäuden und Sehenswürdigkeiten, die es in Trier an jeder Ecke gab. Wenn man hier ausschachtete, stieß man unweigerlich auf irgendein Gemäuer aus der Römerzeit. Dann rückte die Landesdenkmalpflege an, und das ganze Gedöns ging los. Für Bauunternehmer gab es wirklich bessere Pflaster.

Nach dem Abitur hatte Georg in Trier vier Semester Geografie studiert. Es waren die wilden Siebziger gewesen, die Universität war noch jung und er langhaarig und bärtig. Georg erinnerte sich an die Nächte in Trier-West. Der Ton dort war rau, die Zapfhähne waren bis in die Morgenstunden gelaufen, und den Leuten von da hatte man mitunter nachgesagt, ihr Stammbaum sei ein Kreis.

»Setzt euch.« Olga war in die Küche zurückgekommen.

Erschöpft ließ sich Georg auf einem der meerblau gepinselten Holzstühle nieder. Um ihn herum herrschte Olgas kreatives Chaos. Benutztes Geschirr stand auf der Anrichte und in der Spüle, überall lagen Bücher und Spielsachen der Kinder.

Über dem Tisch hing ein großes Bild in einem goldenen Stuckrahmen. Das Motiv fand sich zuhauf auf Flohmärkten, puttenhafte Engel lungerten in der Dämmerung an einem See herum. Auf diesem Bild hatten die speckigen kleinen Wesen allerdings die Gesichter der Familie Reifegerste-Tomaszewski. Passgenau ausgeschnittene Fotos waren über die Originale geklebt. Der behäbig unter einem Busch schlafende Engel war Adam.

»Adam hat sich vor zwanzig Minuten ein bisschen hingelegt«, sagte Olga. »Mögt ihr einen Kaffee? Tee? Schnaps?«

»Lieber ein Wasser«, antwortete Hella.

Olga nahm Gläser von einem Geschirrregal und eine Flasche aus dem Kühlschrank. »Erzählt mal.« Sie setzte sich Georg und Hella gegenüber auf die weiße Holzbank.

»Mach du das, ich kann nicht.« Zitternd goss sich Hella Wasser ein.

Georg sammelte sich einen Augenblick. Dann berichtete er stockend von dem schrecklichen Fund, den sie nach ihrem Besuch im Altersheim gemacht hatten. Auch die Gespräche mit dem Sanitäter und den Polizisten gab er wieder.

Aufmerksam hörte Olga zu. »Jessica hat ziemliches Pech gehabt. Den ersten Stock überlebt man meist. Aber wenn sie tatsächlich unter Alkohol oder Drogen stand, kann sich das natürlich nachteilig auf die Reflexe und die Art des Falls auswirken.«

Wieder liefen Tränen über Hellas Wangen. Olga stand auf und kam heran. Sie legte Hella einen Arm um die Schulter. »Ihr dürft euch keine Vorwürfe machen«, sagte sie. »Es ist doch nicht eure Schuld.«

»Doch«, erklärte Hella bedrückt. »Die Kette, die ihr gestern Nacht gefunden habt, ist nämlich weg.«

Olgas jadegrüne Augen weiteten sich. »Oh«, sagte sie. »Oha.« Sie ließ sich zurück auf ihren Platz fallen.

»Als wir zu Georgs Mutter sind, lag die Kette noch auf dem Sideboard in der Küche, wo ich sie gestern Nacht nach unserem Gespräch hingelegt hatte«, fuhr Hella fort. »Kurz nachdem die Polizei das Haus verlassen hatte, habe ich gemerkt, dass sie weg ist.«

»Verstehe«, sagte Olga. »Die hat wohl kaum der Notarzt oder der Bestatter mitgenommen. Kann Jessica sie eingesteckt haben?«

»Nein, sie hätte nichts mitgehen lassen.« Hella schüttelte den Kopf. »Sie war immer ehrlich.«

»Heißt das, jemand, der wusste, dass wir gestern bei den Molitors gegraben haben, war bei euch im Haus?« Olga kräuselte die Lippen.

»Du meinst, der Mann mit dem Kölner Jeep?«, erwiderte Georg.

»Zum Beispiel.«

»Wie wir gestern Nacht schon vermutet haben, womöglich Helmuts Sohn, der in Köln lebt.«

»Es kann Uwe gewesen sein, aber wir haben den Mann ja nicht erkannt. Es muss auch nicht dieselbe Person die Kette mitgenommen haben. Doch vermutlich hat Jessica ihm oder ihr die Tür geöffnet.« Olga fuhr mit dem Finger über ihren Nasenrücken, wie sie es oft tat, wenn sie nachdachte. »Ist eure Putzfrau am Ende gar nicht *gefallen*?«

Neben sich hörte Georg ein gepresstes Stöhnen. »Ich würde doch einen Schnaps nehmen«, murmelte Hella.

Olga erhob sich, öffnete einen der Küchenschränke und nahm eine Flasche aus dem oberen Gefach. In der blassgrünen Flüssigkeit stand ein langer Grashalm, auf dem Etikett war ein haariges Rind abgebildet. »Den trinkt mein Papa gern.« Sie goss Hella einen ordentlichen Schluck Wodka ins Wasserglas. »Prost.«

Hella kippte den Schnaps hinunter, kniff die Augen zusammen und verzog das Gesicht.

»Ihr schlaft heute Nacht bei uns«, sagte Olga entschieden.

Georg öffnete den Mund.

»Keine Widerrede. Das sage ich als Ärztin. So ein Stress kann bei älteren Leuten wie euch schnell aufs Herz schlagen.« Georg schloss den Mund wieder. Als älterer Mann wusste er nichts mehr zu sagen.

»Wir fahren gleich raus aus der Stadt und gehen ein bisschen spazieren«, schloss Olga an. »Drüben auf dem Markusberg. Das wird euch guttun. Außerdem gibt's da leckeren Kaffee und Kuchen.«

Bei dem Wort Kuchen schüttelte es Georg. »Ich würde auch mal den Grasschnaps probieren.« Er zeigte auf die Wodkaflasche.

»Gern.« Olga goss ihm ein. »Aber vorher rufst du diesen Hauptkommissar an und erzählst ihm von der Kette und warum wir sie gefunden haben. Ich denke, es ist an der Zeit, dass sich die Polizei der Sache annimmt.«

8

»Ich sag halt zur Yvonne, irgendwann heißt es hopp oder top. Der Marcel weiß, dass du gern eine Familie gründen würdest, da muss man mal Nägel mit Köpfen machen. Die Yvonne wird achtundzwanzig. In dem Alter war ich längst unter der Haube.« Renate Haase stützte ihren rechten Ellbogen an der Innenseite der Beifahrertür ab. »Die sind jetzt vier Jahre zusammen. Auf was wartet man da noch? Würdest du da noch warten? Nach vier Jahren weiß man doch, woran man ist.«

Max Engel ließ die Seitenscheibe ein Stück hinunter und lenkte den Dienstwagen die kurvige Straße hinauf.

»Weißt du, was ich glaube?«, fragte Renate Haase lauernd. »Der Marcel will überhaupt nicht. Eigentlich bin ich mir da sogar ziemlich sicher. Der geht doch immer noch am liebsten mit seinen Kumpels weg. Neulich samstags war ich um ein Uhr mittags bei denen, da hat der immer noch im Bett gelegen und seinen Rausch ausgeschlafen. Die Yvonne ist viel zu gutmütig.« Sie schüttelte die blonden Betonwellen. »Das war ich bei der ihrem Vater auch. Viel zu gutmütig. Man sieht ja, wohin das geführt hat. Am Ende wird man abserviert.«

Max Engel kannte die Geschichte, er hatte sie oft genug gehört. Anfangs hatte er noch gedacht, dass die Scheidung vielleicht nicht an Renates Gutmütigkeit gelegen hatte. Mittlerweile dachte er gar nichts mehr. Wenn er mit ihr im Dienst war, plätscherte ihr Gerede neben ihm dahin. Max fand es nicht unangenehm, er hatte sich einfach daran gewöhnt. Beim Autofahren dachte er oft an seine Gleitschirmflüge, und manchmal hielt er Renates herbe Stimme für das Rauschen des Windes in seinen Ohren.

Er nahm die letzte Kurve vor der kleinen Ortschaft und bremste ab, bevor die Straße schmal wurde. Was Georg Reifegerste am Telefon berichtet hatte, war ihm merkwürdig vorgekommen. Er hatte mit Renate beschlossen, bei den Molitors vorbeizufahren und ein paar Fragen zu stellen.

Max durchquerte das Dorf. Vor vielen Jahren hatte er eine Freundin gehabt, die hier gewohnt und mit ihm in Traben-Trarbach Abitur gemacht hatte. Miriam war hübsch gewesen, aber ihr Lachen hatte wie das einer Hyäne geklungen. Soweit Max wusste, arbeitete sie mittlerweile in Düsseldorf bei einer Bank und war mit einem Anwalt verheiratet. Womöglich muss sie gar nicht mehr so viel lachen, hatte Max gedacht.

»Die Yvonne würde ohne Probleme jemand anderen finden. So wie die aussieht.« Renate knibbelte an ihren roten Fingernägeln. »Nur soll die nicht den Fehler machen und zu lange warten. Irgendwann ist der Lack ab.«

So ist es, dachte Max. Er bog auf den schmalen Weg ein, der zum Hof der Molitors führte.

Georg Reifegerste hatte was von Knochen erzählt und von einer ausgegrabenen Halskette, die nun verschwunden war. Max war hin- und hergerissen. Er hatte in seiner Laufbahn noch keinen Mord bearbeitet, so viele gab es davon an der Mosel nicht. Einerseits reizte es ihn, einer großen Sache auf die Spur zu kommen. Andererseits konnten sich solche Ermittlungen monatelang hinziehen, und er hatte wenig Lust darauf, den ganzen Sommer über kaum Freizeit zu haben. Er wollte fliegen, in der Luft sein. Das war seine größte Leidenschaft.

»An der Yvonne ihrer Stelle hätte ich dem Marcel schon den Laufpass gegeben.« Renate drückte auf das Gurtschloss, das Band über ihrer Brust surrte zurück. »Ich sag dir, wenn man Kinder hat, macht man sich dauernd Gedanken. Das kannst *du* noch nicht verstehen.«

Irgendwie doch, dachte Max. Er kannte Renates Tochter und wusste, dass nicht nur ihr Freund Marcel gern einen trank. Dabei wurde Yvonne ziemlich anhänglich, wenn sie besoffen war. Aber Max hatte nicht vor, Renate davon zu erzählen.

Der Wagen rollte auf das Gelände des Hofs, vorbei an der Ausschachtung, von der Georg Reifegerste berichtet hatte. Max parkte schräg vor dem Wohnhaus neben einem schwarzen Jeep mit Kölner Kennzeichen. Mit Renate stieg er aus.

Er blickte sich um, die Gebäude waren in einem guten Zustand. Aus dem lang gezogenen Geflügelstall gackerte es, etliche weiße und braune Hühner liefen davor in einem umzäunten Freigelände herum.

Max und Renate gingen zur Haustür. Auf einer Schiefertafel war »Molitor« eingraviert. In dem großen Fenster daneben hingen geschwungene weiße Gardinen, die Töpfe mit Zimmerpflanzen umrahmten. Max klingelte. Hinter dem Milchglaseinsatz der Tür kam jemand heran.

Eine Frau, schätzungsweise Mitte sechzig, öffnete. Sie war korpulent und hatte ein derbes, kantiges Gesicht. »Ja?«, fragte sie muffig.

Die Leute begrüßten Polizisten in Uniform freundlicher, Max kannte das. In Zivilkleidung hielten einen manche offenbar für Zeugen Jehovas oder Teil einer Drückerkolonne. Der Ton änderte sich meist erst nach dem Vorweisen der Dienstmarke.

»Engel, Kriminalpolizei, das ist meine Kollegin Renate Haase.« Max hielt der Frau seinen Ausweis hin. »Können wir kurz mit Ihnen sprechen? Lieselotte Molitor, nehme ich an?«

»Kripo?« Die Miene verfinsterte sich weiter, von Freundlichkeit keine Spur. Die Frau wischte ihre Hände an der Kittelschürze ab. »Auf unserem Hof ist alles in Ordnung. Wir brauchen keine Kripo.«

»Frau Molitor, wir möchten gern mit Ihnen und Ihrem Mann reden. Ansonsten müssten wir Sie aufs Revier bitten.«

»Revier?« Lieselotte Molitors Stimme war hart. »Wir sind keine Verbrecher. Kümmern Sie sich lieber um das ganze Gesocks da draußen.« Sie funkelte Max an.

»Wie Sie wollen«, sagte der. »Begleiten Sie uns bitte zur Wache.«

Unschlüssig stand Lieselotte Molitor da. Schließlich trat sie zur Seite und bedeutete den Ermittlern, ins Haus zu kommen. »Mein Mann und die Söhne sind im Wohnzimmer. Zweite Tür rechts.«

»Nach Ihnen«, sagte Renate.

Lieselotte Molitor ging vor. Max bemerkte, dass sie hinkte, die breite Hüfte stand schief unter dem gemusterten Kittel.

Energisch öffnete die Frau die Tür und betrat den Raum. »Kripo«, sagte sie knapp.

Renate und Max folgten ihr. Es war kühl im Zimmer. An der hinteren Wand stand ein massiver Schrank aus dunklem Holz, das Sofa und die beiden Sessel trugen Schonbezüge. Ein älterer Mann in Cordhose und dunkelgrünem Hemd saß auf der Couch, die Söhne besetzten die Sessel. Lieselotte Molitor stand wie ein herrischer Feldwebel neben einem der beiden.

Eine Familie aus lauter Männern, dachte Max unwillkürlich.

Der Fernseher lief, Rennwagen flitzten über grauen Asphalt, das Dröhnen der Motoren drang aus dem Lautsprecher.

Einer der Söhne schaltete das Gerät ab. Er und sein Bruder hatten ähnliche Gesichtszüge, und dennoch hätte man sie sich unterschiedlicher kaum vorstellen können. Max' Blick lief zwischen ihnen hin und her. Der mit der Fernbedienung hatte einen ausgefransten Haarschnitt, volle, rot geäderte Wangen und einen speckfaltigen Nacken. Seine Strickweste wirkte älter als er selbst. Der Bruder hingegen war auffallend gepflegt, das Gesicht war glatt rasiert und markanter, das dunkle Haar nach hinten gegelt.

»Kommen Sie wegen dem Reifegerste seiner Putzfrau?«, fragte der rustikale Sohn.

Die Buschtrommeln funktionierten hervorragend. Es erstaunte Max nicht, er war in der Gegend aufgewachsen und kannte das.

»Wie kommen Sie darauf, Herr …?«

»Ich bin der Gernot.« Ein linkisches Lachen ertönte. »Molitor.«

»Weshalb sind Sie sonst hier?«, fragte sein Bruder, stand auf und reichte Renate und Max geschäftsmäßig die Hand. »Uwe Molitor.« Sein schwarzes Hemd hatte einen edlen Glanz und saß perfekt, die Lederschuhe hätte sich Max kaum leisten können.

»Dann sind Sie mit dem Kölner Wagen da?«, fragte Renate. »Schönes Fahrzeug.« Sie nickte anerkennend.

Uwe Molitors schwarze gerade Brauen zuckten nach oben. »Ich besuche meine Eltern ab und zu«, sagte er.

»Ach, helfen Sie auch auf der Baustelle?«, schloss Renate an. »Es stimmt doch, dass ein Herr Georg Reifegerste gestern bei Ihnen ausgeschachtet hat?«

»Der schreibt eine Rechnung da drüber«, beeilte sich Helmut Molitor zu erklären. »Das ist alles legal. Baugenehmigung hab ich auch.«

»Kamen bei den Grabarbeiten Knochen zum Vorschein?«, fragte Renate und kniff prüfend die Augen zusammen.

Helmut lachte auf. »Vom Vieh. Das ist nix für die Kripo. Hab ich auch längst verfeuert.«

»Wo waren Sie heute zwischen zehn und elf Uhr?«, fragte Max an die beiden Söhne gewandt.

»Falls das die Zeit ist, zu der die Putzfrau umgekommen ist, können wir Sie beruhigen.« Über Uwe Molitors attraktives Gesicht flog ein Lächeln. »Die ganze Familie war im Gottesdienst in Traben-Trarbach. Der Pfarrer kann sich sicher erinnern und etliche andere Leute auch. Danach haben wir hier zu Mittag gegessen.«

»Mir ham noch Rippchen mit Kraut übrig. Wenn Sie was wollen?« Gernot hatte ein breites Grinsen aufgesetzt. Er kam Max wie ein dummer Junge vor, der keck sein wollte.

»Wann sind Sie aus Köln angereist?«, fragte er Uwe Molitor.

»Gestern am späten Abend. Ich hatte vorher noch geschäftlich zu tun.«

»Darf man fragen, was Sie arbeiten?«, schloss Renate an.

»Ich habe eine Produktionsfirma.«

»Ah. Produktion. Von was? Autos? Schuhe?«

Manchmal hatte Renate diese Landpomeranzenart. Aber Max wusste, dass man sie nicht unterschätzen durfte.

Uwe Molitor musterte sie wie ein Exponat eines Kuriositätenkabinetts. »Fernsehproduktionen. Wir arbeiten für zwei große Privatsender.«

»Ach. Dann machen Sie so was wie ›Wer wird Millionär?‹ oder ›Let's Dance‹?« Bei Renate schien echtes Interesse geweckt.

»So in etwa«, antwortete Uwe Molitor in dem herablassenden Ton, den man Ahnungslosen zuteilwerden lässt.

»Haben Sie gestern Nacht auf dem Grundstück etwas bemerkt? Fremde Leute, die sich auf Ihrem Land befanden?« In Max war der ihm vertraute Jagdinstinkt aufgestiegen. Er beobachtete Uwe Molitor und dachte: Wenn der Nein sagt, lügt er. Seiner Ansicht nach hatte Georg Reifegerste mit seiner Geschichte von letzter Nacht nämlich die Wahrheit gesagt.

Uwe Molitor zögerte. »Ja«, antwortete er dann. »Da war jemand. Uns sind vor Kurzem Kupferrohre geklaut worden. Ich habe jemanden gesehen und laut gerufen. Die Person ist weggelaufen, erkannt habe ich niemanden.«

»Sind Sie damit einverstanden, dass wir uns ein wenig auf Ihrem Grundstück umsehen?«, fragte Max Helmut Molitor. »Und die Ausschachtung in Augenschein nehmen?«

»Warum interessieren sich alle für dat Loch da?«, murrte Helmut. »Jo. Wegen mir.«

»Wer ist denn *alle*?«, hakte Max nach.

Helmut zuckte nur mit den Schultern.

Die Frage stand im Raum, keiner der Molitors sagte etwas. Max wartete. Schließlich gab er Renate mit einem Kopfnicken das Zeichen zum Aufbruch. »Danke für Ihre Auskünfte. Wir finden allein raus. Einen schönen Sonntag noch.«

Die Hauptkommissare verließen den Raum, Max schloss die Tür hinter sich. Instinktiv blieb er davor stehen und lauschte.

»Du rufst den Reifegerste an und sagst ihm, dass er bei uns nicht mehr aufzutauchen braucht«, hörte er Lieselotte Molitor im Wohnzimmer laut Anweisung geben. »Den will ich hier nicht mehr sehen.«

Im selben Moment wurde die Tür aufgerissen. Lieselotte kam heraus, fast wäre sie in Max hineingehumpelt. Der machte einen Ausfallschritt, drehte sich um und verließ eilig das Haus.

Kurz darauf standen Renate und er vor der begonnenen Ausschachtung.

»Eigentlich müssten wir noch bei dem Pfarrer nachfragen, ob die Geschichte mit dem Gottesdienst stimmt.« An der gedehnten Art, wie Renate das sagte, erkannte Max, dass sie keine große Lust dazu hatte.

»Das machen wir auch«, entgegnete er, stieg in die Grube und scharrte mit dem Fuß in der Erde. Dabei war ihm klar, dass er so kaum etwas Auffälliges finden würde. »Ich geh nachher auf dem Revier die offenen Vermisstenanzeigen in der LKA-Datenbank durch«, sagte er.

»Glaubst du ernsthaft, die haben hier jemanden verscharrt?« Renates Frage transportierte eine klare Botschaft, nämlich die, dass sie das für Humbug hielt.

»Könnte sein«, erwiderte Max, allein schon, um zu widersprechen. Für seinen Geschmack ließ Renate zu oft raushängen, dass sie etliche Dienstjahre mehr auf dem Buckel hatte und erfahrener war.

»Gegebenenfalls beantrage ich einen Durchsuchungsbeschluss. Außerdem befragen wir die Nachbarn von Georg Reifegerste, ob ihnen heute Vormittag etwas Ungewöhnliches aufgefallen ist.« Max war selbst von seiner Verve erstaunt.

»Pfh«, machte Renate und richtete ihre Frisur. »*Ich* seh da keine Veranlassung zu. Aber wenn du so ein Fass aufmachen willst … bitte.«

9

»Wir stehen nicht am Fenster und halten Maulaffen feil. Da haben wir Besseres zu tun.« Martin Kolb verschränkte die Arme vor der Brust und kniff die wulstigen Lippen zusammen.

»Allerdings«, pflichtete ihm seine Frau Manuela bei. Sie saß auf einem Stuhl, der unter ihrer Körperfülle gefährlich filigran wirkte.

Es war Montagmittag, Max stand in einer blitzblank aufgeräumten Küche und bekam zwischen Einbauschränken, Bodenfliesen und Wänden in Reinweiß das Gefühl zu frösteln. Gestern hatte er die Nachbarn von Georg Reifegerste nicht angetroffen, also hatte er sich heute, ohne Renate, nochmals auf den Weg gemacht.

»Ihnen ist gar nichts Ungewöhnliches bei Reifegerstes aufgefallen?«, hakte er nach.

»Was heißt *ungewöhnlich*? Später, als die Polizei kam, da wurd's ungewöhnlich. Aber davor?« Martin Kolbs ausgeprägtes Kinn schob sich nach vorn. »Ich hatte Jessica noch auf dem Grundstück gesehen, kurz nach zehn. Sie ging in das kleine Gartenhäuschen und kam wenig später wieder raus. Das habe ich schon ein paarmal bemerkt. Wahrscheinlich haben Georg und Hella da Putzzeug drin oder so.«

Max horchte auf. »Trug Jessica denn Reinigungsutensilien heraus?«

»Keine Ahnung. So genau gucke ich jetzt auch wieder nicht hin.«

»Und Sie?«, fragte Max Manuela Kolb.

»Ich hatte gestern Morgen einen Migräneanfall. Lag im abgedunkelten Schlafzimmer. Mich müssen Sie nicht fragen.«

»Außer Gefecht gesetzt«, ergänzte Martin, legte den Kopf schräg und drehte die Augen gen Decke, so als ginge es um eine Erhängte. Dann grinste er. »Gell, Mausi?«

Manuela verzog die Mundwinkel. »Du hast gut lachen, du

weißt gar nicht, wie schlimm das ist.« Sie strich eine Strähne ihres burgunderrot gefärbten Haars zurück.

»Jo, Mausi, Arthrose im Knie ist auch nicht vergnügungssteuerpflichtig.«

»Sie haben also nichts bemerkt«, versicherte sich Max mit einem Nicken in Manuelas Richtung.

»Nein. Das Einzige, an das ich mich erinnern kann, ist der Motorradlärm. Wenn ich Migräne habe, bin ich total geräuschempfindlich.«

»Wie bitte?«, entfuhr es Max.

»Ah komm, Lärm war das bestimmt nicht«, wiegelte Martin ab. »Mag sein, dass irgendwo in der Nähe ein Bike gefahren ist, ich hab nix gehört.«

»Sie haben auch keinen Motorradfahrer beim Nachbargrundstück gesehen?«

»Nein.«

Vermutlich reiner Zufall, dachte Max, in der Gegend gibt es Motorräder wie Sand am Meer. Dass die Frau eins gehört hat, bedeutet gar nichts.

Dennoch war sein Adrenalinspiegel gestiegen.

»Wir können Ihnen wohl nicht weiterhelfen«, sagte Martin Kolb. »Tut uns leid.«

Max überlegte. Er musterte Martin und Manuela Kolb, die stumm blieben. Der Informationsfluss in dieser sterilen Küche war wohl versiegt. »Falls Ihnen noch etwas einfällt, melden Sie sich bitte«, meinte er und reichte Martin Kolb eine Karte. »Auf Wiedersehen und danke für Ihre Zeit.«

»Warten Sie, ich bringe Sie raus.« Erstaunlich flink erhob sich Manuela Kolb von ihrem Stuhl, verließ mit Max die Küche und schloss die Tür.

»Wissen Sie, ich kannte Jessica«, raunte sie im Flur mit gedämpfter Stimme.

Max blieb stehen und drehte sich zu ihr um.

»Na ja, kannte ist zu viel gesagt. Ich bin Patientin in der Praxis, in der sie gearbeitet hat. Letzte Woche hat sie mir noch Blut abgenommen.« Manuela Kolb machte eine Pause und kaute auf ihrer Unterlippe. »Sie war immer sehr nett, ein bisschen flippig, aber wirklich lieb. Ich kann nicht begreifen, dass sie direkt bei uns nebenan gestorben ist. Und wieso sind *Sie* denn da? Warum fragt die Polizei, ob uns gestern was aufgefallen ist?«

»Das ist reine Routine. Machen Sie sich darüber keine Gedanken.«

»Martin sagt, wir halten uns raus. Aber mir geht die Sache wirklich nach.«

»Aus was halten Sie sich raus?«, fragte Max, sein Blick forschte in Manuelas rundem Gesicht.

»Aus allem«, murmelte sie.

Max dachte kurz nach. »Sprechen Sie noch einmal mit Ihrem Mann. Falls er doch eine andere Person auf dem Grundstück bemerkt haben sollte, muss er uns das mitteilen.«

»Sehen Sie, Sie sagen schon wieder so was.« Manuela Kolb klang weinerlich. »Wir kommen gut mit Georg und Hella aus, treffen uns ab und zu zum Grillen oder auf ein Glas Wein. Martin hat überhaupt keine Lust darauf, neue Nachbarn zu bekommen. Da weiß man nie, was man kriegt.«

»Warum neue Nachbarn?«

»Ei, wenn Georg nun das Haus verkaufen will.«

»Frau Kolb, es sieht alles nach einem tragischen Unfall aus. Solche Dinge passieren leider.« Max konnte nicht recht einordnen, um was es bei dem Gespräch eigentlich ging. Darum, dass ein Kapitalverbrechen der ganzen Nachbarschaft schadete? »Machen Sie sich nicht zu viele Sorgen«, fügte er an, während er die Haustür öffnete. »Und melden Sie sich, wenn Ihnen noch etwas einfällt.«

Er trat hinaus in den Sonnenschein, das Licht ließ ihn die Augen zusammenkneifen. Manuela Kolb nickte und schloss die Tür hinter ihm.

Unschlüssig stand Max auf dem Gehweg. Aus einem der umliegenden Weinberge drang das Brummen einer Kleinraupe bei der Bodenarbeit zu ihm hin. Max drehte sich nach links. Er ging zum Haus von Georg Reifegerste, das friedlich dalag, als sei nichts geschehen. An Garage und Carport vorbei gelangte er zur Haustür. Sein Zeigefinger drückte auf die Klingel.

Gestern Nachmittag war niemand zu Hause gewesen. »Klar«, hatte Renate gesagt. »Oder hättest du Lust, daheim zu bleiben und für naseweise Tratschköpfe Hof zu halten?«

Max spürte die Sonnenstrahlen auf seinem Haar und wünschte sich, mit seinem Gleitschirm in die Luft aufzusteigen, zwischen Himmel und Erde zu schweben.

Die Tür wurde geöffnet. Max sah geradeaus, und mit seinem nächsten Atemzug schien ihn irgendetwas anzuheben. Huch, dachte er, hoppla. Oh.

Vor ihm stand weder Georg Reifegerste noch Hella Traber. Ein Strahlen aus blauen Augen in einem braun gebrannten, wahnsinnig hübschen Gesicht traf ihn wie die Trompeten von Jericho.

»Ja bitte?«, fragte ein beeindruckend schöner Mund mit weißen Zähnen.

»Äh«, sagte Max. »Ähm.«

»Ja?«

Die Frau hatte langes, blond gewelltes Haar, trug ausgebleichte Jeans und ein helles Hemd. Ihre Füße waren nackt, an einem der Zehen steckte ein schmaler Goldring.

»Max Engel. Hauptkommissar. Also Kripo.« Max räusperte sich. »Ist Herr Reifegerste zu sprechen?«

»Georg und meine Mutter sind drin. Julie Traber, hallo.«

Max drückte die ihm entgegengestreckte Hand und hielt sie zu lange fest.

»Meine Mutter hat mich gestern angerufen, ich bin von Mallorca eingeflogen.« Ein bezauberndes Lächeln huschte über Julie Trabers Gesicht. »Mit dem Zug von hier ins Ruhrgebiet zu reisen, ist ein Riesen-Act, aber vom Flughafen Hahn aus kommt man easy in die ganze Welt.«

Fliegst du gern?, dachte Max, und bevor er es verhindern konnte, hatte er die Frage ausgesprochen. Blut stieg ihm in den Kopf.

»Na ja, wenn man auf einer Insel lebt, bleibt einem nicht viel anderes übrig.« Julie lachte. »Komm rein.«

»Danke. Sehr freundlich von *Ihnen.*« Max kam sich wie ein Idiot vor. Er folgte Julie durch den Flur in den offenen Wohnbereich.

Hella Traber saß auf dem Sofa, die Verandatür war geschlossen. Aus einem Nebenraum kam Georg Reifegerste, hinter ihm herrschte das Chaos eines Arbeitszimmers.

»Guten Tag, Herr Reifegerste, hallo, Frau Traber. Wie geht es Ihnen?«

»Den Umständen entsprechend.« Unter Georgs Augen lagen dunkle Ringe, er wirkte übernächtigt. Wie schon gestern hatte Max das vage Gefühl, den Mann bereits früher einmal gesehen zu haben. Doch ihm fiel nicht ein, wo.

Hella Traber schien in einer besseren Verfassung zu sein. Sie sah einigermaßen frisch aus, trug dezentes Make-up und einen hochgebundenen Zopf, der sie jünger machte.

»Möchtest du ein Glas Wasser?«, wandte sich Julie an Max. »Bestimmt bist du durstig.« Um ihren Hals hing ein Lederband, die daran befestigte Muschel baumelte in ihrem Ausschnitt.

»Gern.« Max schluckte, seine Kehle war trocken.

»Meine Tochter betreibt ein Yoga- und Pilatesstudio auf Mallorca.« Hella lächelte in mütterlicher Verbundenheit. »Sie spürt, wie es Menschen geht.«

Hoffentlich nicht, dachte Max und sagte: »Herr Reifegerste, ich würde gern noch einmal mit Ihnen sprechen.« Julie reichte ihm das Wasserglas, ihre Fingerspitzen berührten seine.

»Setz dich«, sagte sie. »Du stehst ganz schön unter Strom. Was möchtest du von uns wissen?«

Von uns?, fragte sich Max und verlor kurzzeitig den Faden. Wie hypnotisiert starrte er in Julies herzförmiges Gesicht. Von dir andere Dinge als von den zwei Oldies, dachte er, erschrak über seine Gedanken und rief sich innerlich zum Dienst zurück. »Können wir kurz unter vier Augen reden?«, meinte er zu Georg.

Julie lachte, scheinbar hatte er etwas reichlich Abwegiges von sich gegeben.

Georg schwieg einen Moment. »Der Vorfall von gestern betrifft uns alle«, erwiderte er in bedächtigem Ton. »Also, schießen Sie los.« Er setzte sich an den Esstisch.

Meinetwegen, dachte Max. Er wollte ohnehin nicht aus Julies Nähe verschwinden. »Noch mal zu dieser Silberkette, die Sie gefunden haben«, begann er. »Von den Molitors kann gestern Vormittag zwischen zehn und elf niemand hier gewesen sein. Wir haben das überprüft. Jessica Göbel hatte die Kette ebenfalls nicht bei sich. Womöglich ist sie einfach hinter das Sideboard gerutscht oder sonst wie abhandengekommen?«

Entschieden schüttelte Hella den Kopf, ihr Zopf flog hin und her. »Ich habe mittlerweile überall nachgesehen. Auch mit der Taschenlampe hinter die Schränke geleuchtet.«

»Meine Mutter ist noch ganz frisch. Sie weiß, wo sie was hinlegt«, sagte Julie.

Skeptisch kniff Georg die Brauen zusammen.

»Was ist mit diesen Knochen, die Georg in der Ausschachtung gesehen hat?« Julies Stimme war sanft und hatte ein raues Timbre. Wie Sandkörner auf meerwasserfeuchter Haut, dachte Max. Am Strand, wenn die Sonne darauf scheint, gute Güte, reiß dich zusammen.

»Ich bin die offenen Vermisstenanzeigen der letzten zwanzig Jahre aus dem ganzen Umkreis durchgegangen«, haspelte er. »Da gab es einen fünfjährigen Jungen und eine achtundsiebzigjährige Frau. Zumindest zu dem Jungen passt die Größe des einen Knochens wohl kaum?«

»Nein«, bestätigte Georg. »Der wäre in einen kleinen Knirps nicht reingegangen.«

»Die Achtundsiebzigjährige stammte aus dem Raum Bingen. Wie soll sie bis zum Hof der Molitors gekommen sein?« Max trank einen Schluck Wasser, es rann kühl seine Kehle hinunter. »Bislang sehen wir keine hinreichenden Gründe, gegen die Molitors zu ermitteln.«

»Gut so«, brummte Georg, und Max hatte den Eindruck, dass er tatsächlich erleichtert war.

In seiner Hosentasche vibrierte es. Er zog sein Handy heraus und registrierte die Mainzer Vorwahl auf dem Display. Eilends stand er auf, ging hinüber in die Diele und nahm das Gespräch an.

»Engel, hallo?«

»Gerber, Rechtsmedizin Mainz«, klang es sonor aus dem Telefon. »Wir haben Befunde zum Sektionsgut Jessica Göbel.«

»Ja?«

»Todeszeitpunkt bestätigt zwischen zehn und elf Uhr am Sonntagvormittag. Die Frau hatte Restalkohol im Blut, nicht zu knapp. Daneben fand sich ein Stoffwechselprodukt von THC in beträchtlicher Konzentration in Blut und Urin. Wir gehen von einem regelmäßigen Cannabiskonsum aus.«

»Aha.«

»Jessica Göbel ist direkt mit dem Kopf aufgeschlagen, mehrfache Schädelfraktur, ein sehr unglücklicher Sturz, eventuell verminderte Reflexe.«

»Denken Sie, das lag an Alkohol und Drogen?«, fragte Max.

»Möglich. Ansonsten haben wir keine Anzeichen massiver äußerer Gewalt gefunden, beigebrachte Hämatome, Würgemale oder Ähnliches. Zellmaterial unter den Fingernägeln negativ. Die Tote trug dem Protokoll zufolge auch Putzhandschuhe. In der Luftröhre steckte allerdings ein Kaugummi.«

»Ach so?«

»Der ist vermutlich beim Sturz da hineingeraten. Der Mageninhalt war unauffällig, anverdautes Brötchen oder Baguette, Fruchtfasern von Marmelade, die Frau hatte ein normales Frühstück zu sich genommen. Weitere Organbefunde negativ.« Dr. Gerber hielt inne, Max hörte Papierrascheln am anderen Ende der Leitung. »Da war aber noch was«, sprach der Rechtsmediziner weiter. »Der Kollege, der die Schädelarbeiten macht, hat im Gebiss am Sechser oben rechts einen Partikel gelbes Weich-PVC gefunden. Wir haben es konserviert.«

»PVC?«, fragte Max. »Was hat das zu bedeuten?«

»Kann ich Ihnen so nicht sagen. Am Hals der Toten haftete außerdem ein fremdes Haar an, etwa dreißig Zentimeter lang und dunkel. Falls das einer DNA-Analyse zugeführt werden soll, geben Sie uns bitte Bescheid.«

»Machen wir«, antwortete Max.

»Der Sektionsbericht geht Ihnen zu. Wenn Sie Fragen haben, melden Sie sich.«

»Danke.« Max beendete das Gespräch. Er kehrte in den Wohnbereich zurück, sein Puls pochte in den Schläfen.

»Neuigkeiten?«, fragte Hella Traber leise.

Max rieb über seine Bartstoppeln. »Jessica hat gekifft«, antwortete er.

»Und?«, fragte Julie.

»Wie und?« Max war irritiert. »Drogenkonsum, vor allem gewohnheitsmäßiger, ist kein Kavaliersdelikt«, dozierte er. »Ganz abgesehen davon …«

»Ach, komm.« Julie lachte, zwischen ihren beiden oberen Schneidezähnen war ein kleiner Spalt. »Hast du nie einen Joint geraucht? Da wärst du aber in diesem Raum entschieden in der Minderheit.«

Nein, dachte Max. Habe ich nicht. Ich bin Sportler. Flieger. Ich *brauche* so was nicht. »Was tut es denn jetzt zur Sache, was ich mache oder nicht mache?«, entgegnete er gereizter, als er es wollte.

»Sorry«, entschuldigte sich Julie. »Das ist dein Ding. Ich wollte dir nicht zu nahe treten. Außerdem hilft die Info womöglich Georg und Hella, sich den Unfall zu erklären.«

Max schluckte. »Schon gut.« Im Nachbarhaus wird garantiert nicht gekifft, dachte er und hatte die Kolbs vor Augen. »Herr Reifegerste, haben Sie eigentlich Reinigungsutensilien in Ihrem Gartenhaus?«

»Nein. Wieso?«

»Weil Jessica wohl öfter in der Laube war. Das sagen zumindest Ihre Nachbarn.«

»Ach?«

»Würden Sie mit mir nachsehen gehen?«

»Ja, natürlich.« Georg stand auf und öffnete die Verandatür.

Als Max hinter ihm hinaustrat, lagen eine weiße Rose und ein heller, runder Kiesel an der Stelle, an der sich gestern Jessicas Kopf befunden hatte.

Georg bemerkte Max' fragenden Blick. »Das hat Julie dahin gelegt«, sagte er. »Wegen Jessicas *Spirit*. Oder so.«

»Ah.«

Georg steuerte die Verandatreppe an. Er machte dabei einen kleinen Bogen, mit dem er es vermied, auf die Fundstelle der Leiche zu treten. Diesen eigenartigen Instinkt hatte Max in seiner Dienstzeit schon ein paarmal wahrgenommen. Es dauerte, bis Erde, auf der jemand gestorben war, wieder betreten werden konnte. Manchmal hielt sich auch der unsichtbare Zaun darum, so wie bei Gräbern, über die man niemals ging.

Max folgte Georg die Treppe runter und über den Rasen, der von Rosensträuchern gesäumt war. Der Garten gefiel Max, alles war gepflegt, aber immer noch sprießende Natur und nicht künstlich.

Georg öffnete die Tür des hellen Holzhäuschens.

»Ist die nie abgeschlossen?«, fragte Max.

»Nein. Wozu? Der Rasenmäher und ein paar Gartenstühle stehen zurzeit drin, bei uns klaut doch keiner was.« Georg stutzte. »Das dachte ich zumindest«, ergänzte er.

In dem dämmerigen, fast quadratischen Räumchen roch es nach Holz, an den kleinen Fenstern waren rot-weiß karierte Gardinen befestigt. Max schaute sich um. »Was kann Jessica hier drin gewollt haben?«

»Ich weiß es nicht. Den Rasen hat sie zumindest nicht gemäht.«

Max betrachtete die Holzbalken und den spitz zulaufenden Dachstuhl. Im Licht, das durch die Fenster fiel, tanzten Staubteilchen. Er hob die dunkelblauen Auflagen auf einem der Liegestühle an, besah sich den Rasenmäher, fühlte routinemäßig unter die schmale, an der Wand festgeschraubte Holzbank, tastete über die Balken am Dachstuhl. Ihm fiel nichts auf.

Mit einem Achselzucken verließ er hinter Georg die Laube wieder und ging neben ihm über den Rasen zur Verandatreppe.

»Hella hat heute Morgen Jessicas Eltern angerufen und …« Mitten im Satz hielt Georg inne. Er bückte sich. Nun bemerkte Max es auch. Am Übergang zwischen Gras und Rosenbeet ragte das Ende eines schwarzen Kunststoffbands aus der Erde. Georg nahm es auf und hielt es hoch. Es war ein benutzter und dann durchtrennter Kabelbinder.

»Der ist nicht von uns.« Georgs Stimme klang belegt.

Max und er sahen sich an, zwischen ihnen lagen fünfzig Zentimeter warme Frühjahrsluft und dreißig Jahre Leben. Der Zufall hatte sie zusammen in diesen Garten gestellt, ein Unfall, eine Verkettung unglücklicher Umstände. Oder ein Verbrechen?

In Max' Hirn arbeitete es. Er zog ein Papiertaschentuch aus seiner Jeans, breitete es über seine Fingerspitzen und nahm Georg den Kabelbinder ab. »Haben Sie einen Plastikbeutel?«

»Ja, drinnen.«

Kurze Zeit später war das Fundstück in einer Tüte untergebracht. »Warten wir ab, ob die Kriminaltechnik was damit anfangen kann.« Etwas linkisch hielt Max den Beutel hoch, kratzte sich an der Stirn, wollte los, guckte Julie an und war unschlüssig. »Ähm, dann mache ich mich mal auf den Weg.«

»Ich bring dich raus«, sagte sie.

Während Max ihr aus dem Wohnzimmer in den Flur folgte, fühlte sich sein Blick unbeobachtet und klebte an ihr. Julie öffnete die Haustür. »Auf Wiedersehen, Max Engel.«

Max musste wissen, wie lang sie noch blieb. »Kümmern Sie sich noch eine Weile um Ihre Mutter?«, fragte er, den oberen Zipfel der Plastiktüte knetend.

»Lass doch das blöde Gesieze. Ja, ich bleibe noch ein paar Tage, bis Hella wieder in Balance ist.« Julie schmunzelte, dabei strahlte sie diese anziehende Freundlichkeit aus. »Georg kommt wahrscheinlich am schnellsten auf den Damm, wenn er auf seinem Bagger sitzt. Oder fliegt.«

Ja klar, schoss es Max in den Sinn, beim Paragliding habe ich den gesehen. Drüben auf der Graacher Schanze. Das ist aber bestimmt zwei Jahre her.

»Eine gute Zeit dir.« Julie berührte ihn am Oberarm, in Max' Magengrube flatterte etwas.

»Na ja, es gibt einiges zu tun«, antwortete er und bewegte

sich dicht an ihr vorbei aus der Tür. Dabei roch er ihren Duft nach Wind und Meer.

»Oh Mann«, murmelte er auf dem Weg zu seinem Auto, wischte sich den Schweiß von der Stirn und öffnete die beiden oberen Knöpfe seines Hemds. Als er im Wagen den Plastikbeutel mit dem Kabelbinder auf den Beifahrersitz legte, dachte er: Am Ende wird das eine große Sache.

10

Hella war den Rest des Tages besorgt gewesen. »Was sollte das mit diesem Kabelbinder?«, hatte sie mehrfach gefragt. Georg hatte die Schultern gehoben, er wollte Hella nicht weiter beunruhigen. Am Abend hatte sie eine Schlaftablette genommen und sich zeitig hingelegt.

Georg versuchte, mit ZZ Top und einer Flasche Bremmer Calmont die nötige Bettschwere zu erlangen. Der Riesling aus einem der steilsten Weinberge Europas war ungeheuer extraktreich, ein Fest für den Gaumen. Georg hatte den Wein im Keller für besondere Gelegenheiten aufgehoben. So eine war heute. Eine Notfallgelegenheit.

Er war allein. Julie besuchte eine alte Schulfreundin in Bernkastel und hätte ihm ohnehin beim Trinken kaum Gesellschaft geleistet. Bei dem Tropfen umso besser, dachte er, schraubte den Korkenzieher in den Flaschenhals, klemmte den Calmont zwischen die Beine und zog mit einem lauten Plopp den Korken heraus. Verheißungsvoll gluckernd floss der Wein in das Glas.

Georg setzte sich aufs Sofa und schnupperte. Er schloss die Augen und atmete in die Glasöffnung, sog das Bouquet von Pfirsich, Honig und grünem Pfeffer ein. Für einen Moment vergaß er die Welt um sich herum und alles, was in den letzten beiden Tagen passiert war.

»I got a girl, she lives on the hill. She won't do it but her sister will«, knödelte Billy Gibbons hinter seinem Rauschebart hervor.

Georg nahm den ersten Schluck und ließ ihn durch den Mund rollen. Auf seiner Zunge explodierte ein Feuerwerk aus Aromen, begleitet von einem kernigen Gitarrenriff in seinen Ohren. Eine ausgezeichnete Kombination. Georg wippte im Takt, ein Countertenor hätte ihm heute den Abend versaut.

Genussvoll trank er noch einen Schluck, legte die Füße auf dem Couchtisch ab und ließ die Bilder des Tages Revue passieren. Natürlich hatte er das zwischen Julie und diesem Kommissar mitbekommen, er war ja nicht blind. »Unsere Herzensfängerin«, hatte Hella am Abend zu ihm gemeint. »So war sie schon immer.« Julie stand Hella näher als ihre ältere Tochter Annabelle, die Karriere im Management eines Autokonzerns machte. Hella sah sie nur noch selten.

Georg presste seinen Rücken an die Sofalehne und legte den Kopf in den Nacken. Er hatte das Gesicht des Kommissars noch vor Augen, als der ihm den Kabelbinder mit spitzen Fingern abgenommen hatte. Es war schlecht unterdrückte Aufregung darin gewesen und das witternde Beobachten eines Fährtenlesers. Auch Georg konnte eins und eins zusammenzählen. Wenn man jemanden mit zusammengebundenen Armen, vielleicht auch Füßen, aus dem ersten Stock stieß, ging das nicht glimpflich ab.

Verdammter Mist, dachte Georg, hob das Glas an die Lippen, schmatzte und schluckte. Ein Mord im Haus war noch viel übler als ein Unfall.

Noch hatte Hella nichts gesagt, aber Georg ahnte, dass sie innerlich kämpfte. Er konnte sich vorstellen, welche Gedanken ihr durch den Kopf gingen. Zum Beispiel der, dass man ein paar Monate wegkönnte, nach Mallorca, und wiederkommen, wenn die Erinnerungen blasser geworden waren und die Gespräche über die tragische Begebenheit fast verstummt.

»She got her mind stuck up in second gear, where she going ain't exactly clear«, dröhnten ZZ Top aus den Boxen der Musikanlage. *»Baby please, baby please, I wanna drive you home.«*

Georg wollte trotz allem sein Zuhause nicht verlassen. Er trank das Glas leer, stand auf, drehte die Musik leiser und stellte sich vor die geschlossene Verandatür. Draußen war es dunkel, er betrachtete sein Spiegelbild in der Scheibe. Seine Falten erschienen ihm tiefer und die braunen Augen müde. Er streckte die Hand nach dem Türgriff aus und öffnete, frische Luft strömte ihm entgegen. Zögerlich trat er hinaus, fast so, als ginge er auf Eis und wisse nicht, ob es trug.

Schräg neben ihm lagen die Rose und der Kiesel. Georg stützte sich am Geländer ab, er atmete tief ein. Dabei neigte sich sein Oberkörper nach rechts, brachte weiteren Abstand zwischen sich und die bewusste Stelle auf den Betonfliesen.

Unentwegt nagten Selbstvorwürfe in ihm, er bereute es zutiefst, mit Olga bei den Molitors gegraben zu haben. Es wäre besser gewesen, sich aus der Sache rauszuhalten. Er hätte die Ausschachtung bei Helmut nach dem Wochenende zu Ende bringen können, als sei nie etwas Merkwürdiges aus der Erde aufgetaucht. Über ein paar Knochen konnte man wirklich hinwegsehen. Von dem verdienten Geld wären Hella und er schön essen gegangen oder hätten Calmont gekauft. Alle wären zufrieden gewesen und Jessica womöglich noch am Leben.

Bekümmert blickte Georg in den Himmel, der Mond war fast voll, nur eine kleine Ecke fehlte noch. Das fahle Licht beschien die dunkelgrauen Wolken, die Dächer der Nachbarhäuser und Georgs Rasen.

Er drehte den Kopf und wollte wieder hineingehen, in der Bewegung hielt er inne.

Die Tür des Gartenhauses stand ein Stück offen.

Wahrscheinlich, dachte Georg, habe ich sie am Mittag nicht richtig geschlossen.

Er setzte sich in Bewegung, die Sohlen seiner Hausschuhe klatschten auf den Treppenstufen und sanken unten angekommen in den Rasen. Der stampfende Bass der bärtigen Männer aus Texas, der gedämpft aus dem Wohnzimmer hallte, wurde bei jedem Schritt leiser. Fast klang er wie ein schneller Herzschlag.

Georg ging weiter, er war nur noch wenige Meter von der Laube entfernt. Plötzlich bewegte sich im Inneren eine der Gardinen. Georg erschrak, im selben Augenblick flog die Holztür auf. Ein Mann stürzte heraus. Georg gab einen halb unterdrückten Schrei von sich. Der Eindringling lief los.

Eine Sekunde schwankte Georg zwischen Angriff und Flucht, biss die Zähne zusammen, hechtete blitzschnell vor und flog mit seinem ganzen Gewicht den Eindringling an. Er bekam ihn am Arm zu packen und riss ihn zu Boden, die Baseballkappe des Mannes segelte von dem kurz geschnittenen Haar. Georg presste sich auf den dünnen, fast schmächtigen Körper und hielt ihn am Boden. Er drückte den Kopf ins Gras, heftige Wut stieg in ihm auf.

»Du Saukerl«, schimpfte er.

»Lass mich los!« Der Mann zappelte mit den Beinen, er war noch ziemlich jung.

Das würde dir so passen, dachte Georg und drückte noch fester zu.

»Autsch!« Die Stimme war grell. »Du brichst mir ja sämtliche Knochen, Onkel Georg.«

»Was?«, japste Georg. Onkel? Verunsichert lockerte er seinen Griff.

»Ich bin's doch«, kam es weinerlich aus der Grasnarbe. »Der Timo.«

Wer? Georg kramte in den Winkeln seines Gehirns. Dabei stieg er von dem Mann herunter.

Der drehte sich um, rappelte sich in die Hocke hoch und rieb mit der Hand über seinen Nacken. »Aua.«

Georg dämmerte es. Das schmale Gesicht unter dem aschblonden Bürstenschnitt sah er nicht zum ersten Mal. In den Zügen lag eine Ähnlichkeit mit allzu Bekanntem. Timo. Der Enkel seiner Tante Dorothee. Der Sohn seines früh verstorbenen Cousins Ralf.

»Was machst du hier?«, fragte Georg entgeistert. »Um diese Uhrzeit.«

Timo griff nach seiner Kappe, die neben ihm auf dem Rasen lag, und setzte sie auf, dieses Mal mit der Schippe nach hinten. Er schwieg.

»Ich hab dich was gefragt«, blaffte Georg. »Was treibt dich in unseren Garten?«

Timo fixierte seine Knie. Durch die Ohrläppchen konnte man durchsehen, münzgroße Metallringe hielten jeweils ein großes Loch offen. »Na ja«, murmelte er. »Ich wollte bloß was abholen.«

»Wie bitte? Was denn abholen?«

»Aus dem Gartenhaus.«

Schon wieder das Gartenhaus, dachte Georg, und eine vage Ahnung, die er nicht haben wollte, kroch in ihm hoch.

»*Was* abholen?« Er packte Timo am Oberarm. »Raus mit der Sprache.«

»Onkel Georg, ich bin echt fertig. Wegen der Jessi. Das macht mich völlig kirre, ich kann gar nicht begreifen, dass die tot sein soll. Wir waren zusammen, verstehst du? Jetzt lebt die nicht mehr.«

Georg stutzte. »Was hat das damit zu tun, dass du nachts bei uns rumschleichst?«, fragte er.

Mit hängenden Schultern kniete Timo jetzt auf dem Rasen und starrte vor sich hin.

»Wenn du nicht mit mir redest, gehen wir rein, und ich rufe die Polizei. Mit denen wirst du sprechen.« Entschieden griff Georg nach Timos Handgelenk und machte Anstalten, ihn ins Haus zu zerren.

»Stopp. Halt«, sagte Timo ängstlich. »Wir haben hier bloß ein paar Sachen zwischengelagert«, nuschelte er.

»Was für Sachen?«

»Halt Zeug, was man bei uns nicht finden soll. Kann sein, dass uns die Bullen eh schon aufm Kieker haben.«

Georgs leidlich unterdrückte Ahnung brach sich Bahn. »Etwa Drogen? In unserem Gartenhaus? Bist du noch ganz dicht?«

»Schtt, nicht so laut. Die Nachbarn ...«

In Georgs Schläfen pulsierte es. Nur mit Mühe konnte er sich zurückhalten, Timo eine zu scheuern.

»Bei euch würde doch niemand suchen«, sagte Timo kleinlaut. »Alte Leute sind da doch völlig *safe* vor den Bullen.«

Georg traute seinen Ohren nicht. »Raus mit dem Zeug«, befahl er und hielt die Hand auf.

Timo verschränkte die Arme vor der Brust.

»Raus damit, sofort, oder du kannst es den *Bullen* abliefern.«

»Aber Onkel ...«, wand sich Timo.

»Nix Onkel, komm mir nicht so. Her mit dem Stoff.«

Warum ausgerechnet Verwandtschaft?, ging es quälend durch

Georgs Kopf. Warum nicht wenigstens jemand, den ich nicht kenne?

»Der Roland braucht was, sonst dreht der durch«, murmelte Timo.

Auch das noch, dachte Georg und atmete hörbar aus. Ein Dealer. Seine Putzfrau und der Sohn seines Cousins hatten ein Drogenlager in seinem Gartenhaus eingerichtet. Und wenn davon die Rede war, dass jemand was *brauchte*, ging es vermutlich nicht nur um einen kleinen Joint.

»Was verkauft ihr?«, fragte Georg scharf.

»Nur ein bisschen Dope und paar Pillen. Was für die Stimmung und zum Runterkommen und so.«

»Her damit! Ich sag's nicht noch mal. Das ist deine letzte Chance.«

Timos Blick war glasig, die spitze Nase stand wie ein Dreieck in dem fahlen Gesicht. Unwillig griff er in die Tasche seiner grauen Kapuzenweste und zog drei kleine Plastiktütchen heraus. Georg riss sie ihm aus der Hand.

»Ist in dem Gartenhaus noch mehr?«, fragte er.

Timo schüttelte den Kopf.

»Verschwinde«, schnauzte Georg. »Und trau dich nicht, noch einmal bei uns aufzutauchen.«

»Kann ich nicht wenigstens ein, zwei Pillen für mich … Mir geht's echt mies.«

»Sieh zu, dass du clean wirst, dann geht's dir wieder besser.« Georg drehte sich um und stapfte wütend ins Haus. Er knallte die Verandatür hinter sich zu und schmiss die kleinen Beutel auf den Wohnzimmertisch. Dann goss er sich ein Glas Calmont nach. Aufgebracht stürzte er es hinunter. Er musste nachdenken.

In einem der Tütchen befand sich eine braun-grünliche Masse, die in mehrere kleine Barren gepresst war. Georg erkannte Hasch, er war ja nicht von gestern. Die Tabletten in dem anderen Beutel sahen für ihn aus wie die Vitamin-D-Pillen, die Hella nahm. Die dritte Tüte enthielt ein weißes Pulver.

»Oh, Georg. Das hätte ich dir gar nicht zugetraut.«

Georg schnellte herum. Hinter ihm stand Julie. ZZ Top waren

immer noch laut genug gewesen, um weder den Schlüssel im Schloss noch herankommende Schritte zu hören.

Georgs Herz pochte bis zum Hals. Langsam wurde ihm das alles zu viel. An Julie vorbei hastete er in die Küche, kramte in einer kleinen Schale, die auf der Anrichte stand, drückte eine der Blutdrucktabletten aus der Packung und warf sie sich in den Mund. Er eilte zurück, goss Wein nach und schluckte damit die Pille runter.

»Das war in unserem Gartenhaus«, kommentierte er Julies immer noch fragenden Blick auf den Couchtisch. »Von der lieben Verwandtschaft.«

11

»Du hast wohl noch nichts zu deinem Plastikteil gehört?« Renates Kopf reckte sich hinter ihrem Computermonitor hervor. Auf dessen oberem Rand klebte ein roter Glückskäfer mit einem vierblättrigen Kleeblatt im Maul. Mindestens fünf Tuben Handcreme lagen zwischen Papierstapeln auf dem Schreibtisch herum.

»Nein, laut KT dauert es etwas, zu überprüfen, ob sich DNA-Spuren von Jessica Göbel an dem Kabelbinder befinden.«

Max klickte das Drucksymbol auf seinem Bildschirm an. Hinter ihm begann das Gerät zu surren und spuckte den Bericht aus, den er eben fertiggestellt hatte. Er stand von seinem Bürostuhl auf. Gleichzeitig klingelte sein Telefon, es zeigte eine Handynummer an. Max nahm den Hörer ab. »Engel, hallo?«

»Hi, hier ist Julie.«

»Oh. Hallo.« Überrascht ließ er sich auf den Stuhl zurückfallen.

»Hast du Lust, mit mir was trinken zu gehen?« Für Julie schien das eine ganz normale Frage zu sein, sie klang freundlich und selbstsicher.

»Ja, klar.« Max musste keine Sekunde überlegen. Trinken, essen, was du willst, dachte er. »Wann?«

»Heute?«

»Sicher, gern.«

»Okay. Gegen acht bei ›Chez Mathieu‹ in Trarbach?«

»Ja. Top. Super.« Max konnte ein Grinsen nicht unterdrücken.

»Bis später«, sagte Julie und legte auf.

Ein oder zwei Sekunden sah Max versonnen auf das Telefon, erhob sich wieder und angelte die beiden beschriebenen Blätter aus dem Drucker.

»Das war bestimmt nicht die KT?« Misstrauisch kniff Renate die blau geschminkten Lider zusammen.

»Hab doch gesagt, dass die länger brauchen«, nuschelte Max und heftete den Bericht in einen Ordner.

Schon wieder klingelte es. Währenddessen quetschte Renate mit einem unfeinen Geräusch einen Klecks Handcreme aus einer der Tuben und massierte ihn routiniert ein.

Max hob den Telefonhörer an sein Ohr. »Engel.«

»Hallo, hier spricht Georg Reifegerste.«

Ach, dachte Max, so ein Zufall.

»Ich muss Ihnen was berichten.«

»Nur zu.«

»Gestern Nacht, in unserem Gartenhaus ...«

»Ja?«

Stockend sprach Georg weiter. Max setzte sich und hörte gespannt zu. Es ging um den Freund von Jessica Göbel, seine Überwältigung durch Georg und einen Drogenfund.

»Sie hätten sofort die Polizei rufen sollen«, sagte Max.

»Ich weiß, aber Timo Schanz ist mit mir verwandt.« Georg klang zerknirscht.

»Gut, wir kümmern uns drum. Zur Sicherstellung des Stoffs schicke ich jemanden bei Ihnen vorbei. Eventuell melde ich mich später noch einmal.« Max legte auf.

»Sicherstellung des Stoffs?«, fragte Renate stirnrunzelnd. »Sind wir dafür zuständig?«

»In dem Fall schon.« Max stand auf und zog seine Lederjacke von der Stuhllehne. »Personenüberprüfung, gegebenenfalls Festnahme.«

Vertieft cremte Renate weiter ihre Hände ein und guckte aus dem Fenster.

»Renaaate«, sagte Max auffordernd. »Es gibt Arbeit. Ich informiere den Chef. Wir müssen zu einem Timo Schanz.«

»Halt ihn fest!«, rief Max zwanzig Minuten später.

Renate sprang vor, die Tür flog an die Wand. Entschieden stürmte Renate nach vorn, Max war direkt neben ihr. Timo Schanz hechtete zum Fenster, riss es auf und schwang blitzschnell ein Bein über den Rahmen.

»Schön hierbleiben, Bürschchen!« Renate packte Timo am Oberarm und riss ihn zurück ins Zimmer. Mit Max' Hilfe schob sie ihn auf den abgewetzten grünen Sessel neben dem Couchtisch. »Da bleibst du sitzen, und wehe, du machst Dummheiten!« Bei Renates Ton hätte sogar Max Angst bekommen. Sie drückte ihre Frisur zurecht und ließ sich auf dem Sofa schräg neben Timo nieder. Max blieb stehen.

Timo Schanz glich einem kranken Wiesel. Unter seinen Augen zeichneten sich lila Schatten ab, der Rest des Gesichts war fahl. Überall in dem Wohnzimmer lag Zeug herum, die Unordnung hatte etwas Deprimierendes. Im Aschenbecher auf dem Couchtisch war ein halb abgerauchter Joint ausgedrückt.

»Herr Schanz, stimmt es, dass Sie mit Jessica Göbel befreundet waren?«, fragte Renate streng.

»Ja klar, Mann. Ich bin total fertig. Wir waren seit fast einem Jahr zusammen. Ein ganzes Jahr. Können Sie sich das vorstellen?«

Bestimmt konnte sich Renate noch ganz andere Dinge vorstellen, nämlich die besten Jahre ihres Lebens an einen Mann verschwendet zu haben, der sie schließlich abservierte. Max bemerkte die Missbilligung in ihrem Ausdruck.

»Zusammen gewohnt haben Sie nicht?«, fragte sie und ließ ihren Blick über das Chaos im Raum schweifen.

»Nee. Das nicht.«

»Wo waren Sie Sonntagvormittag zwischen zehn und elf Uhr?«, wollte Max wissen.

»Eh?«, machte Timo. »Was ist das für 'ne Frage? Wird das ein Verhör? Ich war in meinem Bett, hab gepennt. Jessi musste ja früh raus zum Putzen. Ich hab weitergeschlafen.«

»Kann das jemand bezeugen?« Max stellte die Frage der Vollständigkeit halber. Er konnte sich denken, dass wohl niemand Timo beim Pennen zugesehen hatte.

»Hä? Glauben Sie, ich hab noch 'ne Zweitfrau oder so was? Die eine geht, die andere kommt? Ey, ich hab die geliebt, die Jessi.« Beim letzten Satz war Timo ins Greinen übergegangen.

»Jaja, schon gut«, entgegnete Renate genervt. Zu viele Emotionen waren ihr lästig, das wusste Max. »Herr Schanz, wir haben Kenntnis von Ihren schmutzigen Geschäften«, fuhr sie resolut fort.

»Wie?«, machte Timo, »was denn für …«

Ein ohrenbetäubender Schrei gellte durch den Raum. Max schrak zusammen. Am Boden huschte ein langer schmaler Schatten unter die Couch. Renate hatte ihre perlonbestrumpften Beine bis ans Kinn gezogen. Max erhaschte einen Blick unter ihren Rock, den er nie im Leben hatte haben wollen. Ekel ließ Renates Gesichtszüge entgleiten, das Gesamtbild machte Max zu schaffen.

»Das ist doch nur Ronny«, erklärte Timo. »Der tut nix.«

»Halten Sie etwa Ratten?«, keuchte Renate.

»Nee, nur Ronny.«

Renate schnappte nach Luft, senkte die Beine wieder auf den Boden, stand vom Sofa auf und begab sich in eine Ecke des Zimmers. Max sah, wie sich ihr Brustkorb hob und senkte, sie rang nach Fassung. Für Timo standen die Zeichen auf Sturm.

»Sie sagen uns, wer Ihre Lieferanten und Ihre Kunden sind«, schrie Renate. »Und zwar ein bisschen plötzlich, sonst lernen Sie uns kennen!«

Timos spitzer Adamsapfel hüpfte im Schlucken hoch und runter. »Wie? Kunden? Wieso Kunden?«

»Hören Sie auf, den Ahnungslosen zu mimen«, plärrte Renate und kam richtig in Fahrt. »Wir können auch einen Drogenspürhund durch Ihre Ungezieferbude scheuchen und Sie danach direkt einbuchten.« Vor Max' geistigem Auge überrollte ein Gefechtspanzer ein bis zwei Nagetiere. »Also, raus mit der Sprache. Woher bekommen Sie den Stoff?«

Timo rutschte auf dem Sofa hin und her, er knetete seine Hände. Zeige- und Mittelfinger waren vom Nikotin gelb gefärbt. Er schwieg und guckte auf den Boden.

»Herr Schanz, an Ihrer Stelle würde ich kooperieren«, meinte Max mit wohlwollendem Nachdruck. »Sie stehen auf ganz dünnem Eis.«

Guter Bulle, böser Bulle ging mit Renate immer in den gleichen Rollen: guter Bulle, böse Kuh. Heute hatte die Kuh Reißzähne.

»Meist aus Holland«, nuschelte Timo kaum hörbar. »Manchmal auch aus Luxemburg. Einer heißt Leif, der andere Conny. Nachnamen kenne ich nicht.«

»Wie läuft die Kontaktaufnahme?«, hakte Max nach.

»Beide rufen ab und zu an, mit unterdrückter Nummer, und fragen, ob ich was brauche. Wir treffen uns dann irgendwo, auf einem Autobahnrastplatz oder in einem kleinen Kaff in der Eifel.« Timo sah flehend auf. »Ich mach echt nicht viel. Nur für ein paar Stammkunden, ich mach's auch nur aus Freundschaft. Mein Zeug ist wenigstens immer sauber.«

Renate ging zum Fenster, dabei behielt sie die Couch mit angewidertem Ausdruck im Blick. »Wusste Frau Göbel von Ihren Geschäften? Hat sie mitgedealt?«, fragte sie.

»Ach was, gedealt … Sie hat manchmal was übergeben. Wir haben auch echt kaum was dran verdient, jeder andere hätte viel mehr rausgeholt. Jessi und ich, wir haben das echt nur …«

»Jaja, aus Nächstenliebe getan«, unterbrach Renate scharf. »Wir werden Sie an die Drogenfahndung übergeben. Sie können höchstens noch mit einem blauen Auge aus der Sache rauskommen, wenn Sie die Kollegen zu den Hintermännern führen.«

»Irgh«, machte Timo entsetzt. »Die verstehen alle zwei keinen Spaß.«

»Wir auch nicht«, murrte Renate.

Timo hielt sich die Hände vors Gesicht. »Die holen sich 'nen teuren Anwalt und kriegen 'nen Freispruch, und dann hab ich echt ein Problem.«

Das hast du jetzt schon, dachte Max. »An wen haben Sie die Drogen geliefert?«, fragte er. »Wer sind die Konsumenten?«

»So paar Leutchen aus dem Umkreis halt.«

»Namen!«, fauchte Renate. »Wir haben nicht ewig Zeit.«

»Der Roland ist gerade ziemlich drauf. Der braucht dauernd was.«

»Roland wer?«, fragte Max.

»Roland Feyerabend. Der hat die Jessi sogar schon in der Praxis, in der sie arbeitet, genervt. Stellen Sie sich mal vor, der Dr. Günter hätte was davon mitgekriegt. Der hätte die Jessi glatt rausgeschmissen.«

»Wer kauft noch bei Ihnen?« Renates Mund glich einem Hufeisen, aus dem das Glück rausfällt.

»Manchmal das Häschen und ihr Freund.«

»Häschen?«, wiederholte Renate.

Oha, dachte Max.

»Na, die Yvonne und der Marcel.«

Bingo. Herzlichen Glückwunsch. In Max' Vorstellung rappelte ein Spielautomat einen Haufen Münzen raus.

Renate rang nach Atem. »Wer noch?«, fragte sie eilig. »Es kaufen doch noch andere bei dir. Wir brauchen die *Namen*. Schnell. Los.« Energisch trat sie ein paar Schritte auf Timo zu.

»Eigentlich nur noch so ein Pärchen aus Trarbach, der Gringo und die Bille. Die richtigen Namen kenne ich nicht.«

»Aha, Gringo und Bille«, wiederholte Renate laut und nachdrücklich, als könne sie das Häschen dadurch vergessen machen. »Wann belieferst du die wieder?«

»Die haben erst letzte Woche was gekriegt. Aber der Marcel hat vor zwei Tagen angerufen und ...«

»Haben Sie eigentlich ein Motorrad?«, unterbrach Max, aus Ermittlungsgründen und womöglich auch Renate wegen.

»Äh, nee. Leider nicht. So ein Bike wär schon was Feines.«

»Wissen Sie, ob Jessica mitunter andere Leute ins Haus ließ, wenn sie putzte?«, fragte Max weiter.

Timo starrte verständnislos.

»Ob jemand zu ihr kam, wenn sie sauber machte.«

»Wieso das? Warum denn Besuch beim Putzen?« Das Fragezeichen in Timos Gesicht ließ ihn nicht intelligenter wirken. »Aber ich wollte noch sagen, dass der Marcel und die Yvonne ...«

»Schon gut. Du meldest dich morgen früh auf dem örtlichen Polizeirevier«, unterbrach Renate im Befehlston. Sie warf den Kopf zurück wie eine rossige Stute und kam dicht an Timo

Schanz heran. »Wehe, du machst dich aus dem Staub und tauchst nicht auf.«

Bei Max klingelten sämtliche Alarmglocken. Sie hätten Timo Schanz aufs Revier mitnehmen müssen, um seine Aussage zu protokollieren. Nach einer Wohnungsdurchsuchung wäre er womöglich in U-Haft eingefahren. Doch vorher stand wohl noch ein gründlicher Hausputz bei Yvonne an.

Max atmete hörbar aus und sah Renate durchdringend an. Die spitzte die rot bemalten Lippen. »Bis morgen«, sagte sie und stach mit ihrem Zeigefinger auf Timo Schanz' Brust. »Du weißt, was du zu tun hast.«

Du lieber Himmel, dachte Max.

Renate wandte sich zum Gehen, Max folgte ihr.

»Sag nix!«, blaffte sie, als er kurz darauf mit ihr im Auto saß. »Sag bloß nix. Das ist alles dem Marcel sein schlechter Einfluss. Du weißt ja nicht, wie es ist, wenn man Kinder hat.« Schweißtropfen perlten durch ihre Make-up-Schicht. »Dem Marcel werd ich was erzählen!«

12

»Bei der Herzsportgruppe haben alle versucht, mich zu trösten. Besonders Petra und Gisela.« Hella lag neben Georg im Bett, es war kurz nach acht am Mittwochmorgen. Durch die Lücke zwischen den dunkelblauen Vorhängen fielen die ersten Sonnenstrahlen. Unter der Decke war Hellas Hand nach Georgs ausgestreckt.

Den gestrigen Abend hatte er wieder allein zu Hause verbracht, Hella war beim Sport und Julie unterwegs gewesen.

»Gisela sagt, sie kennt einen guten Therapeuten. Ich denke, ich gehe da mal hin.« Hella strich über die Härchen auf Georgs Unterarm, eine angenehme Gänsehaut überlief ihn.

In seiner Boxershorts war erstaunlicherweise was im Gange. Er genoss das Gefühl, nicht mehr allzu viel Blut im Kopf zu haben.

Hella rieb ein bisschen mechanisch an seinem Arm herum, sie war in Gedanken.

»Wusstest du, dass sich Giselas Vater umgebracht hat?«, fragte sie.

»Nee«, brummte Georg, ein anderes Thema wäre ihm lieber gewesen.

»Es ist schon zwanzig Jahre her, aber so was vergisst man nie, sagt Gisela.«

Ein zwei Jahrzehnte alter Toter, Georg hatte keine Lust, den mit im Bett zu haben. Zumal die Angelegenheit in seiner Körpermitte ziemlich stabil war. »Das Leben muss weitergehen«, sagte er mit kosender Stimme. »Man muss nach vorn gucken.« Feste geradeaus, dachte er, und günstige Umstände nutzen.

»Er war unheilbar krank. Hatte schon überall Metastasen.« Über Hellas Nasenwurzel standen diese nachdenklichen Falten. Dass sie über Krankheiten redete, war ungewöhnlich.

Warum ausgerechnet jetzt?, fragte sich Georg und machte

sich daran, ihr zärtlich über die Schulter zu streicheln. Ein Lächeln bog Hellas hübsche Lippen nach oben. Georg schob sich näher heran und presste sich an ihren warmen Körper. Er atmete ihren Duft ein, dabei knabberte er sanft an ihrem Ohrläppchen.

»Georg, das ist nicht dein Ernst.« Hella wich zurück, drehte den Kopf und musterte ihn ungläubig.

»Was? Nicht?«

»Also wirklich, Georg! Denkst du, ich bin *jetzt* in Stimmung?«

»Hm.« Enttäuscht rutschte Georg von ihr ab. »Dann nicht«, grummelte er, schlug die Decke zurück und stand auf.

Hella hatte die Arme über der Brust verschränkt und machte ein Schnütchen.

Missmutig tappte Georg zur Tür, öffnete sie und peilte das Bad gegenüber an. Er gähnte, schmatzte den schlechten Geschmack im Mund hinunter, saß gedanklich schon auf der Toilette, machte die Badezimmertür auf – und prallte zurück.

»Argh«, entfuhr es ihm, gleichzeitig drehte sich der Mann mit dem strubbeligen dunklen Haar und den karierten Unterhosen um. Er hatte hellen Schaum vorm Mund und vor Schreck geweitete Augen. Sein Blick lief von Georgs Gesicht hin zu seiner ausgebeulten Körpermitte.

»Oh«, machte er, zog die rosafarbene Zahnbürste raus und spuckte weiße Brühe ins Waschbecken. »Entschuldigung, ich dachte, ich hätte …«

Georg knallte die Tür zu.

»Abgeschlossen«, kam es noch dumpf durch das Holz.

Fluchtartig begab sich Georg zurück ins Schlafzimmer und warf sich neben Hella ins Bett.

»Was ist denn mit dir los?«, fragte sie erstaunt.

»Max Engel steht in Unterhosen in unserem Bad.«

Ein paar Sekunden lang war es still. Dann prustete Hella schallend los. Hell und unbeschwert hallte ihr Lachen durch den Raum, sie kriegte sich kaum noch ein.

»Findest du das etwa lustig?«, fragte Georg aufgebracht.

»Dass Julie den anschleppt? Ausgerechnet den? Und wenn es schon der sein muss, hätten sie wenigstens zu ihm gehen können, oder? Hat der kein Zuhause?«

Hella lachte noch immer.

»Dass der sich überhaupt traut ... bei uns im Haus. Wo er dienstlich zu tun hatte ...«

»Tja«, gluckste Hella. »Da war Julies Charme wohl größer als irgendwelche Bedenken.«

»Bad ist frei.« Vom Flur aus klang Max Engel in Georgs Ohren unverschämt gut gelaunt.

»Heiliger Strohsack«, knurrte er. »Am Ende sitzt der nachher noch mit uns am Frühstückstisch.«

»Wäre das so schlimm?« Hella strich sich eine Haarsträhne zurück, ihre Wangen waren vom Lachen gerötet. Zum ersten Mal in den letzten drei Tagen wirkte sie wieder entspannt.

Georgs Ungehaltenheit klang etwas ab. »Ach was, schlimm. Es ist unpassend.« Der hätte wenigstens im Keller bleiben und sich frühzeitig und unbemerkt aus dem Haus schleichen können, dachte er. Julie schlief in Hellas Sport- und Freizeitraum im Souterrain des Hauses. Es gab dort unten einen eigenen Eingang – aber kein Bad.

Als Hausbesitzer, Platzhirsch und irgendwie auch Stiefvater trieb es Georg wieder aus dem Bett. Er wollte den Eindringling möglichst bald verabschiedet wissen. Mürrisch griff er nach seiner Jeans, einem Paar Socken und dem dunkelblauen Poloshirt, zog sich an und verließ das Schlafzimmer.

Vor dem Spiegel im Bad richtete er sein Haar und schnüffelte. In der Luft hing der Geruch *seines* Deos. Georg klatschte sich zwei Hände voll kaltes Wasser ins Gesicht und rubbelte es trocken. Hinter ihm schlurfte Hella herein, gähnte herzhaft und ging zur Toilette.

»Sei nett zu ihm, ja?«, meinte sie, während es plätscherte. »Julies Freunde sind auch unsere.«

Georg blies Luft aus, wollte etwas erwidern, ließ es sein und warf das Handtuch über das Waschbecken. »Bis gleich«, brummte er und machte sich auf den Weg nach unten.

Über das leise Knarzen der Treppenstufen legte sich Julies Lachen. »Ja, schön«, hörte Georg sie gurren. Er hustete lautstark, gelangte in den Flur, ging weiter und drückte die angelehnte Küchentür auf. Julie und der Kommissar standen eng beieinander vor der Kaffeemaschine, Max Engel hielt eine rote Espressotasse in der Hand.

»Guten Morgen«, sagte Georg betont laut und förmlich.

»Morgen, Georg. Hast du gut geschlafen?«, erwiderte Julie fröhlich.

»Ging so. Aber vermutlich immer noch besser als deine Mutter. Es wäre gut, wenn sie ein bisschen Ruhe finden würde.« Ein strafender Blick ging an Max Engel.

»Oh. Waren wir zu laut?« Das Strahlen in Julies Gesicht irritierte Georg bis ins Mark.

»Kann ich mal dahin?«, maulte er und zeigte auf die Kaffeemaschine. In seiner Küche waren definitiv zu viele Leute.

»Ich muss eh los«, erklärte Max Engel und kippte den Espresso hinunter. Zeitgleich ertönte metallisch quäkend ein Gitarrenriff von AC/DC. Georg schrak zusammen. Der Kommissar stellte seelenruhig die Tasse ab, griff sich ans Gesäß und zog sein Handy hervor.

»Engel, hallo?«, meldete er sich. Während er eine Weile zuhörte, wurde sein Ausdruck ernst. »Verstehe«, murmelte er ins Telefon. »Also wird die KT gleich hier eintreffen.« Blitzartig schoss ihm die Röte in den Kopf. »Vor Ort, meine ich. Danke nochmals für die Info.« Er beendete das Gespräch.

KT hier eintreffen?, dachte Georg und ahnte Unerfreuliches. Gerade wollte er nachfragen, als ein gut gelauntes »Morgen« durch die Küche klang. Hella war hereingekommen. Scheinbar erstaunt wandte sie sich an den Kommissar. »Herr Engel, so eine Überraschung. Schön, Sie zu sehen.«

»Guten Morgen«, kam es höflich zurück. »Eigentlich wollte ich längst weg sein.«

»Mögen Sie noch einen Espresso?« In ihrem weit schwingenden Oberteil und mit dem blauen Band im Haar erinnerte Hella Georg an eine Filmschauspielerin. An und für sich mochte er diesen Hauch von Grandezza an ihr. Allerdings nicht, wenn jemand eingeladen wurde, der besser gehen sollte.

»Wenn Sie mich so fragen, gern«, antwortete Max Engel. »Ich fürchte nämlich, ich muss noch bleiben. Die Kollegen von der Kriminaltechnik werden demnächst eintreffen.«

»Wieso das?«, fragte Georg gereizt.

»An dem Kabelbinder, der in Ihrem Garten lag, waren DNA-Spuren von Jessica Göbel.«

13

Mehrere Männer und Frauen in weißen Ganzkörperanzügen arbeiteten über Haus und Garten verteilt. Sie puderten Türen, Fenster und Möbel nach Fingerabdrücken ab. Das Grundstück wurde abgesucht, das Zimmer, aus dem Jessica gestürzt war, auf den Kopf gestellt. Die dort gefundenen Haare wurden einer DNA-Analyse zugeführt.

Max hatte mit seinem Chef, Kriminaldirektor Werner Heil, gesprochen. Die Befragungen im privaten und beruflichen Umfeld von Jessica Göbel liefen an, Kollegen suchten Freunde, Familienmitglieder und Jessicas Arbeitgeber auf.

»Herr Engel, ob ich den schon wieder sauber machen kann?« Hella stand mit verunsichertem Gesicht und einem kleinen Putzeimer vor einem Türrahmen, der mit schwarzem Spurensicherungspuder vollgestäubt war. »Ich habe das Gefühl, irgendetwas tun zu müssen.«

Die Invasion der Kriminaltechniker hatte sie nach einem gut gelaunten Morgen in Kümmernis gestürzt. Julie hatte versucht, sie zu einem langen Spaziergang zu überreden, aber Hella wollte bleiben. Georg hatte den Kollegen eine Weile zugesehen und sich schließlich entnervt in sein Arbeitszimmer zurückgezogen.

»Ja, die Spurensicherung dort ist abgeschlossen«, antwortete Max.

Hella griff in den Eimer und zog ein gelbes Schwammtuch hervor. Plötzlich fügte sich in Max' Kopf etwas zusammen.

Natürlich, dachte er, Fesseln war nicht genug. Jessica durfte nicht schreien. Der Täter musste ihr den Mund verschließen – mit einem Knebel.

»Frau Traber, hat Jessica auch solche Schwammtücher beim Putzen benutzt?«

»Schon. In dem Putzeimer vom Sonntagmorgen war allerdings keins.«

»Können Sie uns eines der Tücher überlassen?«

»Sicher«, antwortete Hella.

Max wollte es nach Mainz schicken, um das Material mit den in Jessicas Mund gefundenen Partikeln vergleichen zu lassen. Außerdem musste das an ihrem Hals sichergestellte Haar analysiert werden.

Erst am Mittag kam Max aufs Revier. Renate saß im Büro und tippte auf die Tastatur ein. Den Rest des gestrigen Tages hatte sie sich krankgemeldet gehabt, um bei ihrer Tochter die Bude zu schrubben.

»Heute Morgen war ich bei den Eltern von Jessica«, bemerkte sie in vorwurfsvollem Ton. »Das war kein Zuckerschlecken. Ich schreib gerade das Protokoll. Sie haben gesagt, dass sie den Freund ihrer Tochter nicht besonders mochten. Die Mutter meinte, dass sich Jessica verändert habe, seitdem die beiden zusammen waren. Außerdem gab's oft Streit.« Renate machte eine wegwerfende Handbewegung. »Wen wundert's?«

»Hat sich Timo Schanz auf der Wache gemeldet?«, fragte Max und ahnte bereits die Antwort.

Renate schüttelte den Kopf, dabei tippte sie angestrengt weiter.

»Mensch, Renate, da hast du echt einen Bock geschossen.« Max war sauer.

»Du hast gut reden«, maulte Renate. »So als Kinderloser.«

»Hast du mit dem Chef gesprochen?«

»Hab ich. Aber nicht über alle Details.«

»Und?«

»Er hat einen Durchsuchungsbeschluss für Timos Wohnung beantragt.«

Hinter Max wurde die Bürotür aufgerissen, Werner Heil kam herein.

»Max, Renate, ihr könnt loslegen.« Er knallte ein unterschriebenes Formular auf Max' Schreibtisch. »Der Beschluss ist durch. Nehmt euch jemanden von der KT und ein paar Kollegen von der BePo mit.« Er stützte die Arme in die Hüften. »Ich erwarte einen umfassenden Bericht, wenn ihr zurück seid.«

»In Ordnung«, antwortete Max und steckte den Beschluss ein.

Renate klickte auf die Computermaus, stand auf und griff nach ihrer Fransenhandtasche. »Also los«, sagte sie wenig enthusiastisch und verließ mit Max das Büro.

Einige Minuten später saßen beide im Auto, ihnen voraus fuhren zwei Streifenwagen der Bereitschaftspolizei.

Erneut steuerten sie das Dorf an, in dem Timo Schanz wohnte und dessen bekannteste Weinlage der »Nacktarsch« war. Als sie in der Ortsmitte an einer Eisdiele vorbeikamen, erinnerte sich Max daran, dass er einige Male mit seiner Ex-Freundin dort gesessen hatte. Miriam hatte immer Zitrone bestellt, ihr Eis mit kleinen Bissen vertilgt und beim ersten Zubeißen »Uih« gesagt. Eine ganze Zeit lang hatte Max ihr hinterhergetrauert, heute fragte er sich, wieso eigentlich.

»Man kann nur hoffen, dass der Typ keine Liste mit seinen Kunden irgendwo in der Wohnung hat«, meinte Renate vom Beifahrersitz her und nestelte an einer ihrer Halsketten. »Aber so, wie wir gestern bei der Yvonne mit Sagrotan durch sind, merkt selbst eine Hundenase nix mehr.«

Max sah geradeaus durch die Windschutzscheibe.

»Ich sag dir, der Marcel war so klein mit Hut, als ich mit dem fertig war.« Zwischen Renates Daumen und Zeigefinger war gar kein Platz mehr.

Max setzte den Blinker und bog in eine schmale Straße ein, die Kirche des Ortes kam in Sicht.

»Du weißt ja, dass die Frauen hier rechts der Kanzel sitzen«, bemerkte Renate in bedeutungsvollem Ton.

»Hä?«

»Vor ein paar hundert Jahren oder so waren es die *Frauen*, die die Reformatoren abgewehrt haben. Seitdem dürfen sie statt der Männer in der rechten Reihe sitzen.«

Nicht dein Ernst, dachte Max.

»Ich sag's ja. Im Zweifel kann man sich auf die Männer nicht verlassen.«

»Pfh.«

»Da vorn kannst du parken, fahr da rein«, kommandierte Renate.

Max fuhr weiter und setzte den Wagen in eine andere Parklücke am Ende der Straße. Er stieg aus. Mit Renate und den Kollegen ging er zu Timo Schanz' Wohnung.

Das ockerfarben gestrichene Haus hatte braune Fensterläden und einen kleinen, mit Hecken bepflanzten Vorgarten. Es war nicht sonderlich gut in Schuss.

Max läutete. Alles blieb ruhig. Noch einmal drückte er anhaltend auf die Klingel mit der Aufschrift »Schanz«.

Im Erdgeschoss wurde ein Fenster geöffnet, ein alter Mann streckte seinen Kopf raus. »Hallo? Wat wollen Sie denn vom Timo?« Misstrauisch musterte er die vielen Leute vorm Haus. »Hat der wat ausgefressen?«

»Polizei. Würden Sie uns bitte die Tür aufmachen?«, sagte Max.

Der Mann zögerte. Schließlich verschwand er vom Fenster, der Türöffner summte.

Die Beamten traten ein. Sie stapften an dem Alten, der im Flur stand, vorbei die Treppe hoch in den ersten Stock. Max klopfte an die Wohnungstür. »Herr Schanz? Polizei. Öffnen Sie bitte.«

Nichts rührte sich.

»Okay.« Max nickte einem Mann von der KT zu. Der trat an die Tür heran und besah sich das Schloss.

»Müsste gehen«, murmelte er, öffnete den mitgebrachten Aluminiumkoffer und zog einen Elektropick hervor. Geübt führte er die Metallspitze des zylinderförmigen Werkzeugs in das Schloss ein. Ein kurzes Brummen war zu hören, anschließend ein Klicken. Der Mann arbeitete mit einem Stahlhaken nach, stocherte und drehte vorsichtig. »Na, komm«, presste er zwischen den Zähnen hervor. Der Schließmechanismus ließ sich bewegen, die Tür sprang auf.

»Herr Schanz?«, rief Max laut.

»Der ist ausgeflogen«, raunte Renate neben ihm.

Ja natürlich, dachte Max, weil du ihn laufen lassen hast.

Die Beamten traten ein. Der Geruch von kaltem Rauch umfing sie, die Holzdielen im Flur knarrten.

»Dann los«, meinte Renate, zog ein paar Einmalhandschuhe aus der Tasche ihrer hellgrünen Sommerjacke und hatte Mühe, sie über ihre handcremeklebrigen Finger zu bekommen. Genervt zerrte sie an dem Latex herum.

Die Beamten verteilten sich in den Räumen – Wohnzimmer, Schlafzimmer, Küche und Bad.

Max stand neben der Couch, auf der eine zurückgeschlagene Wolldecke und ein T-Shirt lagen. Ein Kollege begann, den alten Wohnzimmerschrank zu durchsuchen, Schubladen herauszuziehen und die Unterseite des Möbels abzuleuchten.

Max nahm die einzigen beiden Bücher aus dem Regal gegenüber – Hermann Hesse und Charles Bukowski –, schüttelte sie, öffnete anschließend eine kleine Holzschatulle mit Krimskrams, nahm sich die Polstermöbel vor, hob die Auflagen ab, tastete mit seinen behandschuhten Fingern in den Ritzen. Er zog das Sofa vor, barg zwei leere Zigarettenschachteln, die darunter zwischen Staub und Essensresten lagen, bekam ein Gefühl von Trostlosigkeit.

»Iihh, tu die da weg!« Renates grelle Stimme schallte aus der Küche.

Ronny, dachte Max. Garantiert.

»Schon gut«, hörte er einen der Bereitschaftspolizisten sagen. »Sind Ratten als Haustiere nicht längst out? Reg dich ab, die tut doch nichts.«

Hoffentlich hat sie wenigstens Futter und Wasser, wenn ihr Herrchen sich aus dem Staub gemacht hat, dachte Max.

Im Bad wurde die Spülung betätigt. Den Wasserkasten zu überprüfen, gehörte zum Standardvorgehen. Allerdings war das Versteck mittlerweile so abgegriffen, dass die Polizei selten etwas dort fand.

»Seht mal.« Ein junger Polizist kam mit einer roten Metallkassette ins Wohnzimmer. »Ich glaube, da war was drin.« Er klappte sie auf und hielt sie Max unter die Nase. Der beugte sich vor und schnüffelte. Der Geruch war unverkennbar. In der

Kiste hatte bis vor Kurzem Dope gelagert, vermutlich keine kleine Menge.

»Als Beweisstück sichern«, sagte Max.

»Max, kommst du mal?« Renate war in der Küche.

Er ging rüber.

Die Sonne fiel durch die offen stehende Balkontür und blendete ihn beim Eintreten. In der Spüle stapelte sich schmutziges Geschirr, die weißen Hängeschränke sahen klebrig und stumpf aus.

Auf dem Holztisch stand eine aufgeklappte Werkzeugkiste. Darüber hielt Renate mit spitzen Fingern einen Kabelbinder. »Der war da drin«, sagte sie. »Und es gibt mehr als einen. Guck selbst.«

Max inspizierte die Kiste. Zwischen Zange, Hammer, Schraubenziehern und Dübeln lagen ein paar Kabelbinder. Es waren andere, als der bei Georg gefundene, schmaler und kleiner.

»So was hat man halt in Werkzeugkisten«, meinte Max. »Die findest du bestimmt bei vielen Leuten.«

»Pfh«, schnaubte Renate. »Meiner Meinung nach ist das ein Indiz.«

»Dann lass es von der KT sichern.« Max wandte sich zur Tür, dabei bemerkte er zwei Schalen mit Katzenfutter und Wasser, die auf dem Küchenboden standen. Ronny war in seinem Käfig auf den kleinen Balkon verbannt worden, er raschelte durch die Einlage aus Stroh. Seine spitze Schnauze witterte hin und her.

Max ging zurück ins Wohnzimmer.

»Ich glaube, hier ist nichts«, sagte der Kollege zu ihm. »Hat der Schanz keine persönlichen Unterlagen? Das ganze Zeug, was man in Aktenordner heftet?«

»Keine Ahnung«, antwortete Max.

Eine der herausgezogenen Schrankschubladen stand auf dem Tisch. Max entdeckte ein Foto darin. Eine hübsche dunkelblonde Frau lachte in die Kamera, es war Jessica. Max' Blick blieb an etwas hängen. Unter dem Bild ragte eine kleine Schlinge aus grausilbernen Kettengliedern hervor. Er stutzte, griff danach und zog eine Halskette mit einem Kreuzanhänger heraus.

Max betrachtete das Schmuckstück. Es entsprach der Beschreibung, die Georg und Hella von der bei den Molitors gefundenen Kette gegeben hatten.

Zufall?, fragte er sich. In seinem Kopf begann es zu arbeiten. Er wickelte die Kette in ein Papiertaschentuch und steckte sie ein.

»Ich muss kurz weg«, sagte er zu dem Polizeibeamten. »Ihr seid ja noch eine Weile beschäftigt. Bis später.«

Max eilte aus dem Raum. Im Flur lief er direkt in Renate hinein.

»Hoppla«, sagte die, als er von ihrer üppigen Front zurückprallte. »Wo willst du denn so schnell hin?«

»Muss was überprüfen«, nuschelte Max.

»Du willst *weg*? Das ist auch nicht gerade meine Lieblingsarbeit hier.«

Lieblingsarbeit gibt es bei dir doch gar nicht, dachte Max und war schon am Ausgang. Mit einem lauten Knall fiel die Tür hinter ihm ins Schloss, er flitzte die Treppe runter und hastete zu seinem Wagen.

Deutlich zu schnell fuhr er die Bundesstraße an der Mosel entlang, wurde von einem kleppernden Traktor ausgebremst, überholte riskant und kam knapp zehn Minuten später bei Georg Reifegerstes Haus an.

Er klingelte. Die Tür wurde geöffnet. Vor Max stand eine dunkelhaarige Frau in etwa seinem Alter.

»Ja, bitte?«, fragte sie.

»Max Engel, Kripo. Sind Georg und Hella da? Also Herr Reifegerste und …«

»Ach, *Sie* sind das.« Die Worte trugen eine Spur Amüsiertheit, dazu einen leichten Akzent. »Kommen Sie rein. Hella und Georg sind im Garten. Julie übrigens auch.«

»Ich bin dienstlich da.« Max trat in die Diele.

»Natürlich. Was denn sonst?« Die Frau zwinkerte. »Olga Tomaszewski, ich bin Georgs Schwiegertochter. Die, die mit ihm gegraben hat.« Sie reichte Max ihre Hand. »Ich bin vorbeigekommen, um nach Hella und Georg zu sehen, Blutdruck messen und so. Die Aufregung von heute Morgen ist nicht ganz ohne für die zwei. Haben Sie Neuigkeiten?«

»Möglicherweise schon.« Max folgte der Frau durch den Wohnbereich und über die Veranda in den Garten.

Julie lag auf einem Liegestuhl unter einem Sonnenschirm und las.

»Hallo«, grüßte Max sie ein wenig verlegen.

»Oh, hey. Schön, dich zu sehen.« Sie lächelte und legte das Buch weg. »Was führt dich wieder her?«

Mindestens zwei Gründe, dachte Max, die Kette und … Er räusperte sich. Georg kam gerade aus der Gartenlaube, Hella stand in einem der Blumenbeete.

»Hallo, Herr Engel. Gibt's was Neues?«, fragte sie.

»Wir haben etwas gefunden.« Max zog das kleine Päckchen aus der Hosentasche, wickelte die Kette aus und ließ sie in der Luft baumeln. »Würden Sie sich die bitte mal ansehen?«

»Das ist sie.« Olga Tomaszewski stand schräg hinter Max und klang sehr bestimmt.

Hella war herangekommen, schob sich die Lesebrille von der Stirn vor die Augen und betrachtete das Schmuckstück. »Olga hat recht. Das ist die Kette.«

Georg nickte.

»Wir haben sie bei Jessicas Freund gefunden«, erklärte Max.

»Bei Timo?« Georg ließ sich auf einen der beiden Korbstühle unter dem Sonnenschirm fallen. »Ach, du grüne Neune.«

14

»Was hat das zu bedeuten?« Georg drückte die Daumen in seine Augenwinkel.

Eben war Max Engel hinter der Hausecke verschwunden. Er hatte es eilig gehabt, seinem Chef den Fund zu melden.

Julie saß neben Olga im Schneidersitz auf der Wiese. Georg kam das Bild von zwei Häschen in den Sinn, eins hell, das andere dunkel.

»Ich kann nicht glauben, dass Timo tatsächlich auf die Art in der Sache mit drinhängt. Soll er Jessica aus dem Fenster gestoßen haben?«, fuhr er fort.

»Du kennst ihn kaum«, warf Olga ein.

»Genau. Hast du nicht gesagt, bei Ralfs Sohn würde dich nichts wundern?« Julie wickelte einen Grashalm um ihren Zeigefinger, als wolle sie ihn erdrosseln.

»Aber doch nicht Mord«, sagte Georg. »Außerdem ist Timo so ein Hemd. Jessica hätte sich gegen ihn wehren können.«

Skeptisch lupfte Olga eine Augenbraue. »Wieso nimmt Timo die Kette mit? Hat er was mit dem Knochenfund bei den Molitors zu tun?«

»Oder hat Timo die Kette im Auftrag von jemandem mitgehen lassen?«, meinte Hella und richtete sich im Liegestuhl auf. Vorhin war ihr schwummerig geworden, deshalb hatte sie sich hinlegen müssen. Mittlerweile gewannen ihre Wangen an Farbe zurück. »Wer dealt, macht doch alles Mögliche für Geld.«

»In wessen Auftrag denn?«, fragte Olga. »Hat einer von den Molitors seine Finger im Spiel?«

»Von denen weiß niemand, dass wir die Kette haben. Der, der uns beim Graben unterbrochen hat, hat das nicht gesehen. Wie kann man dann jemanden beauftragen, genau dieses Fundstück aus unserem Haus zu holen?«, erwiderte Georg.

»Du hast recht.« Hella legte sich wieder flach und stöhnte, es klang verzweifelt.

»Mutsch, du musst *atmen*«, sagte Julie. »Runter bis zum Bauch.«

»Ich hab auch ein paar Kreislauftropfen dabei.« Olga neigte den Kopf zur Seite. »Nach denen gehst du an wie ein Licht. Oder trink ein Glas Sekt. Apropos …«

»Ah nee.« Julie runzelte die Stirn. »Olga, du bist *Ärztin*.«

»Ja, eben«, erwiderte Olga und stand auf. »Noch jemand ein Gläschen?«

»Äh, da müsste noch ein Bier … unten im Gemüsefach.«

»Georg, also echt. Es ist mitten am Tag.« Julie schüttelte den Kopf.

»In unserem Alter kann's der letzte sein.«

»Bitte, Georg«, ermahnte Hella ihn scharf. »So was möchte ich nicht hören.«

»Jaja, schon gut.«

Olga war bereits im Haus verschwunden. Kurz darauf kam sie mit einer Flasche Sekt, drei Gläsern und einem unter den Arm geklemmten Bier zurück. Sie reichte Georg das Stubbi, ließ den Korken aus dem Sekt ploppen und goss die Gläser ein. Zu Georgs Überraschung nahm Julie eines davon an. Er trank zwei große Schlucke Bier.

»Ich fahr gleich noch bei Mathilde vorbei«, sagte er. »Wäsche austauschen.«

»Oh. Gibt's was zu feiern?«

Georg schnellte herum. Am Gartenzaun stand Martin Kolb mit argwöhnischem Gesicht. Georg war unangenehm berührt.

»Nein, ach was. Hella hatte Kreislaufprobleme«, beeilte er sich zu sagen. »Da hilft Sekt manchmal.«

»Kenne ich. Die Manuela ist auch ein bisschen labil. Bei der hilft Jägermeister.«

»Möchten Sie ein Glas mittrinken?«, fragte Julie freundlich.

»Nee, lass mal«, verneinte Martin. »Ich muss nachher noch schaffen. Spätschicht. Aber was ich fragen wollte: Gibt's Neuigkeiten wegen der Jessica? War nicht heute Morgen ziemlich was los bei euch?«

»Es gibt nichts Neues.« Olgas Antwort kam schnell und

entschieden. Martin warf ihr einen misstrauischen Blick zu. Ungerührt trank sie einen Schluck Sekt.

»Da waren doch lauter Leute in Schutzanzügen bei euch. Im Haus und im Garten? Die haben doch alles untersucht?«, fragte Martin weiter.

»Das war reine Routine«, erwiderte Olga. »Machen die immer bei tödlichen Unfällen.«

»Ach so?« Martin reckte das Kinn vor. »Na ja. Dann. Ich soll euch noch einen schönen Gruß von der Manuela sagen. Wenn irgendwas ist, wenn sie was tun kann, meldet euch.«

»Machen wir«, sagte Hella. »Das ist sehr nett, vielen Dank.«

»Gut, dann geh ich mal wieder rein.« Martin hob die Hand, drehte sich um und verschwand durch die Verandatür in seinem Haus.

»Sind bei euch alle so neugierig?«, fragte Olga.

»Was erwartest du, wenn so etwas Furchtbares passiert ist?« Hella leerte ihr Glas und starrte vor sich hin. »Morgen habe ich einen Termin bei diesem Psychologen, den mir Gisela aus der Herzsportgruppe empfohlen hat«, murmelte sie.

»Nimm Georg mit«, riet Julie, legte sich auf den Rücken ins Gras und blinzelte in die Sonne.

»Ich brauch keinen Seelenklempner. Bei mir ist alles in bester Ordnung.«

Olga seufzte. »Georg, du hast eine total antiquierte Vorstellung von Psychotherapie. Heutzutage hat das mehr mit *Self Enhancement* zu tun.«

»Wat?«

»Damit, dass dir die Gespräche dabei helfen, dich persönlich voranzubringen und dich besser zu fühlen.«

Ich weiß, wobei ich mich besser fühle, dachte Georg, trank einen Schluck Bier und beförderte sich gedanklich an seinem Gleitschirm schwebend über das Moseltal. Ich muss endlich mal wieder fliegen, sagte er sich.

»Georg, ich fänd's gut, wenn du mitkämst«, meinte Hella.

Georg beschlich Unbehagen. Er stand auf. »Ich fahr erst mal zu Mathilde.«

»Ich komme mit.«

»Wieso das denn?«, fragte Georg Olga erstaunt.

»Warum nicht? Ich war schon lange nicht mehr bei ihr. Hopp, lass uns los.«

»Ich fahre«, knurrte Georg. Er schlurfte rein, um den von Hella irgendwohin gelegten Autoschlüssel zu suchen.

Zwanzig Minuten später saß er mit seiner Schwiegertochter bei seiner Mutter. Die vorgezogenen Gardinen sperrten die Frühjahrssonne aus. Mathilde hatte sich eine Decke um ihre dürren Schultern gelegt, die Haut ihres Gesichts wirkte durchsichtig.

»Ach, dass du auch mal wieder kommst«, sagte sie und sah beide an.

»Es ist halt immer viel zu tun.« Olga griff besänftigend nach Mathildes Hand und legte zwei Finger auf das Gelenk. »Wie geht's dir?«

»Fühlst du etwa meinen Puls? Hier laufen schon genug Ärzte rum.« Über Mathildes Nasenwurzel grub sich eine tiefe Falte ein. »Der Dr. Günter macht übrigens auch Visite bei uns.«

Hoffentlich hat sie nichts von Jessica mitbekommen, dachte Georg.

»Da habt ihr ja eine schöne Bescherung zu Hause«, sagte Mathilde.

»Was meinst du?«, fragte Olga.

Mathilde blickte mit der Geringschätzung eines Menschen, der nichts mehr zu verlieren hat. »Die Leute reden auch hier drin«, sagte sie. »Ich bin alt, aber noch nicht senil.« Sie zog die Karodecke enger um sich. »Es ist nicht gut, wenn jemand im Haus umkommt.«

Das weiß ich selbst, dachte Georg. Dabei hallten die Worte seiner Mutter in seinem Kopf wie ein Richterspruch nach. »Es war ein Unfall«, sagte er.

Mathilde nickte.

»Kennst du eigentlich Timo?«, fragte Olga. »Den Sohn deines Neffen Ralf?«

Georg bog die Mundwinkel nach unten. Er hatte geahnt, dass

Olga bei ihrem Besuch im Altersheim einen Hintergedanken hatte.

»Ralf?« Mathildes wasserblaue Augen kniffen sich zusammen. »Gott hab ihn selig. Der hat noch nie viel getaugt. Kam nach seinem Vater.«

»Und Timo?«, fragte Olga.

»Der auch.«

»Was weißt du von ihm?« Olga hatte dieses aufmerksame Medizinergesicht, *Beschreiben Sie bitte die Symptome*. Georg gefiel das Ganze nicht. Er wollte sich aus der Angelegenheit raushalten, es gab einen Kommissar, der ermittelte.

»Meine Schwester Dorothee hatte viel Ärger. Mit ihrem Mann und ihrem Sohn. Viele Sorgen.« Mathildes Kopf kippte ein Stück zur Seite. »Ralf war wild, schon mit vierzehn oder fünfzehn, hat zwei Ausbildungen abgebrochen, war manchmal bei so anderen jungen Männern. Das waren keine Guten. Einer von denen hatte einen Unfall, die Freundin ist tot gewesen. Besoffen mit dem Auto gegen den Baum.«

»Wer war das?«, wollte Olga wissen.

Mathilde zuckte mit den Schultern. »Hab ich vergessen. Die sind nach dem Unfall weggezogen. Das Mädchen liegt bei uns auf dem Friedhof.«

Für ein paar Sekunden war nur das Ticken der alten Büfettuhr zu hören.

»Wer waren die anderen jungen Männer?«, fragte Olga.

»Ach, Namen …«, sagte Mathilde. »Drei, glaube ich. Der mit dem Unfall, einer vom Feyerabend, und der Ältere vom Molitor war auch dabei. Der ist dann in die Stadt gegangen.«

»Ah so?« Olga beugte sich ein Stück vor, auch Georg horchte auf.

»Warum fragt ihr nach Timo?« Mathildes fein geschnittene Nase rümpfte sich. »Hat der was damit zu tun, dass die Frau bei euch verunglückt ist?«

»Nein.« Olga schüttelte den Kopf. »Nein, nein. Aber Timo war der Freund der Frau.«

»Dann war sie nichtsnutzig oder dumm.«

»Also, Mathilde, so kann man das sicher nicht sagen …«

»Ach was«, fuhr Mathilde Olga ins Wort. Das Kategorische des Alters ergriff Besitz von ihr, Georg merkte es bei jedem Besuch.

Olga erwiderte nichts, sie sah Mathilde mitfühlend an. »Lass uns ein wenig nach vorn in den Aufenthaltsraum gehen«, sagte sie. »Du brauchst einen kleinen Tapetenwechsel.«

»Nein. Da sind lauter alte Leute.«

»Na, komm.« Entschlossen schob Olga Mathildes Rollator an den Sessel heran, nahm ihr die Decke von den Schultern und nötigte die wenigen Kilos Lebendgewicht aus den Polstern.

Als Georg hinter seiner Mutter den Flur entlanggging, kam ihm plötzlich ein Bild vor Augen. Er konnte sich wieder an den Unfall damals erinnern, der Dorfgespräch gewesen war.

Das Mädchen war hübsch gewesen, dickes dunkles Haar, ein Rundschnitt, der sie zu brav aussehen ließ. Michaela? Ja, so hatte sie geheißen. Michi. Sie war in diesem Auto viel zu früh gestorben.

15

Max dachte an eine Mondlandschaft, und die Männer in den weißen Schutzanzügen waren Astronauten. Seine Mutter hatte ihm als Kind oft »Peterchens Mondfahrt« vorgelesen, es war sein Lieblingsbuch gewesen. Heute erschien ihm das nur logisch – mit dem Wunsch zu fliegen in seinen Genen.

Die Kollegen von der KT waren mit Schaufeln und Spitzhacken ausgestattet und gruben in Helmut Molitors Ausschachtung. Der Chef hatte einen weiteren Durchsuchungsbeschluss erwirkt, außerdem war Timo Schanz zur Fahndung ausgeschrieben worden. Die Befragungen in Jessica Göbels Umfeld hatten bislang keine andere heiße Spur ergeben.

»Da können Sie noch ein nettes Wochenende an der Mosel dranhängen, oder? Mal was anderes trinken als immer nur Kölsch? Der Wein hier ist wirklich nicht schlecht.« Renate stand am Rand der Grube und redete auf einen Mann in einem teuren hellgrauen Anzug ein. Es war ein Kölner Anwalt, Uwe Molitor hatte ihn mitgebracht und als Dr. Ballschuh vorgestellt. »Gut, meins ist der Moselriesling nicht. Zu viel Säure. Ich trink ganz gern mal einen Aperol Spritz, so vorm Essen.«

Max verdrehte innerlich die Augen. Der Anwalt beobachtete ungerührt die Männer von der Kriminaltechnik.

»Wenn die dort heute was finden, kannst du dein Wochenende vergessen«, hatte Renate Max auf der Fahrt zum Hof der Molitors angemault. »Durchsuchungen vorm Wochenende sind immer heikel, eigentlich *weiß* man das.« Max hatte genervt aus dem Beifahrerfenster geguckt. Ein Teil von ihm hatte Renate allerdings recht gegeben. Am Wochenende wollte er fliegen gehen, und außerdem hoffte er auf ein Wiedersehen mit Julie.

»Entschuldigung, ich habe das eben nicht richtig verstanden«, wandte sich Renate weiter an den Anwalt. »Wieso sind Sie hier? Ihr Mandant befürchtet doch nicht, dass wir auf dem Grundstück was Belastendes finden werden? Oder, Herr Molitor?«

Uwe Molitor drehte sich weg, während Dr. Ballschuh ein charmantes Lächeln aufsetzte.

»Gute Frau Haase«, meinte er mit kölschem Einschlag. »Kein vernünftiger Mensch lässt eine Durchsuchung seines Grundes und Bodens über sich ergehen *ohne* Anwalt. Sie wissen selbst am besten, wie die Polizei mitunter irgendwelche Funde konstruiert und den Leuten das Wort im Mund verdreht.«

»Wie sind überhaupt die Eigentumsverhältnisse?«, fragte Renate. »Das ist doch nicht der Grund und Boden Ihres Mandanten? Oder haben Sie vorzeitig geerbt, Herr Molitor?«

»Mein Mandant vertritt an dieser Stelle die Interessen seiner Eltern.«

»Ah so. Und Sie vertreten ihn. Das ist aber eine Menge Vertreterei, dafür, dass unsere Ermittlungen Ihrer Meinung nach ungerechtfertigt sind«, sagte Renate und verschränkte die Arme vor der Brust.

Dr. Ballschuh lachte auf. »Sehen Sie, das meinte ich mit *Wort im Mund verdrehen*.«

Max zog ein Foto der Kette mit dem Kreuzanhänger aus seiner Tasche und hielt es Uwe Molitor hin. »Kommt Ihnen dieses Schmuckstück bekannt vor?«, fragte er. »Haben Sie es eventuell vor etlichen Jahren schon einmal gesehen?«

Uwe Molitor blickte missmutig auf das Bild. »Was soll die Frage? Natürlich habe ich schon Halsketten mit Kreuzanhänger gesehen.«

»Schauen Sie mal, das Kreuz ist besonders, dort oben, diese kleine Dornenranke.«

»Keine Ahnung.« Uwe schob die Hände in die Taschen seiner Anzughose. »Mit Religion habe ich es nicht so.«

»Verstehe. Aber im Gottesdienst waren Sie letzten Sonntag?«

»Meiner Familie zuliebe.«

»Dann spreche ich mit Ihrer Familie«, erwiderte Max und wandte sich zum Wohnhaus. In der Bewegung hielt er noch einmal inne. »Sagt Ihnen der Name Timo Schanz etwas?«

»Nie gehört.«

»Sicher, Sie wohnen ja auch seit Langem nicht mehr hier.«

Max nickte. An Dr. Ballschuh vorbei ging er zum Haus der Molitors.

Das Tor der angrenzenden Scheune stand ein Stück offen, Max schaute im Vorübergehen hinein. Er stockte. Im Inneren war ein Motorrad abgestellt. Rasch zückte er sein Handy und fotografierte die Maschine.

Anschließend trat er durch den Eingang des Wohnhauses. Im Flur war es kühl, es roch nach Landwirtschaft.

»Hallo? Herr Molitor?«

Am Ende des Gangs wurde eine angelehnte Tür geöffnet, Helmut Molitor erschien im Rahmen. »Wir sind in der Küche«, brummte er.

Max kam heran.

»Wir sollen Ihnen aber keine Auskünfte geben. Hat der Uwe gesagt.« Helmut ging zurück in den Raum, Max trat ein.

Auf einer Eckbank am Tisch saß Lieselotte Molitor, ihre dicken Finger umfassten Stricknadeln, an denen ein zur Hälfte fertiger brauner Strumpf hing. Vor ihr standen eine Kaffeetasse und ein kleiner Teller mit Streuselkuchen.

»Ich versteh net, wat dat Ganze soll«, murmelte Helmut Molitor und setzte sich.

Essensgeruch lag in der Luft, an den Wänden hingen gerahmte Fotos, die zwei Jungs zeigten. Sie standen vor einem Weihnachtsbaum, einmal hatte er rote, einmal blaue Kugeln. Auf anderen Bildern hielten sie stolz ihre Schultüten oder saßen als Teenager auf dem Fahrersitz des Traktors. Es waren Uwe und Gernot, immer einzeln aufgenommen.

»Sie müssen mir auch keine Auskunft geben«, sagte Max. »Sie sind nicht verdächtig oder so etwas. Es geht allenfalls um eine kleine Information.«

Er legte das Foto der Halskette auf den Tisch. »Haben Sie die schon mal gesehen? Wissen Sie, wer sie getragen hat?«

Helmut Molitor sah nur flüchtig auf das Bild. »Ich interessier mich net für Schmuck.«

Seine Frau vermutlich auch nicht, dachte Max und nahm wahr, wie Lieselotte den Kopf schüttelte. »Keine Ahnung.

Außerdem sind wir evangelisch. So was haben eher die Katholen.«

»Ah«, sagte Max. »Die Kette gehört also zumindest nicht Ihnen?«

»Nä«, blaffte Lieselotte.

»Du sollst doch gar nix sagen«, wies ihr Mann sie zurecht. »Wir sollen nix sagen.«

»Wo ist Ihr anderer Sohn, der Gernot?«, fragte Max in beiläufigem Ton.

Ein paar Sekunden war es still. »Auf dem Feld«, knarzte Lieselotte. »Einer muss ja was schaffen, bei dem ganzen Zores hier.« Die Stricknadeln klackerten aneinander, die wulstigen Finger bewegten sich erstaunlich flink.

»Gehört ihm das Motorrad im Schuppen?«, fragte Max.

»Ja. Und? Was ist damit?«

»Nichts«, sagte Max. »Gar nichts.« Er betrachtete die Fotos der Söhne an den Wänden. Sie kamen ihm merkwürdig vor, aber er wusste nicht, warum.

»Stimmt es, dass einer die Putzfrau vom Reifegerste geschubst hat?«, fragte Lieselotte, ohne aufzusehen.

»Wer sagt so was?«

»Die Leute. Erzählt man sich.«

»Aha. Glauben Sie das denn?«

»Ich glaub gar nix.«

Max' Blick forschte in dem derben Gesicht der Frau, es erschien ihm undurchdringlich wie ein Panzer. »Kennen Sie Timo Schanz?«, fragte er.

»Der war der Freund von der Putzfrau«, murmelte Lieselotte. »Oder net?« Kurz blickte sie auf.

»Genau«, sagte Max. »Kennen Sie ihn?«

»Nä.«

Jetzt wusste Max es. Die Fotos der Söhne waren so gleich gehalten, so auffällig symmetrisch, dass einen die Ungleichheit, die dahinter stand, förmlich ansprang.

»Max!« Renates Stimme klang vom Hauseingang durchdringend bis in die Küche. »Komm mal raus.«

Max verließ den Raum und eilte durch den Flur. Renate war schon wieder auf dem Rückweg zur Ausschachtung. Max holte sie ein, sie keuchte leicht.

»Tja. Falls du morgen oder so fliegen wolltest, hak's ab«, raunte sie. »Ich hab's dir noch gesagt.«

Max spürte einen Adrenalinstoß in seinen Adern. »Was ist es?«, fragte er.

»Guck's dir halt an.«

Ein Techniker winkte Max ein paar Meter von der Grube entfernt zu sich heran. Uwe Molitor stand abseits und telefonierte, sein Anwalt ebenfalls.

Als Max bei dem Kollegen angekommen war, hob der einen durchsichtigen Plastikbeutel in die Höhe.

»Homo sapiens, würde ich sagen. Für Geflügel oder Ähnliches ist er zu schwer.«

Max erkannte einen kleinen Knochen in dem Beutel.

»Handknochen, denke ich, aber die Pathologie wird das besser bestimmen können. In dem lehmigen Boden kann der schon viele Jahre alt sein, da geht das mit dem Verfall sehr langsam.«

»Der verlorene Sohn aus Köln ist natürlich völlig ahnungslos«, meinte Renate neben Max. »Aber den werden wir uns mal richtig vorknöpfen. *Ich* hab direkt gewusst, dass da was faul ist.«

16

»Um das klarzustellen: Ich bin nur meiner Lebensgefährtin zuliebe hier. Ich selbst komm schon irgendwie mit dem, was passiert ist, zurecht.«

Georg saß in einem hellen Ledersessel neben Hella. Ihnen gegenüber hob ein Mann Mitte vierzig mit ergrauten Locken und runder Brille zum wiederholten Mal ein Klemmbrett von seinem Schoß und machte sich Notizen.

»Der Vorfall ist wahrlich furchtbar, doch es ist nicht mehr zu ändern«, fuhr Georg fort. »Man muss nach vorn gucken.«

»Es ist auf jeden Fall gut, dass Sie da sind«, sagte Jörn Müller. »Derartig belastende Ereignisse brauchen eine professionelle Begleitung.« Er faltete die Hände ineinander. Sein Blick schweifte zu dem großen Aquarell an der linken Seite des Raums und verweilte dort einen Moment.

Hella nestelte ein Taschentuch aus ihrer Handtasche, die neben ihr auf dem Eichenparkett stand, Sonnenstrahlen streiften ihr Haar. »Das Schlimmste, also das, was mir am meisten zu schaffen macht …«, sie holte Luft, es fiel ihr schwer, zu sprechen, »ist, dass es vermutlich kein Unfall war.«

»Wie meinen Sie das?« Jörn Müller legte die Stirn in Falten.

»Wahrscheinlich wurde Jessica gefesselt und aus dem Fenster gestoßen.«

»Sie meinen … Mord?«

Hella nickte. »Die Polizei ermittelt, in unserem Garten lag ein Kabelbinder mit Jessicas DNA. Und dann ist auch noch diese Kette verschwunden, die Georg und Olga gefunden hatten.«

»Kette?«

»Also, Hella, ich glaube, das sind Details, die Herr Müller nicht alle kennen muss«, wandte Georg ein. Er fühlte sich unbehaglich in diesem Raum mit den hohen Fenstern und der spartanisch geschmackvollen Einrichtung. Es war ihm zu kühl und zu schick hier drin. »Wichtig ist nur, dass es dir besser geht und du dich in unserem Haus wieder wohlfühlen kannst.«

Jörn Müller schüttelte die grauen Locken. »Ein Gewaltverbrechen im eigenen Heim ist etwas sehr Traumatisierendes. Die Verletzung dieses intimen Schutzraums bedeutet einen gravierenden Einschnitt. Oft dauert es viele Jahre, bis die Betroffenen einigermaßen damit umgehen können.«

Du Depp, dachte Georg, was soll das Gerede? Du sollst sie *aufbauen*.

»Ich weiß nicht, Georg, du scheinst dich nicht schuldig zu fühlen. Aber an mir nagt das Ganze richtig schlimm. Hätte ich euch davon abgehalten, bei den Molitors zu graben, hätten wir diese Kette nicht im Haus gehabt, wäre Jessica womöglich noch am Leben.«

»Wie?«, fragte Jörn Müller. »Ich verstehe nicht ganz, um was es geht.«

»Hella, Selbstvorwürfe bringen uns kein Stück weiter«, mahnte Georg. »*Wir* haben Jessica nicht auf dem Gewissen.«

»Schuld ist ein sehr schwieriges Thema. Sehr schwierig.«

»Hören Sie nicht zu?«, blaffte Georg Jörn Müller an. »Es geht eben nicht um Schuld, sondern darum, wie wir das alles möglichst schnell … vergessen können.«

»Vergessen?«, fragte der Psychologe, als habe er es mit einem Minderbemittelten zu tun. »Sie werden das niemals vergessen.«

»Es reicht!« Georg stand auf. »Hella, wir gehen!«

»Das tut mir leid«, sagte Jörn Müller. »Ich kann Ihnen versichern, dass nur die radikale Akzeptanz der Dinge weiterhelfen wird.«

Du jedenfalls nicht, dachte Georg und zog Hella von ihrem Sessel hoch.

»Georg!«, protestierte sie.

Georg schnappte sich ihre Handtasche, hakte Hella unter und zog sie zum Ausgang. »Schicken Sie uns die Rechnung zu«, knurrte er. »Schönen Tag noch.«

Jörn Müller schwieg.

Als die Tür hinter Hella und Georg ins Schloss gefallen war, betrachtete er wieder den Baum auf dem großen Aquarell. Altehrwürdig, mit breiter Laubkrone stand er vor einem blauen Himmel. Damals war es Nacht gewesen. Aus Michaelas Mundwinkeln war Blut geflossen, ihr Kopf war seitlich abgeknickt gewesen.

Er hatte gelernt, die Bilder auszuhalten. Langsam ging er zu seinem Schreibtisch, griff nach dem Telefon und wählte.

17

»So, Herr Molitor, noch einmal von vorn.« Werner Heil war die Ruhe selbst, der Seitenscheitel saß akkurat.

Max hatte nichts anderes erwartet. Nach vierzig Jahren bei der Polizei war man entweder mit den Nerven runter oder dickhäutig wie ein Elefant. Der Chef war Letzteres.

»Wenn ich in meinem Wingert stehe, fällt der ganze Stress von mir ab«, pflegte er zu sagen. »Da will ich höchstens noch die Reblaus und den Dickmaulrüssler zur Strecke bringen.«

Hin und wieder verschenkte er ein paar Flaschen seines selbst gekelterten Weins, Max' Mutter benutzte ihn zum Kochen.

»Auch wenn die genaue Bestimmung und Datierung noch ausstehen, haben die Forensiker bereits bestätigt, dass es sich bei dem gefundenen Knochen um den eines Menschen handelt«, fuhr Werner Heil fort. »Können Sie sich erklären, wie er auf Ihr Grundstück gelangt ist?«

»Nein, das kann ich nicht.« Uwe Molitor saß lässig mit übereinandergeschlagenen Beinen im Vernehmungszimmer, neben ihm sein Anwalt.

»Sie sind wegen der Durchsuchung extra aus Köln angereist, das gleich mit Ihrem Rechtsbeistand. Es liegt auf der Hand, dass Sie etwas wissen.« Werner Heil fixierte Uwe Molitor durchdringend.

»Lassen Sie diese Unterstellungen«, protestierte Manuel Ballschuh. »Wir sind von dem Fund genauso überrascht wie Sie. Er kann noch aus den Kriegsjahren stammen, auch in den Nachkriegswirren ist viel passiert. Was soll mein Mandant mit der Sache zu tun haben?«

Max konnte den Mann nicht leiden. »Max, du machst die Befragung mit mir«, hatte der Chef angewiesen. Renate saß mit einem Rechtsreferendar im Nachbarraum und fühlte Gernot Molitor auf den Zahn.

Ziemlich schnell hatte Max begriffen, dass Uwe Molitor und

sein Anwalt harte Nüsse waren. Gelassen parierten sie die Fragen der Ermittler.

»Herr Molitor, wären Sie einfach in Köln geblieben und nicht bei Ihren Eltern aufgetaucht, hätten wir Ihnen eventuell geglaubt, dass Sie von nichts wissen«, sagte Max. »Aber so?«

»Was Sie glauben, ist wahrlich nicht unser Problem«, konterte Manuel Ballschuh. »Überdies haben Sie schwerlich genügend Informationen zu dem Fundstück, um irgendeinen Fall konstruieren zu können. Sie stochern im Nebel.«

»Mord verjährt nicht«, parierte Werner Heil scharf. »Und wenn ein Menschenknochen in der Erde liegt, muss man keinen Fall *konstruieren.*«

»Also bitte, nur weil in Ihrer Provinz mal etwas Ungewöhnliches zutage tritt, sehen Sie sich gleich von Mördern umgeben. Da ist womöglich auch der Wunsch Vater des Gedankens.«

Du Blödmann, dachte Max und atmete tief ein. »Wie verstehen Sie sich eigentlich mit Ihrem Bruder?«, fragte er Uwe Molitor.

»Gut.«

»Obwohl Sie so verschieden sind?«

»Natürlich.«

»Haben Sie in Ihrer Jugend viel zusammen unternommen?«

»Hin und wieder. Wir haben aber keine Menschen vergraben, falls Sie das meinen.«

»Wer war der Liebling Ihrer Eltern?«, fragte Max weiter, dabei fing er einen Seitenblick vom Chef auf. »Sie oder Ihr Bruder?«

Uwe Molitor hob eine Augenbraue und betrachtete Max abschätzig. »Weder noch. Oder alle beide. Wie Sie wollen.«

»Hatten Sie eine wilde Jugend? Ausschweifend? Auf der Suche nach Abenteuern?« Irgendwie biss Max sich fest. »Alkohol ist in dieser Gegend ja durchaus ein Thema. Manchmal auch Drogen.«

Manuel Ballschuh lachte auf. »Was soll das, Herr Engel? Wollten Sie nicht einem Kapitalverbrechen auf der Spur sein? Und nun wird es Trunkenheit am Steuer?«

»Waren Sie trunken am Steuer, Herr Molitor?«, fragte Max. »Aus Ihrem Heimatort kommt man doch ohne Auto nicht weg, abends, wenn man in die Disco oder in eine Kneipe will.«

Uwe Molitor drehte den Kopf in Richtung Fenster. »Ehrlich gesagt langweilen Sie mich«, sagte er.

Max nahm keine Langeweile wahr. Eher etwas Aufgesetztes und Affektiertes.

Der Chef legte die Hände übereinander auf die Tischplatte. »Mit wem waren Sie früher unterwegs?«, fragte er.

»Herr Heil, ich denke, dass mein Mandant seiner Bürgerpflicht zur Genüge nachgekommen ist. Dabei ist er Ihnen gar keine Rede und Antwort schuldig. Wir möchten an dieser Stelle das Gespräch beenden. Wenn Sie weitere Anliegen haben, wenden Sie sich schriftlich an Herrn Molitor.« Manuel Ballschuh erhob sich.

Werner Heil ließ ein unwilliges Räuspern los. »Derzeit können wir Sie nicht festhalten.«

Uwe Molitor stand ebenfalls auf. »Auf Wiedersehen«, sagte er und richtete die Gürtelschnalle an seiner Anzughose. »Mir liegt sehr daran, dass Sie Ihren Job machen und die Antwort auf die Frage, die das Fundstück aufwirft, finden. Vor allem meinen Eltern zuliebe.«

»Keine Sorge, das werden wir«, sagte Werner Heil kühl.

Uwe Molitor und sein Anwalt verließen den Raum.

»Lass uns hören, was Renate aus dem Bruder rausbringt«, brummte Werner Heil zu Max.

Zusammen gingen sie zur sogenannten Kammer, von der aus man über einen Einwegspiegel und Lautsprecher die Gespräche im zweiten Vernehmungszimmer verfolgen konnte.

Gernot Molitor saß in Karohemd und mit gerötetem Gesicht am Tisch, ihm gegenüber Renate und der Referendar.

»Ist es nicht manchmal ziemlich langweilig auf Ihrem Hof?«, wollte Renate gerade wissen. »In der Einöde?«

»Einöde?«, wiederholte Gernot Molitor gedehnt. »Ich finde, bei uns ist genug los. Außerdem gibt es immer was zu tun.«

»Haben Sie eigentlich eine Freundin?«

»Nä, wieso?«

»Einen Freund?«

»Wie jetzt? So zum Biertrinken?«

»So fürs Körperliche?«

Gernot Molitor sah Renate fragend an. Dann klärte sich sein Ausdruck auf. »Fürs Körperliche fahr ich nach Senheim, da ist so ein Club.«

Der Referendar schob seine markante Brille auf dem Nasenrücken nach oben.

»Sie gehen zu Prostituierten?«, fragte Renate harsch. »Regelmäßig? Seit wann?«

»Seit ein paar Jahren. Mein Onkel war früher auch schon in dem Club.« Gernot Molitor griente. »Puffreis essen.«

Ein Mundwinkel des Referendars zuckte.

»Ha!« Renate kam sichtlich in Fahrt. »Zufällig kenne ich mich da aus.«

Ach, dachte Max.

»Die Frauen, die dort anschaffen, kommen alle aus dem Ausland. Rumänien, Brasilien, die Dom Rep. Wenn eine verschwindet, kräht kein Hahn danach. Schwupp, einfach weg. Sie wird halt durch eine neue ersetzt.«

»Ab und zu mal was Neues ist doch gut«, meinte Gernot Molitor. »Oder nicht?«

Herr im Himmel, dachte Max.

»Ja, genau«, blaffte Renate. »Und das Alte wird einfach vergraben.«

»Hä?«

Neben Max rieb sich der Chef über Stirn und Wangen.

»Gut, vielleicht war die Frau, die Sie verscharrt haben, nicht aus Senheim …«, fuhr Renate fort.

Über das junge glatte Gesicht des Referendars lief bares Erstaunen. Renates Art, Tatsachen festzustellen, hatte mehr mit einer Traktorfahrt durch die Eifel gemein als mit kriminalistischer Beweisführung. »Sie können die Arme auch irgendwo anders aufgegabelt haben«, sprach sie mit lauter Stimme weiter.

»Wen?«

»Das wird nix«, raunte Werner Heil und schob die Hände in die Taschen seiner braunen Cordhose.

»Ich sag Ihnen, wir werden herausfinden, von wem dieser Knochen ist«, drohte Renate mit erhobenem Zeigefinger. »Wir werden die Angelegenheit haarklein rekonstruieren. Man kann auch nach vielen Jahren noch DNA in Ihrem Auto oder im Haus oder sonst wo nachweisen.«

»Ich hab doch längst ein anderes Auto.« Gernot Molitor kratzte sich am Kopf.

»Ein anderes Auto als wann?«, fuhr Renate ihn an. »Als zu der Zeit, in der Sie die Frau transportiert haben?«

»Welche Frau?«

Der Chef blies Luft aus. »Ich muss noch ein paar Telefonate führen«, murmelte er und ging zur Tür. »Du kannst ja bleiben, wenn du willst.«

Max wollte nicht. Er blieb trotzdem und beobachtete, wie Renate die Stirn in Falten legte. Sie dachte nach. Ihr Blick ging zu dem adretten Referendar und wieder zu Gernot Molitor.

»Sind Sie eigentlich neidisch auf Ihren Bruder?«, fragte sie lauernd. »Auf sein schickes Leben in der Stadt, seine Freunde, sein gutes Aussehen?«

Gernot Molitor wirkte verwundert. Dann senkte er die Lider und blieb stumm.

Renate kräuselte die Lippen. Max kannte diese Geste, seine Kollegin hatte Lunte gerochen.

»Sie sind doch der Jüngere?«, fragte sie. »Die großen Brüder werden meist von den jüngeren angehimmelt. Der erstgeborene Sohn im Haus ist immer besonders. Auch für die Eltern.«

»Wir versteh'n uns gut«, nuschelte Gernot Molitor. »Der Uwe weiß, wie die Sachen laufen.«

»Sicher«, sagte Renate. »Haben Sie ihn eigentlich schon mal in Köln besucht?«

»Nä. Wieso?«

»Hatte er viele Freundinnen früher, Ihr Bruder?«

Gernot Molitor schwieg, Max trat ein Stück näher an den Spionspiegel heran.

»Hätten Sie die auch gern gehabt?«, bohrte Renate nach. »Die jungen Frauen?«

»Ach was.«

»Wer liegt da in der Erde, Herr Molitor?«

»Woher soll ich das wissen? Ich weiß von nix. Außerdem muss ich los, die Hühner füttern.«

»Ah«, machte Renate. »Die Hühner.« Sie kniff die Augen zusammen. »Was fressen die denn so, die Hühner?«

»Mais«, antwortete Gernot Molitor. »Getreide und Soja. Eine Mischung halt.«

»Aha.« Renate schnalzte mit der Zunge. »Die Hühner sind also Vegetarier?«

»Wie? Nä, natürlich würden die auch Würmer und Käfer fressen. Alles Mögliche. Das füttern wir aber nicht.« Gernot Molitor stand auf. »Also … ich muss.«

»Wenn Sie wirklich gehen wollen, können wir Sie nicht aufhalten«, sagte Renate und klang, als beginge Gernot einen großen Fehler. Der war bereits vom Tisch weggetreten.

»Ich bringe Sie raus.« Renate verschwand aus dem Sichtfeld des Spiegels. Der Referendar blieb sitzen, schob seinen kleinen Finger in ein Nasenloch und drehte.

Max dachte an die Hühner.

18

Es war Freitagnachmittag und perfektes Flugwetter. Max hatte sich zwei Stunden freigeschaufelt, der Chef hatte sein Okay gegeben. Fliegen half Max, seine Gedanken zu ordnen, in der Luft sah er die Dinge klarer.

Er fuhr vom Revier nach Hause, um seine Flugausrüstung zu holen und direkt weiter nach Graach aufzubrechen.

Max war gern bei der Polizei, sein Job machte ihm Spaß. Unbeleckt vom Tod hatte er nach dem Abitur dort angefangen und seitdem vieles gesehen und erlebt. Er hatte mit unterschiedlichsten Leuten zu tun gehabt, hatte gelernt, Schwerverletzten nicht in die Augen zu sehen, Tote nicht zu nah an sich herankommen zu lassen. Man musste seine Wahrnehmung kontrollieren, aufmerksam den Dingen und den Lebenden gegenüber sein. Doch die Toten durfte man nicht die Membran zu seiner Seele durchstechen lassen.

Nun gab es den ersten Mordfall in seiner Karriere, womöglich sogar zwei. Max war aufgeregt, und er war ehrgeizig. Er wollte keine Fehler machen, wollte den entscheidenden Hinweis finden, hatte gerade so viel zu überlegen.

Die Rechtsmedizin in Mainz hatte bestätigt, dass Jessica mutmaßlich ein Schwammtuch im Mund gehabt hatte. Die Ermittler gingen davon aus, dass sie geknebelt und gefesselt worden war. Das Haar an ihrem Hals stammte von keiner Person, deren DNA bereits polizeibekannt war. Von dem immer noch flüchtigen Timo Schanz stammte es auch nicht. Abgesehen von seiner nicht zu dem Fund passenden Frisur hatten Haar- und Zahnbürste aus seiner Wohnung Vergleichsmaterial geliefert.

Max war der Ansicht, dass Jessicas Tod und das Auftauchen von Knochen und Silberkette zusammenhingen. Merkwürdig war, dass außer dem von der Polizei geborgenen Knochen und denen, die Georg Reifegerste gesehen hatte, keine Skelettteile mehr sichergestellt worden waren.

Die Befragungen von Helmut und Lieselotte Molitor waren einsilbig verlaufen. »Wir sollen nix sagen.« »Wir wissen von nichts.« »Kann sein, dass im Krieg was an der Stelle war. Aber ich war da noch gar nicht auf der Welt.«

Max kam an dem gepflegten Einfamilienhaus seiner Eltern an, das in gutbürgerlicher Nachbarschaft lag. Die Häuser hatten hübsch angelegte Vorgärten, die Mülltonnen standen in Reih und Glied auf ihren Plätzen und wurden ab und zu mit dem Hochdruckreiniger gesäubert.

Vor dem dunkelgrün gepinselten Gartentor parkte Max, sprang aus dem Wagen und bog an der Seite des Hauses in den kleinen Weg, der hinunter zu seiner Einliegerwohnung führte. Fast wäre er in seine Mutter hineingerannt.

»Hallo, Max. Du, bei dir im Bad …«

»Hi, Mama.« Max lief einfach weiter. Die Stimme seiner Mutter klang ihm hinterher und vermischte sich mit dem Vogelgezwitscher aus dem Garten. Es ging um irgendwas mit Sanitär und Toilette.

Max schloss die Eingangstür zu seiner Wohnung auf, hastete durch den Flur und betrat den Abstellraum. Auf einem Holzregal lag sein gepackter Gleitschirm. Er griff danach, schnappte sich das Gurtzeug, den Helm und den Overall. Voll beladen verließ er seine Wohnung wieder und lief den kleinen Weg zurück nach oben, vorbei an seiner Mutter, die einen Strauß Blumen schnitt.

»Du kannst ja zu uns hochkommen, wenn du musst«, rief sie ihm hinterher.

Wieso hochkommen?, dachte Max. »Jaja«, sagte er, hörte das obligatorische »Flieg vorsichtig«, warf seine Ausrüstung ins Auto und fuhr los.

Der Startplatz in Graach lag nur etwa zwanzig Minuten von Max' Haus entfernt. Seiner Ansicht nach war er der Ausgangspunkt zu einer der schönsten Flugrouten in Deutschland.

Max flog seit fast zehn Jahren. Ein Tandemflug, den er geschenkt bekommen hatte, hatte ihn mit dem Virus infiziert. Sofort hatte er gewusst, dass er in die Luft gehörte. Er hatte einen Kurs gemacht und trainiert, anfangs mit gutmütigen Schirmen auf kurzen, einfachen Routen. Mittlerweile flog er eine höher klassifizierte Kategorie und war wesentlich sportlicher unterwegs. Grobe Fehler verzieh sein Schirm nicht mehr, aber Max machte sie auch nicht. In der Luft, zwischen Genuss und Adrenalin, fühlte er sich bestens aufgehoben.

Während der Fahrt auf der Bundesstraße entlang der Mosel überholte er ein paar holländische Touristen in ihren Spazierfahrtautos, sah Winzer in den Weinbergen arbeiten und dachte neben dem Fall immer wieder an Julie. Es hatte ihn erwischt.

Ein paar Kilometer später bog er nach Graach ein und durchfuhr das Dorf. Serpentinenartig schraubte sich der Weg hoch durch die Weinberge zum Ortsteil Schäferei. In einiger Entfernung lag das Graacher Himmelreich, eine Lage, in der guter Riesling wuchs. Manchmal wurden Flugneulinge mit einer Flasche getauft.

Etwa dreihundert Meter oberhalb des Moseltals lösten brachliegendes Gelände und Wald die Weinberge ab. Max bog in einen schmalen Weg ein. Sein Auto schaukelte, und ihn kitzelte, wie immer, wenn er hier war, eine satte Vorfreude.

Nach einem halben Kilometer öffnete sich das Gelände in ein nach links abfallendes, von Bewuchs freigelegtes Areal. Auf dem Parkplatz am Rand des Wegs standen drei Autos. Max hielt hinter dem letzten und stieg aus.

Die Paraglider waren eine Gemeinschaft von Individualisten, auch das gefiel Max. Er kramte seinen Overall vom Rücksitz, zog ihn an und tauschte seine Turnschuhe gegen die Fliegerboots. Mit dem Rest der Ausrüstung stapfte er auf den Startplatz zu. Ein blau-roter Schirm schwebte bereits über dem Moseltal. So wie er sich in der Luft bewegte, schien die Thermik gut zu sein.

Nahe bei der Abflugkante stand ein groß gewachsener Mann. Als Max herankam und mit einem lauten »Hallo« grüßte, drehte er sich um.

Es war Georg Reifegerste.

Ach, dachte Max. Dabei registrierte er die Art von Erstaunen in Georgs Gesicht, die ein Wiedererkennen mit sich bringt.

»Hallo«, sagte Georg. »Das ist ja eine Überraschung.«

»Tja.« Max stützte die Arme in die Hüften. Er betrachtete die geblähte rot-weiße Windtüte, die an einem Mast befestigt war. »Schöne Luft heute, oder?«

Georg nickte. »Ist gut, um den Kopf freizukriegen.«

»Ja«, sagte Max. Vor ihm stand nun eher ein Fliegerkamerad als jemand, mit dem er dienstlich zu tun hatte.

Georg schob seine Sonnenbrille nach oben und klemmte sie in sein drahtiges graues Haar. »Gibt's was Neues wegen Jessica?«, fragte er.

Max überlegte einen Augenblick. »Wir haben einen weiteren Knochen bei den Molitors gefunden«, antwortete er gedämpft. »Homo sapiens.«

»Oh.« Georg bohrte die Spitze seines Schuhs ins Gras. »Mist.«

Max zog sein Handy aus einer Tasche des Overalls, suchte das Foto aus der Scheune der Molitors und hielt es Georg hin. »Kann es dieses Motorrad gewesen sein, mit dem Sie Sonntagvormittag bedrängt wurden?«

»Nein.« Georg schüttelte den Kopf. »Die Rädchen kenne ich, die fahren sich wie eine Sahnetorte. Es war ein anderes Fahrzeug, viel schärfer.«

»Verstehe.« Max steckte das Telefon zurück.

Georg wirkte unschlüssig. »Ich mache mich mal startklar«, murmelte er und begab sich zu seinem Schirm. Noch einmal wandte er sich an Max. »Falls Sie einen Lift zurück hier hoch brauchen … meine Lebensgefährtin holt mich am Landeplatz ab.«

»Oh, sehr nett. Das Angebot nehme ich gern an. Ich habe heute nämlich nicht viel Zeit.«

Kurz darauf blähte sich Georgs gelb-weißer Schirm hinter ihm mit Luft und richtete sich auf. Die flatternden Geräusche, das Reißen des Windes an dem dünnen Nylon, waren Musik in Max' Ohren. Er konnte es kaum erwarten, selbst abzuheben.

Langsam lief Georg los, der Schirm richtete sich senkrecht über ihm auf. Er beschleunigte, erreichte die helle felsige Absprungkante, seine Füße hoben von der Erde ab, bewegten sich noch ein-, zweimal in der Luft. Der Wind trug ihn davon, in das Himmelblau hinein. Max blickte ihm nach.

Ein paar Minuten später hatte auch er die Schirmkappe auf dem Boden ausgebreitet, die Leinen sortiert, das Gurtzeug angelegt und alles für den Start überprüft. Zuerst trabte er einige Schritte vor und zog an den vorderen Tragegurten. Das Segel füllte sich mit Luft und kam hoch. Max fühlte den kräftigen Auftrieb des Schirms und bremste kontrolliert ab, sodass die Schirmkappe senkrecht über ihm stehen blieb.

Jetzt, dachte er, lief los, beschleunigte, rannte auf die Kante zu, war konzentriert und in Verzückung, verlor den Boden unter den Füßen und hob mit einem grandiosen Wind aus südwestlicher Richtung ab. In ihm jauchzte es, er flog.

Das Gelände war thermisch aktiv, man musste sich schon etwas auskennen. Max fühlte sich in die Strömungen ein. Er nutzte den ersten Auftrieb und steuerte in die Mitte des Flusstals. Unter sich sah er Graach, das Martinskloster, die sanft geschwungenen Weinberge und die Zeltinger Staustufe, die das glitzernde Band der Mosel durchschnitt.

Schon ein paarmal war Max vom »Moselwunder« getragen worden, jener besonderen Thermik, meist kurz vor Sonnenuntergang. Dann sorgten die aufgeheizten Schieferhänge um den Fluss herum dafür, dass man schwebte wie der König der Lüfte. Im großflächigen Auftrieb musste man schon die Ohren anlegen, um wieder abzusinken und den Landeplatz anzufliegen.

Max war fasziniert von den Strömungsverhältnissen. Sie waren unsichtbar, die Leute dachten, die Luft sei gleichmäßig, einförmig, langweilig. Durchsichtig eben. Sie kannten nur Wind und Temperatur, konnten gerade mal blauen und grauen Himmel unterscheiden. Aber in Max' Wahrnehmung bekamen die Strömungsbärte, Blasen und Luftlöcher beim Fliegen Gestalt und Farben. Er segelte durch eine bunte Welt aus phantastischen Gebilden. Die Dinge waren da, auch wenn man sie nicht sehen konnte. Oft dachte er während seiner Arbeit als Polizist daran.

19

Max saß in Werner Heils Büro, es war noch früh am Morgen. Der Chef hatte eine Besprechung anberaumt. Er kam direkt zur Sache.

»Die Ergebnisse der Forensik sind da. Wie ihr wisst, hat die Lagerung, vor allem die Bodenbeschaffenheit, einen entscheidenden Einfluss auf die Erhaltung beziehungsweise Zersetzung menschlicher Körperteile.«

»Allerdings«, pflichtete Renate mit einem nachdrücklichen Kopfnicken bei. »Mein Ex-Schwager ist Bürgermeister an der Obermosel. Die haben dort totale Probleme mit dem Friedhof. Die Toten zersetzen sich nicht mehr gescheit. Kein Wunder, da läuft auch dauernd Hochwasser rein.«

»Ja«, sagte Werner Heil. »Das ist aber ein anderes Problem.«

»Nein, letztendlich betrifft uns das alle«, widersprach Renate. »Durch die Böden geht keine Luft mehr, sagt mein Ex-Schwager, die Bakterien sind müde, die schaffen nichts mehr.«

Werner Heil öffnete den Mund. Bevor etwas herauskam, redete Renate schon weiter. »Wenn der Friedhofsbagger nach fünfundzwanzig Jahren anrückt und ein Grab aushebt, ist noch der Sarg zu erkennen. Der Inhalt ist auch noch drin. Das alles in einer feuchten Bratsche, also nix mit Totenwürde und so.« Sie sah Max direkt an. »Was, denkst du, macht der Friedhofsarbeiter? Ich meine, in das Grab muss ein Neuer rein, der wartet praktisch schon. Aber der Alte liegt da noch in der Erdpampe …«

Ungünstigerweise dachte Max an sein kürzlich verzehrtes Frühstücksmüsli.

»Renate, es geht um die Datierung des Knochenfunds«, unterbrach Werner Heil barsch.

»Der gute Mann steigt also wieder auf seinen Bagger«, fuhr Renate ungerührt fort, »und lässt die Schaufel ordentlich in das Grab fahren.«

»Renate!« mahnte Werner Heil.

»Ich für meinen Teil will in einem Friedwald beigesetzt werden.« Renate schmollte. »Sie sind doch im Stadtrat. Wann kriegen wir endlich so einen?«

»Die Radiocarbondatierung«, knurrte Werner Heil, »hat ergeben, dass der bei Helmut Molitor gefundene Knochen seit etwa neunzehn Jahren in der Erde liegt.« Er schaute auf das bedruckte Blatt vor sich. »Histologisch waren noch Fettwachsreste vorhanden. Die Bestimmung des genetischen Profils ist ebenfalls erfolgt.« Er machte eine Pause und blickte über den Rand seiner Lesebrille. »Der Knochen stammt von einem zwanzig bis fünfundzwanzig Jahre alten Mann.«

»Pfh«, machte Renate. Ihre Theorie mit der verschleppten Prostituierten war dahin. Die mit den Kriegswirren allerdings auch.

»Ich habe beim LKA in Mainz nachgefragt«, erklärte Werner Heil. »Über Interpol werden alte Vermisstenmeldungen überprüft.«

»Hat dieser tote junge Mann die Halskette getragen?«, fragte Renate.

»Es ist möglich, aber an der kann man keine DNA mehr nachweisen. Denkbar ist auch, dass die Person, die ihn vergraben hat, die Kette verlor.«

»Zumindest hat Timo Schanz niemanden dort verbuddelt«, warf Max ein. »Der war vor neunzehn Jahren noch ein Kind.«

Werner Heil nickte. »Das heißt, er hätte die Halskette für jemand anderen bei den Reifegerstes mitgehen lassen.«

»Was ist mit ihm?«, fragte Renate. »Gibt es Hinweise, wo er sich aufhält?«

»Die Fahndung hat bislang nichts ergeben. Bekanntlich führen Personenfahndungen aber so gut wie immer zum Ziel. Früher oder später.« Werner Heil lehnte sich auf seinem Bürostuhl zurück. »Jessica Göbel«, murmelte er. »Sie war auch zu jung, um mit dem Fall bei den Molitors etwas zu tun zu haben. Die Verbindung scheint die Halskette zu sein. Aber Timo hätte sie mitnehmen können, ohne dass Jessica etwas merkt. Er kommt am Sonntag zu Reifegerstes, während sie putzt, und steckt das Fundstück einfach ein. Warum soll er seine Freundin aus dem Fenster stoßen?«

»Die haben eben heftig gestritten«, meinte Renate. »Das sind beide Drogis. Der Schanz ist ausgerastet.«

Nachdenklich betrachtete Werner Heil den Bericht vor sich. Dann wandte er sich an Max. »Es hat noch niemand das Alibi der Reifegerstes für den Sonntagvormittag überprüft.«

»Alibi?«

»Ob sie zum Todeszeitpunkt von Jessica wirklich im Altersheim waren.«

»Daran habe ich keinerlei Zweifel«, erwiderte Max.

»Das ist egal. Du fährst in dieses Heim und überprüfst das.«

»Okay.«

»Renate, du hörst dich um, was die Molitors vor etwa neunzehn Jahren getrieben haben, vor allem die beiden Brüder. Du kennst doch hier alle, rede mit den Leuten.«

Renate zupfte an ihrem Blusenkragen. »Was heißt *alle*?«, brummelte sie. »Wo soll ich denn da anfangen?«

Bevor er am Ende die Nachbarschaft mit Renate zusammen abklappern konnte, stand Max rasch auf und ging zur Tür. »Bis später.«

Werner Heil hob die Hand. Max war schon mit einem Fuß auf dem Gang, als er ihn mit gedämpfter Stimme sagen hörte: »Renate, übrigens, ich hoffe sehr, dass deine Tochter ...«

Max ließ die Tür hinter sich ins Schloss fallen und eilte los.

Wenig später saß er in seinem Dienstwagen. Er hatte keine Ahnung, in welchem Zustand Georgs Mutter war, ob man sie überhaupt etwas fragen konnte. Das war im Heim zu erfahren, überdies sollte er ohnehin hauptsächlich mit den Angestellten dort sprechen. Doch die Aussicht auf ein Wiedersehen mit Julie ließ ihn einen Umweg fahren. Der führte ihn zwanzig Minuten später direkt zu Georgs Haustür.

Max presste seinen Finger auf die Klingel. Niemand öffnete. Er überlegte kurz und ging an der Seite des Gebäudes entlang hinunter in den Garten.

Schon vor der Hausecke hörte er Hella, sie klang ärgerlich. »Immer musst du dich durchsetzen.«

»Wieso ich? Du hast dich doch durchgesetzt, dass ich überhaupt mitgekommen bin zu diesem … Psychofuzzi«, konterte Georg. »Der hatte doch keine Ahnung … *Es dauert viele Jahre.*« Georgs Stimme war beim letzten Satz in eine höhere Tonlage gerutscht.

Max hustete lautstark und bog nach links in den Garten. »Hallo, Herr Reifegerste. Entschuldigen Sie, ich habe geläutet, aber niemand hat aufgemacht, da dachte ich …«

»Ach, Herr Engel, grüß Sie. Was führt Sie zu uns?« Hella zwinkerte. »Julie ist leider nicht da. Sie ist auf Mont Royal hochgefahren, um im Wald eine Runde zu joggen.«

Schade, dachte Max. Auf dem kleinen Tisch neben Hella lag ein Buch, »An Schicksalsschlägen wachsen« stand auf dem Cover. Schräg hinter Georg war eine Werkzeugkiste abgestellt.

»Herr Reifegerste, ich muss aus formalen Gründen im Altersheim Ihrer Mutter nachfragen, ob Sie Sonntagvormittag tatsächlich dort waren.« Die Angelegenheit war Max etwas unangenehm.

»Ach so?«, erwiderte Georg. »Sie meinen, ob wir ein Alibi haben?«

»Alibi würde ich es nicht nennen. Es ist einfach eine Formalität.« Max verlagerte sein Gewicht von einem Bein auf das andere. »Begleiten Sie mich nach Traben-Trarbach? Ich kenne Ihre Mutter ja nicht und …«

Georg runzelte die Stirn. »Eigentlich wollte ich gerade in unserer Waschküche den Zulauf …«

»Herr Reifegerste, es gibt Neuigkeiten im Fall Molitor.«

»In Ordnung.« Georg stand plötzlich ziemlich flink von seinem Gartenstuhl auf. »Wenn's sein muss. Kommen Sie, wir können außenrum. Bis später, Hella.«

»Grüß Mathilde«, sagte Hella verdutzt. Schon war Georg um die Hausecke verschwunden.

20

Die Bundesstraße nach Traben-Trarbach führte an Steillagenweinbergen vorbei. Vor allem in den oberen Flächen lag ein großer Teil davon brach. Einige von denen, die sie einst in harter Knochenarbeit bewirtschaftet hatten, leisteten mittlerweile Mathilde Reifegerste Gesellschaft. Oder sie lagen einen Meter unterhalb von Astern und Kriechwacholder und warteten auf eine »gescheite Zersetzung«.

»Wir haben die Ergebnisse der Forensik zu dem gefundenen Knochen erhalten.« Max drehte den Kopf zu Georg.

»Hätte ich bloß nicht dort gebaggert«, murmelte der.

»Er stammt von einem Mann Anfang, Mitte zwanzig und liegt seit neunzehn Jahren in der Erde.«

Georg stöhnte leise auf.

»Sie sind doch von hier«, schloss Max an. »Können Sie sich an irgendwas erinnern, das in einem Zusammenhang mit diesem Fall stehen kann?«

Georg schwieg. Links von Max rauschten die Weinstöcke vorbei, hin und wieder durchbrachen Felsnasen das Gelände. »Vor neunzehn Jahren?«, meinte Georg schließlich leise. »Spontan fällt mir nichts ein.«

»Hatten die Molitors Hilfsarbeiter in der Landwirtschaft? Haben Sie einen der Brüder damals mit einem Fremden gesehen?«

»Das ist so lang her«, erwiderte Georg.

Max fuhr um eine weitläufige Kurve. Auf der Mosel war ein Ruderer unterwegs, in seinem schmalen Boot glitt er über die Wasseroberfläche, als würde er sie durchschneiden.

»In welche Lokale ging man zu der Zeit? Wo hat man Leute getroffen oder kennengelernt?«

Georg zuckte mit den Schultern. »Mein Sohn ist früher kaum weggegangen. Saß meistens zu Hause vor seinem Computer. Dann hat er Abi gemacht und ist ausgezogen.«

Max überlegte. Die Befragung von Uwe Molitor kam ihm wieder in den Sinn. *Ehrlich gesagt langweilen Sie mich.* Die eigenartige Reaktion auf die Frage nach der Trunkenheit am Steuer.

»Ist zu jener Zeit jemand verunglückt?«, fragte Max. »Wurde über einen schweren Unfall gesprochen?«

»Unfall?« Georg wandte sich Max zu. »Es gab etwa in der Zeit einen Autounfall, bei dem eine junge Frau gestorben ist. Da wurde aber niemand vergraben.« Er stockte. »Zumindest nicht bei den Molitors«, fügte er an. »Die Frau liegt bei uns auf dem Friedhof. Weitere Einzelheiten sind mir nicht bekannt. Vielleicht weiß meine Mutter mehr, allerdings redet sie kaum noch. Den Fall müssten Sie auch in den Unterlagen haben. Die Polizei war damals vor Ort.«

Sieht nicht nach einem Zusammenhang mit der Leiche bei den Molitors aus, dachte Max. Er bremste ab und ordnete sich auf die Linksabbiegespur ein. Dahinter stieg die Straße zur Moselbrücke hin leicht an. Schweigend überquerte Max sie. Schließlich parkte er auf der anderen Uferseite vor dem Gebäude des Seniorenheims.

Max war noch nie in einem Altersheim gewesen, weder seine Familie noch sein Job hatten ihn dorthin geführt. Er stieg aus und betrat mit Georg den Eingangsbereich.

Eine Pflegerin in einem roten Oberteil grüßte, auf den Stühlen einer Sitzgruppe saßen zwei alte Frauen mit leeren Gesichtern.

»Wir müssen in den zweiten Stock«, sagte Georg. »Meist wird es in den Heimen von unten nach oben klappriger. Die in der vierten Etage sind dem Himmel schon ziemlich nah.« Er deutete auf das Treppenhaus. »Ich gehe immer zu Fuß, den Aufzug lasse ich den Alten.«

Max stapfte neben Georg die Stufen hoch. Im zweiten Stock angekommen schnaufte der ordentlich und zog die verglaste Brandschutztür auf.

»Hinten am Ende des Gangs ist der Raum der Pflegerinnen. Dort können Sie nachfragen, ob Hella und ich Sonntagvormittag da waren.«

»In Ordnung.« Max drehte sich nach rechts.

Im selben Moment schoss ein alter Mann mit nackten Beinen aus einem der Zimmer. »Kannst du mir die Socken anziehen?« Aufgeregt wedelte er mit einem schwarzen Strumpf vor Max' Nase. Die Wangen des Mannes waren hohl und mit grauen Bartstoppeln bedeckt, die Augen lagen tief in ihren Höhlen.

»Ich glaube, da hilft Ihnen besser eine der Schwestern«, sagte Max.

Just trat eine aus dem Zimmer. »Richard, komm wieder rein und setz dich hin.«

»Ah, Schwester Stefanie«, begrüßte Georg die Frau. »Können Sie vor den Socken dem jungen Mann eine Frage beantworten?«

»Hallo, Herr Reifegerste.« Das Haar der Frau hatte die künstliche Farbe blauer Trauben, ein Piercing glitzerte in der Oberlippe. »Was gibt es denn?«

»Max Engel. Kripo.« Max zückte seinen Ausweis. »Hatte Frau Mathilde Reifegerste am Sonntagvormittag Besuch von ihrem Sohn und dessen Lebensgefährtin?«

»Was ist mit den Strümpfen?«, quengelte der alte Mann. Dann flitzte er los, den Flur entlang.

»Stopp, Richard!« Schwester Stefanie verdrehte die Augen. »Ja, Sonntagvormittag hatte ich Dienst, Herrn Reifegerste und seine Frau habe ich gesehen.«

»Von wann bis wann etwa?«, hakte Max nach.

»Das weiß ich nicht mehr. So um zehn, halb elf, glaube ich.«

»Danke schön. Wo finden wir Frau Reifegerste?«

»Mathilde sitzt im Aufenthaltsraum«, antwortete die Pflegerin. »War's das? Ich muss Richard hinterher.« Sie setzte sich in Bewegung.

Max und Georg gingen in die andere Richtung. Es roch nach Desinfektionsmittel, an den Zimmertüren hingen Schilder mit den Namen der Bewohner in Sütterlinschrift. Aus einem Raum drang lautes Rufen: »Hermann! Hermann!«

Der Flur machte eine Biegung. Hinter einer offenen Glastür lag der Aufenthaltsraum. Er war freundlich in Orange- und

Grüntönen gehalten, Frühlingsfarben im Lebenswinter, dachte Max. Georg bewegte sich auf eine dürre Frau mit weißem Haar zu, die in einem Sessel saß. Max folgte.

»Hallo, Mutter«, sagte Georg. In Mathilde Reifegerstes Ausdruck regte sich nichts. »Ich habe jemanden mitgebracht«, fuhr Georg fort.

Mathildes wasserblauer Blick richtete sich wie in Zeitlupe auf Max, verharrte in seinem Gesicht. Sie blinzelte. Leises Erstaunen huschte über ihre Züge.

»Guten Tag, ich bin Max Engel.«

»Schön«, sagte Mathilde. »Bengel?«

»Engel.«

»Wie Hugo früher.« Die alte Frau lächelte fein, ihre Augen bekamen einen milden Glanz. »Die Locken.« Sie legte den Kopf schräg. »Was wollen Sie?«

»Können Sie mir sagen, welcher Tag heute ist?«, fragte Max.

»Samstag. Deshalb sind Sie hier?«

»Erinnern Sie sich, ob Ihr Sohn Sie am letzten Sonntag besucht hat?«

»Sicher.« Mathilde nickte langsam. »Vormittags. Ich war müde. Und bei Georg zu Hause ist jemand verunglückt.«

»Ja«, antwortete Max leise.

Schräg hinter Mathilde drehte ein Mann einen Schnabelbecher in den Händen. Er hob ihn bis kurz vor den Mund, fand die Öffnung nicht, drehte ihn weiter und stellte ihn zurück auf den Tisch. Max setzte sich Mathilde gegenüber. Der Mann hob erneut den Becher an, drehte ihn, suchte.

Max beugte sich ein Stück vor. »Kennen Sie die Familie Molitor?«, fragte er Mathilde.

»Ja. Zwei Söhne, Lieselotte war immer streng.«

Der Alte mit dem Schnabelbecher stöhnte.

»Die Söhne sind sehr verschieden«, sagte Max.

»Lieselotte war der Ältere lieber«, erwiderte Mathilde.

»Mutter, du hast doch erzählt, dass der Uwe früher in einer wilden Clique war.«

»Ja?«

»Da ist doch ein Unfall passiert, bei dem ein Mädchen gestorben ist. Michaela hieß die.«

Reglos saß Mathilde da, Georgs Worte schienen nur langsam zu ihr durchzudringen.

»Ja, da war was«, sagte sie schließlich. »Einer ist gefahren. Aber nicht der Uwe.« Sie hob ihre knochige Hand ein Stück an, Max bemerkte blaue Adern unter altersfleckiger Haut. »Müller hieß der? Die Mutter war Lehrerin. Jörg oder Jürgen. Jörn.«

»Wie?«, entfuhr es Georg. »Jörn Müller?«

»Oder anders«, sagte Mathilde.

»Kennen Sie jemanden, der so heißt?«, fragte Max überrascht.

»Allerdings. Den sehe ich aber nicht wieder. Ein Psychologe, zu dem Hella unbedingt wollte.« Georg runzelte die Stirn. »Vom Alter her könnte es hinkommen«, murmelte er.

»Ich überprüfe unsere Aufzeichnungen zu diesem Unfall«, sagte Max leise zu Georg. »Doch ehrlich gesagt erkenne ich keinen Zusammenhang mit dem aktuellen Fall.« Aus dem Augenwinkel sah er den Schnabelbecher vom Tisch kippen.

»Eehh«, machte der Mann laut. Das Gefäß rollte ein Stück auf dem Boden, der Deckel blieb drauf, eine kleine gelbe Pfütze floss aus der Tülle.

Max stand auf, bückte sich und stellte den Becher zurück vor den Mann. »Bitte schön.«

Der Alte blickte Max an, sein Mund war halb geöffnet, die Zähne sahen aus wie Karamellsplitter. Hinter den Augen des Mannes begann eine andere Welt. Unwillkürlich dachte Max an eine abgelegene Bude auf einem Jahrmarkt, bei der niemand steht.

In seiner Hosentasche vibrierte es. Max zuckte zusammen, atmete ein und zog sein Handy heraus. »Heil« stand auf dem Display. »Ja, hallo?«, meldete er sich.

»Bist du im Altersheim?«, fragte der Chef.

»Ja. Wieso?«

»Dann hast du's nicht weit.«

Max umklammerte das Handy fester. »Bis wohin?«

»Leichenfund in der Grabenstraße, Ecke Brunnenstraße. Wir

sind in etwa zwanzig Minuten vor Ort. Du kannst schneller sein.«

Max' Rücken spannte sich an. »Okay, ich fahre sofort los.«

Er steckte das Telefon zurück in die Tasche. »Einsatz. Könnten Sie sich von Ihrer Lebensgefährtin abholen lassen? Ich muss rüber nach Trarbach.«

Georg musterte ihn prüfend, wie ein grauer Wolf, der alle Schliche kennt. »Etwa noch jemand?«, fragte er leise.

»Das weiß ich nicht. Ich habe bislang keine Informationen. Tschüss, Frau Reifegerste.« Max nickte Mathilde zu. Dann eilte er los. Von der Welt derjenigen auf dem Tellerrand des Lebens in die der Toten.

21

Die Grabenstraße machte ihrem Namen alle Ehre. Sie war schmal und schattig, die Häuser ragten direkt hinter dem Straßenrand auf. Einige sahen aus, als würde schon lange niemand mehr darin leben.

Max parkte hinter dem Streifenwagen und stieg aus.

Der Eingang des alten Bruchsteinhauses stand offen, der Flur war kühl, es roch muffig. Eine Holztreppe führte hinauf, Max stieg hoch.

Er war in ähnlichen Häusern gewesen, schon seinerzeit, als er als Streifenpolizist angefangen hatte. Es war um häuslichen Streit oder um Durchsuchungen gegangen. Gefühlt hatte er unzählige Berichte geschrieben: »In der oberen Nachttischschublade fanden sich …«

Max kannte den uniformierten Beamten an der offenen Wohnungstür von anderen Einsätzen.

»Hi, Max«, grüßte er ihn. »Da drin, im Schlafzimmer.« Der Kollege ging vor in die Wohnung, Max folgte. »BTM-Verstoß, wir haben überall Zeug gefunden. Womöglich hat er eine Überdosis erwischt«, sagte der Beamte. »Fotografiert haben wir die Leiche, unsere Funde ebenfalls.«

Wieder lag der strenge Geruch von kaltem Rauch in der Luft. Max lief über den abgetretenen PVC-Boden des Flurs und bog nach rechts ab.

Mitten im Raum stand ein breites Bett mit einer zusammengeknüllten blassgrünen Tagesdecke. Als Erstes fiel Max die Hand des Toten auf, die sich in den Stoff krallte. Dann sah er das Gesicht, über dem Strähnen von fettigem dunklem Haar hingen. Die Augen starrten ins Leere, der Mund stand weit offen. Die Muskelerschlaffung nach dem Tod führte oft dazu, dass sich der Kiefer öffnete. In Krankenhäusern verhinderte man das, indem man ihn festband. Bei den Leichen, die Max sah, hatte das niemand getan.

Der Tote war Anfang vierzig, er lag auf dem Rücken, die Beine seitlich angewinkelt.

»Wer ist der Mann?«, fragte Max.

»Er heißt Roland Feyerabend.«

Max horchte auf. Ein Kunde von Timo Schanz. Die zweite Leiche in dessen Umfeld.

»Wir haben ihn vor acht Jahren mal gerollt«, fuhr der Beamte fort. »Es ging um einen Einbruch in einer Apotheke in Wittlich. Es kam aber nicht zur Anklage, Feyerabend hatte ein Alibi für die Tatzeit, ein Freund hat für ihn ausgesagt.«

»Tatsächlich?« Max runzelte die Stirn. Der Mann war also kein Unbekannter. Seine abgerollten Fingerlinienbilder würden nun allerdings einen Vermerk in der Datenbank bekommen. Für zukünftige Verbrechen schied Roland Feyerabend aus.

»Wer hat den Mann gefunden?«, fragte Max.

»Seine Freundin, Katja Timm. Sie hat einen Schlüssel zur Wohnung.«

»Wo ist sie?«

»Sitzt mit dem Kollegen in der Küche. Ist ziemlich fertig. Sie sieht aber ohnehin so aus.«

Fragend hob Max die Augenbrauen.

»Halt so, als ob nicht nur ihr Freund konsumiert hätte.«

»Verstehe. Wann kommt der Arzt?«

»Der müsste demnächst eintreffen. Aber du weißt, wie es bei uns auf dem Land ist. Weite Wege. Und zu machen ist bei dem Mann da eh nichts mehr.«

Max wusste, dass Kollegen immer wieder viele Stunden bei einer Leiche verbringen mussten, bevor ein Arzt eintraf, der die Totenschau vornahm. Dies war allerdings kein Problem, das sich auf den ländlichen Raum beschränkte.

Aufmerksam betrachtete er Roland Feyerabend. Sein Gesicht war länglich, dunkle Koteletten säumten die Wangen, das Kinn war stark ausgeprägt. Der Gürtel und die Verschlussknöpfe der Jeans standen offen, das schwarze T-Shirt war ein Stück nach oben gerutscht. Um den Bauchnabel herum wuchs dunkle Körperbehaarung.

Irgendwann hatte Max aufgehört, seine Toten zu zählen. Anfangs tat man das automatisch, den dritten, den vierten, den fünften. Um die Zweistelligkeit herum hörten viele Polizisten auf. Einige Tote blieben für immer in Erinnerung, andere verblassten völlig. Merkwürdigerweise wie bei Beziehungen, hatte Max gedacht.

Meist wurde er zu Menschen gerufen, die nicht mit ihrem Ende einverstanden gewesen waren, manchen sah man es an. Roland Feyerabend schien einer von ihnen zu sein. Seine Züge waren verzerrt, wie in Schmerzen, Angst hatte sich in ihnen konserviert. Bei einer Überdosis war das nichts Ungewöhnliches.

Max nahm das Bild des Toten in sein Gehirn auf, nur in den Kopf, nicht tiefer in seine Seele. Er spürte der Atmosphäre in dem Raum nach, der nur mit dem Bett und einem alten weißen Kleiderschrank möbliert war. Vor den Fenstern hingen vergilbte Gardinen, in einer Ecke des Zimmers lag ein Haufen Kleidung auf den Holzdielen. Neben dem Bett standen ein paar leere Bierflaschen. Reste von Drogen, Spritzbesteck oder etwas Ähnliches entdeckte Max nicht.

Er verließ das Schlafzimmer und ging in die Küche. Eine dunkelhaarige Frau saß am Tisch. Max registrierte Attraktivität auf dem direkten Weg zum Verfall. Noch jemand, der nicht auf sich achtgab.

Eine zitternde Hand, um deren Gelenk bunte Lederbänder geschlungen waren, hielt eine selbst gedrehte Zigarette und führte sie zum Mund. Katja Timm saugte, als gebe ihr der Glimmstängel Sauerstoff. Nach ein oder zwei Sekunden stieß sie den Rauch ruckartig aus und kratzte sich am Unterarm, die Haut dort war gerötet.

»Frau Timm? Ich bin Max Engel, Kriminalpolizei.«

»Scheiße.« Die Frau zog wieder an ihrer Zigarette. »Das hat mir noch gefehlt, dass ich die Bullen am Hals hab.«

»Wieso Sie?«, fragte Max.

»Komm, ihr habt doch schon die Bude links gemacht. Der Typ da hat doch schon was weiß ich alles gefunden.« Sie machte eine Kopfbewegung zu dem Streifenbeamten.

»Ist das denn Ihr Stoff?«, fragte Max.

Katja Timm lachte bitter auf. »Ihr linkt mich doch sowieso. Ronny ist tot, den könnt ihr nicht mehr linken, jetzt bin ich dran.«

Manche Leute sollten ohne einen Anwalt nicht den Mund aufmachen, dachte Max. »Wann haben Sie Ihren Freund gefunden?«, fragte er.

»Eben. Ich hab total geschrien. Dann kam die Nachbarin, die hat euch angerufen.«

»Wann haben Sie Herrn Feyerabend zuletzt lebend gesehen?«

»Vor drei Tagen. Mittwochabend.«

»Welche Drogen hat er genommen?«

»Ah Scheiße, das ist doch 'ne Fangfrage.« Katja Timm drückte ihre Zigarette in dem Aschenbecher vor sich aus und krallte ihre Hände vors Gesicht. Über das linke Handgelenk verlief ein Tattoo, ein verschnörkelter Schriftzug.

»Frau Timm, Ihr Freund ist tot. Sie sollten uns dabei behilflich sein, die Ursache zu ermitteln.«

»Was weiß ich.« Sie nahm die Hände vom Gesicht und zog die Nase hoch. »Er hat ab und zu Gras geraucht.«

»Davon sterben die wenigsten«, gab Max zurück.

»Mann, dann pump ihm doch den Magen aus, oder was«, fauchte Katja Timm.

Ich nicht, dachte Max, aber obduziert wird er.

Der Zigarettenrauch waberte durch die Küche. Auf der Spüle standen verkrustete Töpfe, in einem befand sich ein Rest Erbsensuppe. Max kam die Sache mit den Fliegen in den Sinn. Forensiker setzten sie in die Bauchhöhle eines Toten. Wenn die Tierchen starben, war womöglich Insektizid oder Arsen im Spiel. Wie es den Fliegen bei Drogentoten ging, wusste Max nicht.

»Moin.« Eine kräftige Frauenstimme drang vom Flur in die Küche. Max trat ein paar Schritte zur Tür und stand einer Notärztin gegenüber.

»Drüben im Schlafzimmer«, sagte er.

»Okay.« Die Ärztin ging rüber, Max folgte.

»Margit Kramp, hallo«, stellte sie sich vor, während sie blaue

Latexhandschuhe überstreifte. »Wollen wir mal sehen …« Sie nahm den Toten in Augenschein, beugte sich ein Stück vor, griff nach einem seiner Arme und hob ihn minimal an.

»Totenstarre voll ausgeprägt. Der Mann ist länger als zwölf Stunden tot und weniger als sechsunddreißig, würde ich sagen.«

Max nickte. Die Leichenstarre begann sich ein bis zwei Tage nach Todeseintritt wieder zu lösen, was den Beginn der Verwesung einläutete. So weit war der Mann dort also noch nicht.

»Ihr geht von BTM aus?«, fragte Margit Kramp.

»Sieht derzeit danach aus.«

Die Ärztin tastete die Unterarme des Toten ab, untersuchte sie nach Einstichstellen. »Auf Heroin war er nicht«, stellte sie fest. »Es gibt aber so viele andere Sachen.« Sie zog eine kleine Taschenlampe aus ihrer Jacke und leuchtete die Augen des Toten an. »Sieht auch nicht nach einer Opiatvergiftung aus, da wären die Pupillen enger. Ihr lasst ihn obduzieren, oder?«

»Ja«, antwortete Max.

»Da werdet ihr rausfinden, was es war. Alles hinterlässt Spuren. Es kann natürlich auch eine Kombination von Stoffen gewesen sein, die einzeln nicht zum Tod geführt hätten. Manche Leute verlieren den Überblick darüber, mit was sie hantieren. Die brennen ein reines Feuerwerk in den Zellen ab. Das kann nicht gut gehen.«

Margit Kramp nahm ein Thermometer aus dem mitgebrachten Arztkoffer. Max wusste, was nun kam. Anhand der Körperkerntemperatur ließ sich der Todeszeitpunkt genauer bestimmen. Zwei bis drei Stunden nach dem Ableben fiel die Temperatur um etwa ein Grad pro Stunde.

»Wird möglicherweise schon Raumtemperatur sein«, sagte Margit Kramp. »Können Sie mir helfen, die Jeans runterzuziehen? Warum steht die offen?«

Max zuckte mit den Schultern.

»Es kann ein Hinweis auf krampfartige Bauch- oder Unterleibsschmerzen sein. Eventuell war er auch auf der Toilette und hat es nicht mehr geschafft, die Hose zu schließen. Drehen Sie ihn bitte ein bisschen.«

Max drückte den leblosen Körper an der Hüfte zur Seite, die Ärztin zerrte an dem Jeansstoff.

»Sehen Sie dort, die Totenflecken?« Margit Kramp drückte auf die rötlich violetten Verfärbungen an der Flanke des Mannes. »Die sind nicht mehr verschiebbar, sie verschwinden nicht, wenn ich Druck ausübe. Das heißt, seit dem Tod sind sicherlich mehr als zwölf Stunden vergangen.«

Entblößt lag der Mann vor Max, er wandte seinen Blick ab. Margit Kramp ging mit dem Thermometer zu Werke. Man musste etliche Zentimeter vordringen, um einen zuverlässigen Wert zu bekommen.

»Ich kann ihn so halten, Sie können ruhig ein paar Schritte zurück«, sagte sie und zwinkerte Max zu. »Gleich wird's noch schlimmer.«

Max ging zum Fenster, zog die Gardine ein Stück zur Seite und schaute nach draußen. Hinter dem Haus schloss sich wildes, mit Gestrüpp bewachsenes Gelände an. Ein übler Geruch begann vom Bett aus zu ihm herüberzuwehen – der von postmortalen Ausscheidungen. Er war mit nichts vergleichbar.

Margit Kramp zog das Thermometer wieder hervor. »Zwanzig Komma fünf Grad. Raumtemperatur. Ich notier's auf dem Totenschein.« Sie stand aus der Hocke auf, Roland Feyerabend rollte in die Rückenlage zurück.

»In der Küche sitzt die Freundin des Toten, sie hat ihn gefunden. Können Sie bitte noch nach der sehen? Womöglich hat sie einen Schock«, sagte Max.

»Klar. Ist sie ansprechbar?«

»Sie raucht und motzt.«

»Gutes Zeichen.« Die Ärztin deutete ein Lächeln an. »Habt ihr irgendeinen Verdacht gegen sie?«

»Außer dass sie mitkonsumiert hat, bislang nicht. Wir müssen sie noch eingehend befragen.«

»Okay. Ich seh sie mir an, gegebenenfalls könnt ihr sie mitnehmen. Sie wird ohnehin wohl kaum in der Wohnung bleiben wollen.«

22

Anderthalb Stunden später wischte Werner Heil im Polizeirevier mit einem Taschentuch über seine Stirn, auf der Schweißtropfen standen.

»Das sind langsam zu viele Leichen«, raunte er. »Womöglich hat der Schanz dem Feyerabend miesen Stoff verkauft. Jetzt ist der tot, und Timo Schanz hat noch einen Grund mehr, unterzutauchen.«

»Haben Sie mit dem LKA gesprochen?«, fragte Max.

»Wegen dem Feyerabend? Nein, ich warte das Ergebnis der Obduktion ab. Zunächst einmal gehe ich offiziell nicht von Fremdverschulden aus.« Werner Heil steckte das zerknüllte Taschentuch zurück in seine Cordhose. »Lass uns zu der Frau.«

In einem Nachbarraum saß Katja Timm. Max trat mit seinem Chef ein und setzte sich ihr gegenüber an den Tisch.

»Frau Timm, wir haben einige Fragen an Sie«, begann Werner Heil. »Vieles deutet darauf hin, dass Roland Feyerabend durch schädliche Fremdsubstanzen zu Tode gekommen ist. Können Sie uns dazu etwas sagen?«

»Ihr habt euch doch sowieso schon alles parat gelegt«, entgegnete Katja Timm mit trotzig aufgeworfenen Lippen. »Was wollt ihr von mir noch hören?«

»Zum Beispiel, seit wann Sie mit Roland zusammen waren. Was er für ein Mensch war«, schloss Werner Heil an. Es war die altbewährte Strategie, Leute erst einmal ans Reden zu bringen.

Katja Timm schniefte, die Nase war gerötet, der Rest des Gesichts blass. Das dunkle Haar hing links und rechts des Mittelscheitels herunter und verdeckte einen Teil der schmalen Wangen.

»Seit zwei Jahren etwa«, murrte sie. »Aber eher locker.«

»Was heißt das?«, hakte Max nach.

»Dass jeder noch sein eigenes Leben hatte, natürlich. Ich lass mich doch nicht eintüten in so ’n spießiges Einmachleben.«

Wo rein?, dachte Max und musterte Katja Timm. »Sie lieben also Ihre Unabhängigkeit?«, fragte er.

»Sie etwa nicht?«, blaffte sie zurück. »Nee, Sie wahrscheinlich nicht. Frau und zwei Kinder, eh?«

Werner Heil atmete hörbar aus. »Wie viel hat Ihr Freund konsumiert und was?«

Katja Timm senkte den Kopf, das Haar fiel über ihr Gesicht. »Verschiedenes«, murmelte sie. »In der letzten Zeit eher mehr. Er hatte aber alles im Griff. Ich hab ihn nie völlig ausgeknockt gesehen.«

Außer heute, dachte Max. »Was hat Ihr Freund beruflich gemacht?«

»Er hat als Drucker gearbeitet, bei einer Firma in Bernkastel. Dort ging es manchmal ziemlich stressig zu. Ronny hatte auch immer wieder Ärger mit seinem Chef. Da brauchte er abends halt mal was zur Beruhigung.«

»Wir haben unter anderem Amphetamine gefunden«, warf Werner Heil ein. »Von Beruhigung würde ich nicht sprechen.«

»Woher wissen Sie das denn? Haben Sie's ausprobiert?«, fauchte Katja Timm.

Die Frau würde mich innerhalb von zwei Tagen wahnsinnig machen, dachte Max. Es gibt Schlimmeres, als Single zu sein.

»Ronny war kreativ.« Katja Timm nestelte an den Lederbändern an ihrem Handgelenk. »Echt, der hatte was drauf mit Grafik und so. Eigentlich war er Mediengestalter, aber als Drucker hat er mehr verdient. Dabei war er in dem Job unterfordert, hat seinem Chef oft bessere Entwürfe vorgelegt als die, die gedruckt wurden. Das konnte der Alte nicht ab. ›Sie stehen an der Maschine‹, hat er ihn angemacht, ›sonst nichts‹.«

»Gab es andere Leute, mit denen sich Roland nicht gut verstand?«, fragte Werner Heil.

»Nicht dass ich wüsste. Eigentlich war bei Ronny alles easy, er war cool drauf. Na ja, bis auf manchmal, da wurde er ängstlich oder ziemlich wütend. Hin und wieder konnte er nicht schlafen, ist rumgetigert wie ein Puma im Käfig. Manchmal stand er halt unter Strom.«

»Können Sie sich noch erinnern, was Sie letzten Sonntagvormittag gemacht haben?« Max betrachtete Katja Timms katzenartiges Gesicht mit den grünen Augen, die von zerlaufenem Kajal umrahmt waren.

»Wieso Sonntag?«, fragte sie. »Keine Ahnung. Da hab ich erst mal ausgepennt.«

»Allein?«

»Ja. Warum? Hab Samstagabend im ›Brünnchen‹ ein paar Bier getrunken und es nicht mehr zu Ronny geschafft.«

»Kannte Ihr Freund Jessica Göbel? Kennen Sie die Frau?« Werner Heil verschränkte die Finger ineinander.

Katja Timms Ausdruck war erst reglos. Dann verengten sich ihre Augen zu Schlitzen. »Daher weht der Wind. Die ist doch ausm Fenster gefallen, beim Putzen bei so Oldies. Was wollen Sie mir anhängen?« Spöttisch lachte sie auf. »Das ist doch echt das Letzte.«

»Noch mal, Frau Timm. Kannten Sie Jessica?«, wiederholte Werner Heil.

»Vom Sehen halt.«

Vom Dealen halt, dachte Max. »Und Timo Schanz?«, schloss er an.

»Ey, hör'n Sie auf.«

»Wir suchen ihn. Er steht im Verdacht, seine Freundin Jessica aus dem Fenster gestoßen zu haben«, sagte Werner Heil ruhig.

»Was? Der Timo?« Katja Timm warf ihr Haar zurück. »So ein Quatsch. Das ist ein total Lieber.«

»Timo Schanz ist uns als Dealer bekannt. So lieb kann er nicht sein. Womöglich hat er Ihrem Freund schlechten Stoff verkauft.« Werner Heil sprach eindringlich.

»Bei Timo war immer alles okay«, erwiderte Katja Timm, zögerte kurz und zischte leise: »Shit.«

»Sie haben also Drogen von ihm bezogen?«, hakte Max nach.

Katja Timm kaute auf ihrer Unterlippe. »Timo gibt ab und zu was weiter. Immer fair, dealen kann man das echt nicht nennen.«

»Kannte Ihr Freund Uwe Molitor?«, wollte Max wissen. »Die beiden sind ähnlich alt.«

»Wer ist das? Keine Ahnung.« Katja Timm zuckte mit den Schultern. »Hier in der Gegend kennen sich doch alle irgendwie.«

»Was haben Sie am Donnerstagabend gemacht?« Max hob auf die mutmaßliche Todeszeit von Feyerabend ab.

»Donnerstag …? Ey, brauche ich ein Alibi, oder was?«, schnauzte Katja Timm.

»Beantworten Sie bitte einfach die Frage.«

»Da war ich auch im ›Brünnchen‹.«

»Und am Freitag?«

»Hab ich gearbeitet und war danach mit einer Freundin einen zischen. Pia Mohr heißt die.«

»Gut, Frau Timm, wir überprüfen das. Haben Sie jemanden, der sich um Sie kümmert?«, fragte Werner Heil, sein Ton war nicht sonderlich mitfühlend. »Sie können auch nach Hause. Allerdings wird Ihre Wohnung gerade durchsucht.«

»Boah, ihr Schweine, ihr elenden …!«

»Es reicht«, befahl Werner Heil. »Reißen Sie sich zusammen.«

Max wandte sich ab. In dem Moment wurde die Tür des Befragungsraums geöffnet, Renates Kopf erschien, gefolgt von ihrer Hand, die eine wedelnde Bewegung machte. »Komm mal«, formten ihre rosa bemalten Lippen in Max' Richtung.

Max war froh, den Raum verlassen zu können, und stand auf.

»Wenn was los ist, lasst ihr mich einfach weiter dem Molitor seine Nachbarschaft abklappern und sagt mir nicht Bescheid«, beschwerte sich Renate umgehend auf dem Flur.

»So viel los ist nicht. Scheint ein Todesfall nach BTM zu sein.« Max stützte die Arme in die Hüften. »Und das ist bestimmt zurzeit nicht dein Lieblingsthema.« Er konnte sich den Seitenhieb auf Renates familiäre Verstrickungen nicht verkneifen.

»Pfh.« Renate schürzte die Lippen. Die Blümchenbluse, die sie trug, passte so gar nicht zu ihrem Wesen. »Willst du hören, was ich rausgefunden habe?«, fragte sie.

»Mach's nicht so spannend.«

»Der Uwe Molitor kannte den Feyerabend gut. Die waren

früher eng befreundet. Und es war noch einer dabei. Jörn Müller heißt der.«

»Ich weiß«, sagte Max.

»Ach. Tatsächlich? Du weißt schon wieder alles?«

»Renate, bitte.«

»Die Dreierclique ging wohl nach einem Autounfall auseinander, bei dem Jörn Müllers Freundin starb. Die Müllers sind danach weggezogen, Jörn hat sich aber vor ein paar Jahren als Psychologe in Bullay niedergelassen.«

Max' Nicken wurde erneut mit einem skeptischen Blick von Renate quittiert.

»Wer ist damals gefahren, als der Unfall passierte?«, fragte Max.

»Die Freundin. Michaela Hellstern hieß die. Eine Schande drum.« Renate schüttelte den Kopf. »Hat sich mit dem falschen Kerl eingelassen.«

»Wie kommst du darauf?«

»Ist doch immer so«, gab Renate lapidar zurück.

Die Tür des Besprechungsraums flog auf, Katja Timm kam herausgestürmt. »Nicht mit mir«, plärrte sie, eilte im Stechschritt an Renate und Max vorbei über den Flur und zeigte ihnen ihre erhobene rechte Hand mit dem gestreckten Mittelfinger.

»Wer ist das denn?«, fragte Renate.

»Die Freundin von Roland Feyerabend.«

Renate runzelte die Stirn. »Der hatte bestimmt auch einen schlechten Einfluss auf die.«

Oder umgekehrt, dachte Max.

23

Ein Klopfen am Rahmen der offenen Bürotür ließ Max aufschrecken.

»Hallo«, sagte eine freundliche Frauenstimme. Max drehte sich um, eine uniformierte Kollegin trat ein. »Hier ist der Bericht zur Durchsuchung von Katja Timms Wohnung.« Sie reichte Max zwei bedruckte Blätter. »Etwa acht Gramm Marihuana in einem Salzstreuer in der Küche. Außerdem eine kleinere Menge Koks, ein halbes Gramm.« Sie rieb an ihrem Ohrläppchen. »Das war ein bisschen besser versteckt.« Ihr langer blonder Zopf fiel über die Schultern, als sie sich ein Stück nach vorn beugte. »Steht alles da drin. Es wurde übrigens vom Wirt und zwei anderen Gästen bestätigt, dass Katja Timm Donnerstag bis zwei Uhr nachts im Lokal ›Brünnchen‹ saß.«

»Danke schön«, sagte Max und nahm die Schriftstücke an.

»Wenn Sie noch Fragen haben, mein Name steht drauf«, sagte die Polizistin.

»In Ordnung«, erwiderte Max und nickte.

Mit wippendem Pferdeschwanz verließ die Kollegin das Büro. Max drehte sich auf seinem Stuhl wieder zum Schreibtisch und überflog die beiden Seiten. Das Kokain war unter eine Schrankschublade geklebt gewesen, auch kein sonderlich originelles Versteck. Bei den Funden war davon auszugehen, dass Katja Timm, sofern sie bislang nicht straffällig geworden war, glimpflich davonkam. Die Menge an Drogen konnte unter Eigenbedarf verbucht werden. Bei Roland Feyerabend war wesentlich mehr sichergestellt worden.

Max legte den Bericht auf Renates Schreibtisch, er fand, dass sie sich weiter darum kümmern konnte. Sie war vor einer Weile aufgebrochen, um Informationen aus Roland Feyerabends Umfeld zu bekommen. »Am Ende weiß auch jemand aus seinem Dunstkreis, wo Timo Schanz steckt«, hatte sie in gewichtigem Ton gemeint.

Max griff nach der Wasserflasche, die neben ihm zwischen Aktenordnern stand, und trank einen Schluck. Dann sah er wieder auf den Computerbildschirm.

Es war ein silberner Golf GTI gewesen. Die Front war zusammengedrückt, fast wirkte es, als würde der Baumstamm im Motorraum wachsen. Die Windschutzscheibe war zerborsten, auf der Fahrerseite hatte der Airbag ausgelöst, der weiße Ballon hing schlaff über dem Lenkrad. Die Beifahrerseite hatte keinen. Die beiden vorderen Türen des Golfs standen offen, im Hintergrund waren ein uniformierter Polizist und ein Feuerwehrmann zu sehen.

Max bewegte die Computermaus ein Stück nach vorn, auf dem Monitor erschien ein weiteres Foto. Es zeigte ein Notarztfahrzeug und den Leichenwagen. Auf der Straße waren Markierungen, Kunststoffteile des Unfallfahrzeugs lagen herum, daneben standen Einsatzkräfte.

Der Polizeibericht war mehrere Seiten lang. Bei überhöhter Geschwindigkeit war der Wagen in der Kurve von der Straße abgekommen. Jörn Müller und Michaela Hellstern waren nicht nüchtern gewesen. Michaelas Blutalkohol hatte null Komma neun Promille betragen, der ihres Freundes eins Komma vier. Michaela saß nicht angeschnallt auf dem Fahrersitz, ihre Verletzungen waren unweigerlich tödlich. Jörn Müller wurde mit Prellungen und einer Gehirnerschütterung ins Krankenhaus gebracht. Bei der späteren Vernehmung hatte er zu Protokoll gegeben, er sei davon ausgegangen, dass Michaela nur zwei kleine Bier gehabt habe. Mehr habe er sie an diesem Abend im »Flash«, einer Diskothek in Simmern, nicht trinken sehen. Gezahlt hätten sie getrennt, Michaela habe den Wagen fahren wollen.

Das Foto aus Michaelas Personalausweis zeigte eine hübsche junge Frau. Das dunkle Haar umschloss in einem Rundschnitt ihr Gesicht, sie wirkte auf Max freundlich und ein bisschen bieder.

Die Nachmittagssonne schien durch das Bürofenster. Er fühlte regelrecht die Thermik dieser Tageszeit. Gerade wollte er nichts lieber als aufsteigen und durch die Luft getragen werden. Die Toten hinter sich lassen.

Er atmete tief ein und richtete den Blick zurück auf den Bildschirm, direkt in das Gesicht von Michaela Hellstern. Ein junges Leben, das zu früh geendet hatte.

Jäh durchschnitt das Klingeln des Telefons die Stille. 06131 stand auf dem Display, ein Anruf aus Mainz, vermutlich aus der Rechtsmedizin.

Max nahm den Hörer ab. »Engel.«

»Storck.« Die Stimme hob sich, als sei der Name eine Frage. »Hallo, Max.«

Marita. Unwillkürlich setzte sich Max aufrecht hin. Ein weiß gekachelter Raum kam ihm in den Sinn, überall Edelstahl. Der Sektionstisch, pudriges Parfüm. Ein Lippenpaar auf seinem, die Wärme gebräunter, leicht faltiger Haut. Schlanke Hände auf seinem Rücken.

»Ach, hallo, Marita.« Max räusperte sich. »Schön, dass du anrufst.«

»Dienstlich.« Max hatte Maritas ironisches Lächeln förmlich vor sich. »Ihr habt uns jemanden geschickt.«

»Ja. Der Mann wurde heute Vormittag aufgefunden. Vermutlich waren Drogen im Spiel.« Max hielt kurz inne. »Hattest du schon Zeit, ihn dir anzusehen?«

»Hatte ich. Deshalb rufe ich an.«

Am Telefon entstand eine Pause. Max erinnerte sich zu genau an Maritas selbstbewusste Art, in der sie herausfordernd abwartete, verunsicherte, verlegen machte. Wie sie an ihn herangetreten war, in direktem Blickkontakt aus veilchenblauen Augen, ihr Gesicht ganz nah an seinem. Ihr Atem, der nach Minze und Gewürzen roch.

»Drogen waren in der Tat im Spiel«, erklärte die Rechtsmedizinerin. »Aber daran ist er nicht gestorben.«

»Nein?«

»Nein. Es war das gute alte Parathion.« Wieder schwieg Marita, so als wolle sie Max' Wissen testen.

»Das heißt?«, fragte er.

»Ein hochtoxischer Phosphorsäureester. Besser bekannt unter dem Handelsnamen E 605.«

»Ach.«

»Ich hatte beim Aufmachen so einen Verdacht. Also haben wir ein paar Drosophila auf den Magen gesetzt. Tja. Keine der Fliegen hat's überlebt.«

Max dachte an die Erbsensuppe in Roland Feyerabends Küche.

»Damit ist klar, dass der Mann das Gift oral aufgenommen hat«, fuhr Marita fort. »Über die Haut ginge es auch, da braucht man allerdings eine höhere Dosierung. Der Tod durch Parathion ist qualvoll: Erbrechen, Durchfall, Krämpfe, Atemlähmung, Exitus. Das Mittel ist seit 2002 bei uns verboten. Aber da, wo du lebst …«, sie zögerte, und Max hatte den Eindruck, dass sich ihre Mundwinkel grazil nach oben bewegt hatten, »gibt es noch unzählige Altbestände, das weißt du ja selbst.«

»Leider«, erwiderte Max. Es ging um unbekannte Mengen hochgiftigen Sondermülls, vereinzelt wurde das Mittel immer noch angewandt. »Wann ist Roland Feyerabend gestorben?«, fragte er.

»Der Todeszeitpunkt lässt sich auf die Nacht von Donnerstag auf Freitag eingrenzen, zwischen null und zwei Uhr.«

»Worin war das E 605? Konntet ihr das herausfinden?«

»Wie gesagt, in dem, was er zu sich genommen hat«, antwortete Marita süffisant. »Der Magen war weitgehend leer, das liegt am Erbrechen. Der Inhalt aus dem Darmtrakt wird untersucht, die genauen Ergebnisse der serologischen und toxikologischen Analyse dauern noch. Im Zwölffingerdarm fanden sich Reste von Milcheiweiß, daneben Pflanzenfasern, eventuell Lauch und Zwiebeln, so was in der Art.«

»Wie schnell wirkt das Gift?«

»Das kommt natürlich auf die Dosis an, plus/minus dreißig Minuten bis zum Tod.« Erneut schwieg Marita einige Sekunden. »Habt ihr Hinweise auf einen Suizid?«, fragte sie dann.

»Bislang nicht, wie kommst du darauf?«

»Ganz einfach. Das Parathion, das im Handel war, ist wegen

seiner hohen Toxizität vergällt. Es hat einen stechenden Geruch und Geschmack. Entfernt erinnert er an Knoblauch, doch er ist wirklich so penetrant, dass sich auch kleine Mengen im Essen oder in Getränken bemerkbar machen.«

Max überlegte. »Das Gift kann nicht geschmacklich untergehen, wenn Feyerabend was mit Lauch oder Zwiebeln gegessen hat?«, fragte er.

»Womöglich schon, wenn man fein dosiert, exakt ausreichend letal. Also bei einem Mann wie Roland Feyerabend zwischen dreihundert und vierhundert Milligramm. Die Dosis, die er abbekommen hat, war aber um ein Vielfaches höher. Stell dir den Unterschied zwischen Pipette und Gartenschlauch vor.«

Max schluckte trocken. *Gartenschlauch* weckte Assoziationen in ihm, die er eilig wegzudrängen versuchte. Sektionsraum, heißer Atem, wilde Küsse, ausgeschaltetes Gehirn. Um Himmels willen.

»Gehen wir mal wieder was trinken?«, fragte Marita. »Ab und zu bin ich bei meinen Eltern an der Mosel.«

»Ähm … ja, klar. Warum nicht. Sicher. Gern.« Max wand sich. »Meld dich einfach.«

Am anderen Ende der Leitung war es still.

»Alles klar«, meinte Marita schließlich. »Ich maile dir meinen Bericht in ein, zwei Stunden. Bis dann. Mach's gut.« Schon hatte sie aufgelegt.

»Tschüss«, sagte Max in den toten Hörer.

»Wo ist Renate?«, klang im selben Augenblick die Stimme des Chefs streng von der Bürotür her.

Max schnellte auf seinem Drehstuhl herum. »Sie befragt ein paar Leute in Roland Feyerabends Umfeld.«

»Timo Schanz wurde aufgegriffen«, sagte Werner Heil. »In Luxemburg, in einem kleinen Ort namens Weilerbach. Er wurde nach Luxemburg-Stadt gebracht und dort inhaftiert. Morgen früh wird er überstellt.« Er wirkte angespannt, schob fahrig die aufgeschlagenen Ärmel seines Hemds ein Stück nach oben. »Hoffen wir, dass sich damit Jessica Göbels Tod aufklären lässt. Dienstbeginn neun Uhr morgen, sag bitte Renate Bescheid.

Heute können wir in der Sache nicht mehr viel unternehmen. Ich mache mich gleich auf den Weg nach Hause, meine Frau hat die Nachbarn zum Grillen eingeladen. Große Lust dazu habe ich ehrlich gesagt nicht.«

»Wahrscheinlich verpassen Sie's auch«, erwiderte Max.

»Hm?«

»Die Rechtsmedizin hat angerufen. Bei Roland Feyerabend wurde Gift nachgewiesen, Parathion. E 605.«

»Verdammt«, knurrte der Chef. »Das heißt, wir müssen mit der Spurensicherung in die versiegelte Wohnung.«

»So sieht's aus.« Max schloss die Dateien auf seinem Computer und erhob sich. Auf in einen gelungenen Samstagabend, dachte er.

24

»Wir wissen noch nicht, ob Feyerabend das E 605 in seiner Wohnung zu sich genommen hat. Auch nicht, ob es sich um Fremdverschulden handelt.« Werner Heil klang ungehalten. »Bei einem Suizid wäre es allerdings wahrscheinlich gewesen, dass wir schon beim Auffinden der Leiche Gift gefunden hätten.«

»Er kann bei einem Bekannten gewesen sein, der ihm das Zeug beigemischt hat. Ich will gar nicht wissen, welche üblen Gestalten der kannte.« Renate setzte einen Schmollmund auf.

Ich schon, dachte Max. Anders kommen wir dem Täter nicht auf die Spur – wenn es einen gibt.

»Du hast dich doch in Feyerabends Umfeld umgehört oder etwa nicht?«, fragte Werner Heil.

»Sicher.« Renate nickte. »Er galt als Einzelgänger, die Sache mit seiner Freundin war eher locker, und seine Stammkneipe war das ›Moseltor‹, eine Alki-Kaschemme.«

»Tolle Erkenntnisse«, brummte der Chef. Er drehte sich zur Seite. »Öffnen Sie das bitte?«

Ein Mann der Spurensicherung zog das über die Tür geklebte amtliche Siegel ab und schloss mit dem bei Roland Feyerabend sichergestellten Schlüssel auf.

Die Ermittler betraten die Wohnung.

»Wie besprochen: Der Fokus liegt auf Nahrungsmitteln, nicht abgespültem Geschirr, Flüssigkeitsresten. Daneben das übliche Programm, Fingerabdrücke, Computer, persönliche Dokumente, Aufzeichnungen et cetera«, wies Werner Heil an. »Renate, du kümmerst dich um den Hausmüll.«

»Wie bitte?«, platzte Renate heraus.

»Okay, nimm dir die Schränke vor.«

Wieder atmete Max den abgestandenen Zigarettenrauch in der Wohnung ein. Doch unter den Geruch mischte sich noch ein anderer, etwas Fauliges.

Die Kriminaltechniker begannen mit der Arbeit. Max streifte

Handschuhe über und ging ins Wohnzimmer. Die Möbel waren einfach und teilweise alt, eine abgewetzte Ledercouch, links und rechts davon ein Sessel, die Dielen bedeckte ein heller Flokati. Auf übereinandergestellten Weinkisten war der Fernseher platziert. Vor dem Fenster stand ein Schreibtisch, darauf befanden sich Unterlagen, Krimskrams und ein Laptop.

Max nahm das oberste Blatt von einem Papierstapel auf. Es war eine Bleistiftzeichnung von einem Hochhaus, ähnlich dem Empire State Building. Das Papier darunter zeigte das Porträt eines Jungen. Soweit Max es beurteilen konnte, hatte Roland Feyerabend Talent gehabt, die Zeichnungen waren gut.

»Das ist das reinste Flaschenlager«, sagte einer der Techniker vom Flur her, Glas klapperte aneinander.

Max zog die oberste Schublade des Schreibtischs auf. Zwischen Notizblöcken, Tabakbeuteln und Schreibutensilien stand eine hölzerne Zigarrenkiste. Max klappte den Deckel hoch, es waren Fotos darin. Eines zeigte einen jungen Mann mit einem Schnäuzer in engen Jeans und Karohemd – Roland Feyerabend vor vielen Jahren. Auf einem weiteren Bild waren mehrere junge Leute mit Bierflaschen in der Hand, sie saßen vor einem Zelt, im Hintergrund lag ein See.

Max hielt das Bild näher an seine Augen, die Farben waren blass, die Auflösung nicht sehr gut. Im Halbkreis der Leute saß eine dunkelhaarige Frau mit Rundschnittfrisur. Sie sah wie Michaela Hellstern aus.

Nachdenklich legte Max das Foto zurück. Mit seinen Fingerspitzen streifte er die anderen in der Kiste auseinander. Eines zeigte Roland mit einem anderen jungen Mann kumpelhaft Arm in Arm. Es war Uwe Molitor.

Max klappte die Zigarrenschachtel zu und stellte sie auf den Laptop. Beides wurde mitgenommen.

Er zog die anderen Schreibtischschubladen auf, durchsuchte den Inhalt, nahm einen Ordner mit Versicherungsdokumenten, einem Arbeitsvertrag und weiteren persönlichen Unterlagen heraus. Hinter Max staubte ein Kollege von der KT Türrahmen und -griffe mit Spurensicherungspuder ab.

»Max, kommst du mal ins Bad?«, rief Werner Heil von draußen.

Max verließ das Wohnzimmer.

Der sauer-faulige Geruch wurde zunehmend stärker, je näher Max dem Badezimmer kam. Als er den hellgrün gekachelten Raum betrat, verschlug es ihm den Atem.

»Vermutlich hat Feyerabend sich nicht wegen seines Drogenkonsums so heftig erbrochen«, sagte Werner Heil.

Auf dem beigen Vorleger, der zwischen Badewanne und Waschbecken lag, waren dunkle Flecken. Neben der Toilettenschüssel prangte eine eingetrocknete braunrote Lache auf den weißen Fliesen.

»Das sieht nach Blutbeimischungen aus. Wenn Feyerabend eine hohe Dosis Gift abbekommen hat, wirkte das relativ schnell«, erklärte Werner Heil. »Wie wahrscheinlich ist es deiner Meinung nach, dass er außerhalb seiner Wohnung vergiftet wurde?«

»Wenn das der Fall war, muss er sich in der Nähe seiner vier Wände aufgehalten haben und ziemlich schnell nach dem Essen oder Trinken nach Hause zurückgekehrt sein.«

Werner Heil schüttelte den Kopf. »Wenn du das Gift im Körper hast, springt es dich an wie Feuer. Da gehst du nirgendwo mehr hin. Vergiftungen mit E 605 sind heutzutage nicht mehr häufig, aber mein Ausbilder bei der Kripo damals hatte mehrere solcher Fälle.«

»Sie denken also, falls Roland vergiftet wurde, war der Täter in der Wohnung?«

»Ja. Theoretisch könnte Roland sich auch das vergiftete Nahrungsmittel von jemandem mitgenommen haben, doch dabei ist viel zu unsicher, ob wirklich er es verzehrt oder jemand anderer.«

Max nickte und war froh, als sie das Bad wieder verließen.

In der Küche wurde gerade eine Probe der geronnenen Erbsensuppe in ein durchsichtiges Gefäß gefüllt. Das benutzte Geschirr und der Inhalt des Kühlschranks waren bereits in Kisten verstaut. Es gab einiges für die Lebensmittelchemiker zu tun.

Ein Kollege hatte die Tüte mit dem Hausmüll aufgeschnitten und pflückte ihn auseinander: Zigarettenkippen, die Verpackung eines Fertiggerichts, zwei schwarz gewordene Bananenschalen, zerknüllte Alufolie, eine leere Tabakverpackung, zwei zusammengedrückte Bierdosen.

»Kann man E 605 eigentlich auch rauchen?«, fragte der Mann und deutete auf den leeren Tabakbeutel.

»Das wäre mal was Neues«, erwiderte Werner Heil. »Als starkes Kontaktgift wirkt das Zeug womöglich auch inhaliert.«

Der Mitarbeiter der KT zuckte mit den Achseln und tütete den Beutel zur Sicherstellung ein.

»Ich hab's doch gewusst!« Im Türrahmen stand Renate. Sie hielt ein schwarzes Lederband mit einer in der Mitte befestigten Kugel in die Höhe.

Werner Heil sah nur kurz hin. »Was soll das sein?«, fragte er.

Max brauchte einen Moment, um das Ding zu erkennen, es war nicht ganz sein Terrain.

»Jetzt gucken Sie aber mal richtig hin«, meinte Renate. »Das weiß man doch.«

Du vielleicht, dachte Max. Die Vorstellung, die sich automatisch anschloss, drängte er schnellstens zurück.

»Ein Ballknebel«, sagte Renate. »Für Fesselspiele. SM und so. Handschellen hat er auch im Kleiderschrank und so ein Spreizding.«

»Heiliger«, murmelte der Chef.

»Mir war sofort klar, dass der Feyerabend nicht sauber ist«, fuhr Renate fort. »Ein echt schlechter Einfluss.«

»Pack die Sachen ein«, wies Werner Heil an. »Eventuell müssen wir sie auf DNA-Spuren untersuchen lassen.«

Renate trollte sich zurück ins Schlafzimmer.

»Das hat uns noch gefehlt, Giftmord in der Sadomaso-Szene«, brummte Werner Heil und atmete gequält ein. »Max, machst du bitte im Wohnzimmer weiter?«

»In Ordnung.« Max begab sich wieder in den Flur und wandte sich nach rechts. Im selben Moment ließ ihn etwas, das er nur aus den Augenwinkeln wahrnahm, stocken. Er hob seinen Kopf und bemerkte auf einem Brett oberhalb des Garderobenschranks, leicht über Griffhöhe, einen schwarzen Motorradhelm.

Max trat heran, ging auf die Zehenspitzen und angelte ihn herunter. Ein paar Sekunden lang betrachtete er ihn, stellte ihn auf dem Boden ab, zog sein Handy hervor und machte zwei Fotos.

Gerade hatte er das Telefon in seine Jackentasche zurückgesteckt, als es den Piepton einer empfangenen Nachricht von sich gab. Später, dachte er. Doch wie von selbst zog seine Hand das Gerät wieder raus, gesteuert von der hungrigen Erwartung, die in einem lauert, wenn man ständig an jemanden denkt. Ein Wischen mit dem Zeigefinger brachte die Nachricht auf den kleinen Bildschirm. Jep!, durchzuckte es Max. Sie war von Julie.

»Hey, Max. Wie geht's dir? Sehen wir uns mal wieder?«

Natürlich, dachte Max, was für eine Frage. Am liebsten sofort. Doch der Polizist in ihm widersprach energisch, es gab wichtige Dinge zu erledigen.

Er überlegte, war hin- und hergerissen. Eine Idee kam ihm, und plötzlich klopften sich Polizist und Mann einvernehmlich auf die Schulter. Warum nicht?, dachte Max und tippte: »Um neun im ›Moseltor‹?«

»Wow, du gehst aber in die Vollen«, kam es prompt zurück. »Gern. Bis später.«

Max schmunzelte, dabei wusste er nicht, ob es ein guter Einfall war, Berufliches und Privates zu vermischen. Er steckte sein Handy zurück, blickte auf den Helm am Boden und öffnete den Garderobenschrank.

Zuvorderst hing eine ähnliche Jacke wie seine, braun genarbtes, festes Leder. Darunter zeigte sich ein Ärmel aus Jeansstoff. Max schob weitere Kleidungsstücke auseinander – eine olivgrüne Steppjacke, einen dunklen Wollmantel. Ganz hinten kam eine schwarze Motorradjacke zum Vorschein.

»Ach«, raunte er und zog sie heraus.

Unmittelbar darauf war er dabei, die Taschen abzusuchen.

Feuerzeug, Zigarettenblättchen, eine Packung Kaugummi. Max tastete nach der Innentasche. Darin war etwas Zylinderförmiges. Er schob seine Hand zwischen den Futterstoff und brachte einen konischen Gegenstand ans Tageslicht, um den ein Papier gerollt war.

Vorsichtig ließ er das Ding herausrutschen – und traute seinen Augen nicht. Er hielt ein silberfarbenes Kunststofffläschchen in der Hand, das schwarze Etikett hatte einen roten oberen und einen hellblauen unteren Rand. Max starrte auf den Totenkopf dazwischen. Rechts daneben stand »E 605 forte«.

Aufgeregt rollte Max das Blatt Papier auseinander. Es war eine Zeichnung. Auf einem Hügel stand ein Grabstein, dahinter lag das weite Meer vor einer tief stehenden Sonne. In geschnörkelter Schrift war darunter geschrieben: »Nur weg von hier«.

25

»Okay, Julie, natürlich ist das nicht das Lokal meiner Wahl.« Max hatte vor dem »Moseltor« gewartet und das dringende Bedürfnis, sich zu erklären.

»Du, ich probiere gern mal was Neues aus.« Julie umarmte ihn zur Begrüßung. »Auch wenn Georg mich schräg angeguckt hat, als ich erzählte, wo ich verabredet bin.«

»Es gab noch einen Toten«, bemerkte Max mit gedämpfter Stimme. »Behalt's bitte erst mal für dich. Das ›Moseltor‹ war sein Stammlokal, und … eigentlich bin ich noch im Dienst, nur wollte ich dich gern sehn, also dachte ich …«

»Alles easy.« Julie lächelte. »Lass uns rein.« Schon hatte sie die butzenglasbesetzte Eingangstür der Kneipe geöffnet und ging vor.

Im Inneren herrschte schummeriges Licht, der Geräuschpegel war beachtlich, das »Moseltor« war gut besucht. Als sei inmitten der Spelunke ein Ufo gelandet, drehte sich ungefähr ein halbes Dutzend Männerköpfe zu Julie hin, Gespräche verstummten.

In Max stieg ein ungutes Gefühl auf. Das war die dämlichste Idee seit dem Flug der Hindenburg bei Gewitter, dachte er. Aus verranzten Boxen dröhnte Rammstein, »Bück dich …«. Max war peinlich berührt.

Gelassen peilte Julie die Theke an und setzte sich auf einen der Barhocker. »Nimmst du auch ein Pils?«, fragte sie Max.

Er nickte und enterte den Hocker neben ihr.

Der Wirt bewegte seinen Bierbauchkörper zu Julie rüber und machte Stielaugen. »Was darf's sein?«

»Zwei Bier, bitte.«

Fast beschwingt griff der Mann zum Zapfhahn und ließ Bitburger einlaufen. Das silberne Panzerarmband an seinem Handgelenk schlackerte dabei. Auf den Schläfen traten unter fahler Haut die Adern hervor, um den faltigen Hals hing eine Kette mit Kreuzanhänger.

Möglichst unauffällig scannte Max die Umgebung in Berufsroutine. Die rustikale Einrichtung des Ladens hatte das Verfallsdatum überschritten. Die Sitzpolster waren angegraut, die Wandvertäfelung aus Holzimitat stammte vermutlich aus den Siebzigern. An einem der Tische saßen zwei polizeibekannte Typen, BTM und Hehlerei. Mindestens einen von ihnen hielt Max für gemeingefährlich. Unruhig rutschte der Mann auf seinem Stuhl hin und her.

Mit einem anzüglichen Grinsen stellte der Wirt die beiden Pilsgläser vor Max und Julie und machte auf Max' Deckel zwei Striche.

»Prost.« Julie hob ihr Glas, stieß mit Max an und trank genüsslich. An ihrer Oberlippe blieb Bierschaum hängen, Julie fuhr mit ihrer Zungenspitze darüber. Max wurde heiß.

»So, Max Engel. Was musst du hier herausfinden?«, fragte sie ihn leise, dabei neigte sie sich zu ihm hin. Sie roch nach Vanille, Max hätte am liebsten seine Nase in ihrem Haar vergraben.

»Wir haben einen Jugendfreund von Uwe Molitor vergiftet in seiner Wohnung gefunden«, raunte er. »Roland Feyerabend. Es ist noch unklar, ob es Fremdverschulden oder Suizid war, es gibt da einen Hinweis. Doch ehrlich gesagt kommt mir das Ganze fast zu plakativ vor, also …«

»Ey, was bist du denn für ein Rauschgoldengel?« Der Satz kam verwaschen, aber laut von Julies linker Seite.

Max' Blick schnellte hin, eine Frau in den Vierzigern saß dort. Das aschblonde Haar hing stumpf herunter, die Tränensäcke waren groß wie Kängurubeutel. Vor ihr standen ein Schnapsglas mit einer braunen Flüssigkeit und ein halb geleertes Bier.

»Hasde dich verlaufen?«, tönte die Frau. »Oder verflogen?« Sie lachte bitter auf. »Vielleicht hasde Roland getroffen.« Lautstark zog sie die Nase hoch, griff nach dem Schnapsglas und kippte sich den Inhalt in den Hals. »Der ist nämlich tot«, plärrte sie. »Tot!«

Das geht ja gut los, dachte Max. Aber in Rolands Stammkneipe eigentlich kein Wunder.

»Ach, war Roland Ihr Freund?«, fragte Julie in ihrer aufmerksamen Art.

»Freund? Wir waren so.« Die Frau kreuzte Zeige- und Mittelfinger übereinander. »Seelenverwandte.«

»Verwandte Seelen sind schön«, erwiderte Julie mitfühlend. »Was ist mit Roland passiert?«

»Noch einen!« Die Betrunkene hob das Schnapsglas und hielt es in Richtung des Wirts. »Wenn ich das wüsste … Wahrscheinlich hat er einfach Ernst gemacht.«

»Ernst gemacht?«, wiederholte Julie und trank einen Schluck Bier, dabei warf sie Max einen Seitenblick zu.

»Der war seit ein paar Tagen so durch den Wind«, lallte die Frau. »War immer schon sensibel gewesen, Künstler halt. Hatte Aufs und Abs, manchmal hat es ihn schier zerrissen. Aber ich hab ihn verstanden.«

»Sicher.« Julie nickte zustimmend. Dass Max kein Fünkchen Ironie bei ihr entdecken konnte, wärmte ihm auf eigenartige Weise das Herz.

»Die letzten Tage war's schlimm. Einmal hat er gesagt: ›Ich halt das nicht mehr aus, Gabi. Ich mach mich weg.‹«

»Wollte er verreisen?«

Wie in Zeitlupe hob Gabi den Kopf und guckte Julie glasig an. »Verreisen?«, fragte sie ungläubig. »Den hier.« Sie zog ihre flache Hand waagerecht über die Kehle.

Max spitzte die Ohren.

»Oh«, sagte Julie. »Glauben Sie, dass er das getan hat?«

Der Wirt stellte Gabi den Schnaps hin, umgehend kippte sie ihn hinunter.

»Sieht so aus, oder?« In ihrer Stimme lag Bitterkeit. »Warum sonst ist er jetzt bei den Engeln? Man hat ihn tot aus seiner Wohnung rausgetragen, das habe ich gehört. Das war kein Unfall oder so. Der hat's einfach nicht mehr ausgehalten.«

Gabi hob ihr Bierglas, die Schlucke glucksten in ihrer Kehle. Sie trank, als sei sie wirklich durstig. Nachdem sie das Glas wieder abgestellt hatte, sackte sie ein Stück in sich zusammen.

»Sie vermissen Ihren Freund sicher sehr.« Julie legte ihre Hand auf den Unterarm der Frau. »Das tut mir leid.«

Im ersten Moment sah Gabi völlig irritiert drein, dann verzog sich ihr Gesicht zu einer weinerlichen Grimasse.

»Mir tut es auch leid«, brachte sich Max eilig ein und traf dabei eher den Ton eines Nachrichtensprechers. »Wenn Sie wollen, erzählen Sie uns doch von Roland. Was war er für ein Mensch?«

»Ein anderer als du.« Gabi wischte sich mit der Hand über die Nase. »Er hatte Talent, konnte super zeichnen. Hatte sogar schon mal eine Ausstellung in Köln. Ist schon viele Jahre her. Er ist immer noch ab und zu hingefahren. Klar, raus aus diesem Nest.« Sie drehte das Bierglas auf dem Deckel hin und her, hob es an und trank es leer. »Bei uns hat man doch das Gefühl zu ersticken.« Geringschätzig verzog sie den Mund.

Oder zu ersaufen, dachte Max.

»Ich werd dem den größten Strauß weißer Rosen kaufen, den die Welt je gesehen hat«, lallte Gabi vor sich hin. »Den größten. Ich.« Sie machte eine Pause, ihr Kopf wackelte. »Nicht diese … Eule.«

»Weiße Rosen sind ganz wunderbare Blumen«, pflichtete Julie bei. »Ich liebe die auch sehr.«

Max interessierte gerade mehr die Fauna als die Flora. Wer war *diese Eule*?

»Gell?«, machte Gabi zu Julie hin. »Die andere käm überhaupt nicht auf so was. Null Stil hat die, aber so was von null. Hat sich nur aushalten lassen.«

Sachte schob Max seinen Arm an Julies und stupste ihn an. Wenn sie schon eine neue Freundin gefunden hatte, konnte sie auch ein bisschen weiterbohren. Über Julies Lippen huschte ein kaum sichtbares Lächeln.

»Traurig ist diese andere Frau sicher auch«, sagte sie. »Sie hat doch auch Gefühle.«

»Pfh.« Spöttisch blies Gabi Luft aus. »Die und Gefühle? Eher hat sie Ronny dazu getrieben, dass er sich weggemacht hat.«

»Aber diese … die …«

»Katja.« Der Name kam wie ausgespuckt.

»Also Katja …«

»Ach, hör auf, die ist die reinste Zecke. Noch eins!« Gabi hob das leere Bierglas.

Aus den Augenwinkeln registrierte Max, wie sich einer der beiden Hehler erhob und auf die Theke zukam. Max' Muskeln spannten sich an, er drehte sich zu dem Mann um.

»Harry, noch zwei Bier«, gab der Anweisung.

»Klar.« Der Wirt griff zum Zapfhahn.

Mit einem fiesen Grinsen trat der Mann an Max heran. »Das Auge des Gesetzes«, quäkte er mit hoher Stimme. »Auch da? Gibt's was zu ermitteln? Schicke Lady ham Sie dabei.«

Verzieh dich, dachte Max. »Wir trinken nur ein Bier«, sagte er ruhig.

»Hä?«, krächzte Gabi. »Wie? Auge des Gesetzes? Was heißt das denn? Seid ihr etwa Bullen? Duuu?« Ungläubig starrte sie Julie an.

Die hob abwehrend die Hände. »Nein, nein. Ich lehre Yoga und Pilates, Körper und Seele …«

»Zahlen, bitte.« Max wurde die Sache zu heiß. Er zog einen Fünf-Euro-Schein aus der Hosentasche und legte ihn auf die Theke. »Stimmt so. Julie, lass uns gehen.«

Julie zögerte einen Augenblick. »Wir müssen leider los«, meinte sie dann zu Gabi und trank eilig noch einen Schluck Bier. »Ich wünsche Ihnen wirklich alles Gute.«

»Ey, das ist ja wohl echt mies. Bullen!«

»Versuchen Sie es mal mit Yoga«, sagte Julie freundlich. »Das hilft, wenn man …«

»Komm.« Max zog sie am Arm. Unter glotzenden Blicken verließen sie das »Moseltor«.

»Wie war ich?« Vor der Tür der Kaschemme bogen sich Julies Mundwinkel nach oben. »Kann ich bei euch anfangen?«

»Ach, Julie.« Max hatte das Bedürfnis, sie in den Arm zu nehmen, und tat es einfach.

»Wir könnten bei Georg im Garten noch einen Wein trinken«, sagte sie. »Falls du magst.«

»Natürlich mag ich«, antwortete Max, auch wenn es ihm ein wenig unangenehm war, Georgs Gastfreundschaft schon wieder zu strapazieren. Doch er hatte schließlich auch mit ihm noch etwas zu besprechen.

26

»Das muss ja ein richtig netter Abend gewesen sein«, brummte Georg, als er den Schlüssel im Haustürschloss hörte. »Halbe Stunde?«, fragte er Hella, die in ihrem Lieblingssessel einen Roman las, der sie schon ein paarmal zum Kichern gebracht hatte.

Sie zwinkerte Georg zu. »Vielleicht können die beiden Turteltauben es gar nicht erwarten.«

»Was?«, zischte Georg. »Unser Haus ist doch kein …«

»Hallo, ihr zwei.« Julie kam aus der Diele ins Wohnzimmer. »Ich habe Max mitgebracht.« Sie lachte. »Georg, das ›Moseltor‹ ist wirklich speziell.«

»Hmpf«, machte Georg leise. »Kann man so sagen. Hallo.« Er sah nur kurz zu Max Engel hin.

»Ach, Herr Engel, schön, dass Sie dabei sind.« Hella war die Liebenswürdigkeit in Person. »Mögt ihr ein Glas Wein? Wir haben sicher Besseres im Keller, als das ›Moseltor‹ zu bieten hat, oder, Georg? Hast du nicht noch ein paar Flaschen von diesem leckeren Calmont?«

»Was? Nee, ich glaub, der ist längst …«

»Bitte, keine Umstände.« Max hob abwehrend die Hände. »Es ist nur so, dass ich noch ein oder zwei Fragen an Sie hätte. Denn tatsächlich, als ich heute Vormittag das Altersheim verlassen habe …«

»Wir wissen es schon«, murmelte Georg. »Leider.«

»Ja. Solche Nachrichten verbreiten sich schnell. Unsere Nachbarn haben es uns erzählt.« Traurig senkte Hella den Kopf. »Was ist zurzeit nur los?«

»Der Tote ist Roland Feyerabend«, sagte Max. »Einer aus dieser damaligen Clique um Uwe Molitor. Wir kennen die Umstände seines Todes noch nicht.«

»Ich glaube, du kannst offen reden.« Julie strich ihm über den Arm. »Möchtest du ein Bier?«

»Gern, eins würde ich trinken.«

»Noch jemand?«

»Ah jo«, brummelte Georg, Hella winkte ab.

Julie verschwand in die Küche, kam mit drei Stubbis ins Wohnzimmer zurück und reichte Max und Georg eins.

»Setzt euch doch.« Hella wies auf die Couch. »Fühlen Sie sich wie zu Hause, Herr Engel.«

Hella, du übertreibst, dachte Georg.

Max nahm höflich lächelnd Platz, Julie ließ sich neben ihn fallen.

»Es war Gift im Spiel«, sagte sie. »Aber behaltet die Info für euch. E 605.«

»Oha.« Georg setzte das Stubbi an und trank ein paar Schlucke. »Kein schöner Tod. Es gab in unserer Gegend etliche Selbstmorde damit. Ist auch kein Wunder, das Zeug stand in jedem zweiten Haus.«

»Wie ist es heute?«, fragte Max. »Wer hat noch Zugriff auf das Gift?«

»Keine Ahnung.« Georg zuckte mit den Achseln. »Altbestände finden sich wahrscheinlich noch viele.« Er schwieg und dachte kurz nach. »Meine Eltern hatten früher auch Weinbau. Ich weiß von meinem Vater, dass der Umgang mit dem Zeug viel zu sorglos war. Niemand hatte Handschuhe, Atemmasken oder sonst was. Das Pulver wurde staubend in einen Eimer Wasser eingerührt, dann ins Spritzfass damit und ab in den Wingert. Die Winzer standen mitten im E-605-Nebel.«

»Pulver?«, fragte Max.

»Später war das Zeug meist flüssig und hat ziemlich gestunken. Ich kann mich aber an weißes Pulver erinnern, das neutral war. Muss in der Zeit gewesen sein, bevor das Gift vergällt wurde, in den Sechzigern oder so.«

»Oh.« Max kniff die Brauen zusammen.

»Was hätten die Leute damals auch tun sollen?«, fuhr Georg fort. »Der Sauerwurm hat ganze Ernten vernichtet. Die Winzer hatten keine Mittel dagegen, sind in den Wingert und haben von Hand die angefressenen Beeren herausgelesen. Dann kam die chemische Industrie und hat die Wunderwaffen gebracht. Meinem Vater wurde auf der Weinbauschule erzählt, dass man am DDT lecken könne, ohne dass was passiert. Arsen stand praktisch bei jedem Winzer rum. Die zweite Pressung der Trester für den Haustrunk enthielt oft viel zu viel davon. Man hat sich erzählt, dass die Knochen der Leute in den Gräbern grün waren und nicht verwesten. Viele hatten Arsenvergiftungen. Mit roten Flecken auf der Haut fing es an. Es gab gar kein richtiges Bewusstsein für das Gift und keine Aufklärung.«

Max wirkte nachdenklich. »Glauben Sie, dass bei den Molitors noch E 605 stand oder steht? Wir haben bei Roland Feyerabend eine kleine Flasche mit E 605 forte sichergestellt. Sie war in seiner Jackentasche.«

»Es gab verschiedene Packungsgrößen, ein Liter und mehr, kleinere Flaschen wurden auch verkauft«, erinnerte sich Georg. »Ob der Helmut noch was davon hatte, kann ich nicht sagen. Nachdem das Zeug verboten wurde, haben es natürlich einige weiterbenutzt, weil es so effektiv war. Nicht nur Bauern und Winzer, auch Gärtner in der Stadt oder Privatleute in ihrem Gemüsebeet. Viele haben es auch in den Müll oder auf einen der offenen Schuttabladeplätze geworfen. Das war damals einfach so.« Wieder hob Georg die Schultern.

»Mir kommt kein Gift in den Garten«, sagte Hella bestimmt.

»Du musst auch nicht von deinem Garten leben«, konterte Georg.

»Natürlich nicht. Aber wenn Insektizide zuerst bedenkenlos ausgebracht und dann als zu gefährlich verboten wurden, was ist in zehn Jahren mit den Mitteln, die aktuell verwendet werden?«

Im Raum lag Schweigen. Georg hing seinen Gedanken nach und griff einen auf, der eben an ihm vorbeigehuscht war. »Haben Sie gesagt, das Gift wurde in Rolands Jackentasche gefunden?«, fragte er Max.

»Genau. In einer Motorradjacke. Eingewickelt in eine Zeichnung, die man entfernt als Abschiedsbrief deuten könnte.«

»Wieso steckt er das Gift in die Jacke, nachdem er es genommen hat?«, wollte Hella wissen. »Vorausgesetzt, es war Suizid.«

»Das haben wir uns auch gefragt. Mir persönlich kommt die Sache merkwürdig vor, auch wenn es Hinweise gibt, dass es Roland in der letzten Zeit psychisch schlecht ging. Womöglich sollte es nach Selbstmord aussehen und war keiner. Wir haben Nachbarn befragt, ob am Donnerstagabend jemand bei Roland gewesen war, also vor seinem Tod in der Nacht. Leider hat niemand diesbezüglich etwas bemerkt.« Max zögerte kurz. »Apropos«, sagte er dann, zog sein Handy aus der Hosentasche und tippte darauf herum. »War das Motorrad, das am Sonntagvormittag vor dem Altersheim auf Sie zugerast kam, eine solche Maschine?« Er hielt Georg ein Foto von einer schwarzen Yamaha Fazer hin.

Georg nickte. »Das kann es gewesen sein.«

»So eins ist auf Roland Feyerabend zugelassen. Das ist offenbar sein Helm.« Max wischte über den Bildschirm seines Telefons.

In Georg stieg eine ziemlich klare Erinnerung an den Sonntagvormittag auf.

»Ich würde sagen, das kommt hin«, meinte er. »Was denkst du, Hella?«

Sie besah sich die Bilder. »Glaube ich auch. Zumindest soweit ich mich erinnern kann, es ging ja alles so schnell.«

Georg begann, eins und eins zusammenzuzählen, spürte den Puls in seiner Halsschlagader und knallte sein Bier auf den Couchtisch. »Was bedeutet das?«, fragte er laut. »Roland Feyerabend hat am Sonntagvormittag einen Anschlag auf uns verübt, just nachdem wir bei Molitors Knochen und Kette gefunden hatten. Jessica wurde aus dem Fenster gestoßen, und nun ist Roland tot, womöglich vergiftet.«

»Da gibt es noch etwas.« Max kratzte sich über die Bartstoppeln. »Ihre Nachbarin will am Sonntagvormittag ein Motorrad hier in der Nähe gehört haben. Wenn wir davon ausgehen, dass es Roland war, könnte er mit Jessicas Tod etwas zu tun haben.«

»Er stößt sie aus dem Fenster, klaut die Kette und verschwindet damit?«, fragte Julie.

»Kann sein. An Jessicas Hals wurde ein fremdes Haar sichergestellt, dazu wurden ja im Gästezimmer einige gefunden. Ich lasse die DNA mit der von Roland Feyerabend abgleichen.« Max überlegte kurz. »Doch warum haben wir diese Kette bei Timo Schanz gefunden?«

»Roland hat sie ihm geschenkt und dafür noch ein Tütchen mehr bekommen«, erwiderte Julie.

Georg wusste nicht, ob sie das ernst meinte. »Man verschenkt doch keine Beweisstücke, die man zuvor extra gestohlen hat, damit sie verschwinden«, sagte er.

»Um eine falsche Fährte zu legen?«, mutmaßte Julie.

»Warum ist Roland tot?«, fragte Hella laut in den Raum hinein. »Es hängt mit den Fundstücken bei den Molitors zusammen. Meiner Meinung nach war Roland entweder Mitwisser oder Mittäter.« Sie klang wie die weibliche Version von Sherlock Holmes. »Roland und Uwe«, fuhr sie fort, »haben was mit diesen Menschenknochen unter der Erde zu tun.«

»Das scheint mir auch so«, pflichtete Max bei. »Durch die neunzehn Jahre, die zwischenzeitlich vergangen sind, wird die Aufklärung der Sache allerdings erschwert.«

Georg stand auf und ging ein paar Schritte hin und her. Schon seit dem Vormittag hatte er darüber nachgedacht, wie verändert ihm seine Mutter heute vorgekommen war. Ein Span Leben hatte in ihr geglüht.

Er klärte seine Stimme mit einem Husten. »Nachdem Sie heute aus dem Altersheim aufgebrochen waren«, begann er und musterte Max, wie er da mit seinem Bier auf der Couch saß. Innerhalb von ein paar Tagen hat der meine halbe Familie kennengelernt, dachte er, schläft mit meiner Stieftochter, benutzt meine Zahnpasta und hat irgendwas mit Mathilde angestellt. »Also, nachdem Sie weg waren, hat meine Mutter etwas Sonderbares gesagt. Sie täuscht sich sicher, sie ist alt wie ein Stein. Doch irgendwie war sie heute bei Ihnen wacher und aufmerksamer als sonst.« Georg hielt inne, er hatte kurz wieder das Lächeln seiner Mutter vor sich. »Wie dem auch sei. Mathilde sagte, dieser Psychologe, der Müller, sei damals den Unfallwagen gefahren, in dem seine Freundin Michaela starb.«

In Max' braune Augen trat Erstaunen. »Ich habe nachgesehen«, erklärte er. »Im Polizeibericht steht es anders. Beide hatten Alkohol getrunken, aber es ist dokumentiert, dass Michaela auf dem Fahrersitz saß.«

»Ich sag ja, meine Mutter ist alt und nicht mehr ganz bei sich.« Georg deutete ein Kopfschütteln an. Er setzte sich wieder in den Sessel. »Allerdings ... wirkte sie heute Vormittag so aufgeräumt.«

»Woher weiß sie denn, wer gefahren ist?«, fragte Max.

»Das hatte ich auch wissen wollen. Sie sagte, von Lieselotte Molitors Mutter, die beiden kannten sich. Einer der Enkelsöhne, Gernot oder Uwe, hätte es ihr erzählt. Die alte Frau ist aber längst gestorben.«

»Wir werden mit Jörn Müller sprechen«, erwiderte Max. »Das steht ohnehin an.«

»Das können Sie gern tun. Aber glauben Sie ernsthaft, dass der nach all den Jahren zugibt, gefahren zu sein? Er wird der Polizei gegenüber die perfekte Fassade bieten. Der ist Psychologe.« Georg rümpfte die Nase. »Wenn auch, meiner Meinung nach, ein lausiger.«

»Er wäre nicht der Erste vom Fach, den wir knacken«, sagte Max.

»Kann schon sein.« Georg klang verärgert. Etwas hatte ihn gepackt und wuselte sich durch seine Gehirnwindungen. Wegen einer Sache, in der dieser Schmierlappes Müller womöglich mit drin hing, war eine Frau in *seinem* Haus gestorben. Er konnte das nicht auf sich sitzen lassen.

»Wenn Hella und ich schon mal da waren, können wir auch noch mal hin. Wir nehmen den Termin am Montag doch wahr.« Entschlossen griff er nach Hellas Hand. Sie zögerte. Schließlich nickte sie.

»Bitte, Herr Reifegerste, ich halte das für keine gute Idee«, warf Max ein. »Wirklich nicht. Ich hätte Ihnen ohnehin vieles gar nicht erzählen dürfen.«

»Ha, wir werden dem Müller eine Geschichte auftischen, die ihn ins Wackeln bringt«, sagte Georg. »Ich weiß auch schon, was. Hört zu.«

27

Als junger Mann war er so unbeschwert gewesen und so hübsch. Er hatte wunderschöne Zähne, die Lippen waren geschwungen, als würden sie immer lächeln. Auf der Nase hatte er ein paar Sommersprossen gehabt, das Haar war wie dunkles Kupfer. Seine Stimme klang noch heute in ihren Ohren.

»Mutter, ich muss weg von hier. Sehen, was das Leben zu bieten hat. Bei uns im Dorf ist alles so klein und eng. Mein Bruder bleibt da, der kümmert sich. Ich will in die Welt. Das verstehst du doch?«

Nachts träumte sie von ihm, er stand vor ihr und strich über ihre Wange. »Ich komm bald wieder, Mutter. Dann kann ich dir viel erzählen.« Er war so weich gewesen, zu zart für die Welt da draußen. Hätte sie ihn nur bei sich behalten.

Im Haus war es kalt, obwohl der Frühling da war. Er war nach einem langen Winter über Nacht gekommen. Es war ihr egal.

Sie musste raus, die Hühner füttern. Am Haken neben der Tür hing eine alte Strickjacke, sie griff danach und zog sie über. Anschließend schob sie ihre verformten Füße in die Gummistiefel und ging mit schwerfälligen Schritten los, hinter ihr fiel die Tür zu.

Neben dem Haus lag ihr kleiner Gemüsegarten. Manchmal empfand sie so etwas wie Freude oder zumindest Ruhe, wenn sie darin arbeitete. Sie sah, wie die Pflanzen wuchsen, hegte und pflegte sie. Doch der nächste Winter machte alles wieder zunichte.

Sie schlurfte weiter, nahm einen kleinen Eimer aus dem offenen Schuppen und ging damit bis zu dem hüfthohen Drahtzaun. Mürrisch warf sie dem Federvieh die Körner hin, ihr aufgeregtes Gegacker ging ihr auf die Nerven. Dummes Vieh, das nur für Eier und ein bisschen Fleisch nutze war.

Der Himmel war bleigrau, Wolken türmten sich auf, es roch

nach Regen. Ein Tropfen fiel auf ihren Nasenrücken, einer auf die Stirn. Um diese Zeit waren die Schauer heftig wie ein Überfall.

Sie kippte den Rest des Futters aus dem Eimer auf eine Stelle hinter dem Zaun. Augenblicklich wurde der ockergelbe Haufen von Hühnerköpfen attackiert, weiße und braune pickten auf die Körner ein. Krallen wölbten sich über dem lehmigen Boden.

Mit steifen Gliedern bewegte sie sich ins Haus zurück. Es war lange nichts mehr darin renoviert worden, aber für sie war es gut. Jeder Tag war ein Warten auf das Ende. Sie brauchte es nicht mehr schön und bequem zu haben.

Auf dem Herd stand eine abgestoßene Emaillekanne mit Kaffee. Sie goss sich einen Becher voll ein, nahm eine Scheibe Graubrot aus dem Kasten und strich selbst eingekochte Marmelade darauf. Das Gelee hatte die Farbe frischer Hühnerleber. Mit Kaffee und Brot ging sie zum Fenster und ließ sich in den alten Sessel davor fallen.

Er war ihr einziger Fehltritt gewesen, nur einmal hatte sie sich etwas zuschulden kommen lassen, in einer Juninacht, nach zu viel klarem Schnaps. Mit einem Mann, den sie liebte und der verheiratet war. Ihr Sohn war wie ein Pfand gewesen, ein Teil dieses Mannes, ein Stück Liebe.

Langsam führte sie die Brotscheibe zum Mund und biss ab. Sie kaute, die Marmelade schmeckte säuerlich. Ein Schluck heißer Kaffee spülte sie die Kehle runter. Sie hatte gar keine Lust aufs Essen.

Seit fast zwanzig Jahren lebte sie in einem Leben, das vorbei war.

»Mutter, man muss mit der Vergangenheit abschließen«, hatte ihr anderer Sohn gesagt. Wie sollte sie das, mit dem Schmerz und der Trauer in ihr? Eine Mutter konnte nicht vergessen.

Vor zwölf Jahren war sein Vater gestorben, hatte sich kaputtgesoffen. Eines Tages hatte er morgens tot vor der Tür gelegen. Zu viel Wodka, hatte der Arzt gesagt. Zu viel Trauer und Lügen, hatte sie gedacht.

Das Schlimmste war, dass man ihren geliebten Sohn nie gefunden hatte. Die Hoffnung, dass er irgendwo glücklich lebte, war jahrelang ihre Rettungsinsel gewesen. Aber irgendwann war sie auf dieser Insel verdurstet. Das nicht genährte Hoffen war eine Schlange, die das Leben auffraß.

Die Türklingel schellte, sie schrak zusammen und verschüttete heißen Kaffee über ihre Jacke. Mühsam hievte sie sich aus dem Sessel. Die Holzdielen knarrten unter ihren Füßen, als sie zur Haustür ging. Wieder schrillte es. Sie öffnete. Beim Anblick der Uniform fuhr ihr ein glühender Schrecken in die Glieder.

»Guten Tag«, sagte der Polizist. »Wir brauchen etwas von Ihnen. Kann ich reinkommen? Es geht um Ihren Sohn.«

28

Er konnte sich noch gut erinnern. Sie hatte eine gelbe Hose getragen, und ihr runder Hintern hatte sich direkt oberhalb seiner Nase steile Eisenstufen in einer Felsspalte hinaufbewegt. »Puh«, hatte sie gekeucht, die gelbe Kugel hatte hin- und hergeschwankt. »Nichts für Leute mit Platzangst.«

Für die wäre das kein Problem, hatte Max gedacht, aber keine Lust gehabt, Miriam Fremdwörter beizubringen.

Sie hatten eine Wandertour im Luxemburger Mullerthal gemacht, an einem Wochenende im Mai. Dabei hatten sie auch Weilerbach gesehen, den Ort, in dem Timo Schanz aufgegriffen worden war. Die Wanderung war die letzte gemeinsame Unternehmung gewesen. Zwei Wochen später war dieser heftige Streit gekommen, danach eine Weile lang abgekühltes Nebeneinanderherleben und schließlich die Trennung.

Timo Schanz war aus Luxemburg überstellt worden, Max saß ihm im Befragungsraum auf dem Revier gegenüber, neben ihm der Chef und Renate.

Aus einem grauen Kapuzenpulli ragte Timos krank aussehender Kopf heraus, Max dachte an ein Wiesel kurz vorm Exitus.

»Herr Schanz, Sie haben versucht, sich der Strafverfolgung zu entziehen. Das gelingt selten«, begann Werner Heil. »Wie sind Sie ausgerechnet nach Weilerbach gekommen?«

»Mit der Bahn und per Anhalter«, antwortete Timo leise. »Ich bin nicht geflohen, ich habe nur jemanden besucht.«

»Wen?«, fragte Werner Heil.

»Einen Kumpel.«

»Der, von dem Sie Ihren Stoff beziehen?«, grollte Renate. Angesichts des Sonntagsdienstes war ihre Laune mies. »Ich wollte heute eigentlich mit einer Freundin in Cochem bummeln gehen«, hatte sie vorhin im Büro zu Max gemeint. »Und du? Hattest du nix vor?«

Natürlich hätte Max etwas vorgehabt. Zum Beispiel Julie zum Fliegen mitzunehmen.

»Ihr setzt mich fest, obwohl ich voll unschuldig bin.« Timo heulte auf. »Lasst mich doch in Ruhe.«

»Unschuldig? Ein unschuldiger Dealer?«, schnaubte Renate.

»Aber ich habe doch mit Jessicas Tod nichts zu tun. Das könnt ihr mir nicht anhängen.«

»Herr Schanz, wie war Ihre Beziehung zu Jessica Göbel?«, wollte Werner Heil wissen.

»Voll gut. Echt in Ordnung.«

»Wir haben Frau Göbels Handy ausgelesen. Die Nachrichten, die Sie beide sich geschickt haben, sind häufig nicht gerade harmonisch. Es fallen Worte, die ich nicht wiederholen muss.«

»Das war doch nur so gesagt. Manchmal konnte Jessi echt zickig sein, aber ich lass mich da nicht einbuttern. Da muss ich schon Kontra geben.«

»Herr Schanz, unter Drogeneinfluss sinken bekanntlich die Hemmschwellen. Man verliert die Kontrolle, verbal und auch physisch.«

Timo erstarrte. »Welche Kontrolle?«

Werner Heil griff in die Tasche seines Jacketts und legte einen kleinen Plastikbeutel auf die Tischplatte. Daraus zog er die Silberkette mit dem Kreuzanhänger hervor. »Kennen Sie die?«

Timos schattenunterlegte Augen drehten sich nach innen. Er schielte, während er die Kette betrachtete. »Nie gesehen.«

»Lügen Sie uns nicht an!«, polterte Renate.

»Wirklich nicht. Ich bin doch längst ausgetreten«, erwiderte Timo bebend, als sei das ein Indiz für seine Unschuld.

»Wir haben das Stück in Ihrer Wohnung gefunden«, schloss Renate an. »Sie wissen, dass es dort gelegen hat.«

»In meiner Wohnung? Haben Sie die etwa durchsucht?« Timos Gesichtsfarbe wechselte von Aschfahl zu Kalkweiß.

»Was glauben Sie denn?« Renate verschränkte die Arme vor der Brust. Heute trug sie Signalrot – kein gutes Zeichen.

»Ich weiß nichts von der Kette da, wieso ist die so wichtig? Vielleicht hat Jessi die liegen lassen, die hatte öfter Kram bei mir. Wobei ...«, Timo nagte an seiner Unterlippe, »mit der Kirche hatte die's auch nicht so.«

»Kann ich mir denken«, murmelte Renate.

Werner Heil beäugte sie schräg von der Seite. Er ließ die Kette auf dem Tisch liegen, lehnte sich auf seinem Stuhl zurück und musterte Timo.

»Man hat Sie gesehen«, sagte er klar und bestimmt. »Am Sonntagvormittag, beim Haus der Reifegerstes. Dort, wo Ihre Freundin gestorben ist. Ermordet wurde!«

»Eh?« Timos Adamsapfel zuckte, seine Hände zitterten.

»Geben Sie's zu. Wir wissen es ohnehin.«

Eine Spezialität des Chefs war der Bluff. Gelassen, selbstsicher, in einer Art, dass man überlegte, ob er recht hatte, selbst wenn man wusste, dass es nicht so war.

Timo Schanz war in innerem Aufruhr, Gesichtsmuskeln vibrierten.

Werner Heil beugte sich ein Stück vor. »Es gibt Zeugen«, sagte er.

Timo hielt sich die Hände vors Gesicht.

»Wollen Sie uns etwas sagen?«, fragte Werner Heil im Ton eines Beichtvaters.

»Ich hab doch nur ganz kurz was da deponiert«, jammerte Timo.

Bingo, dachte Max. Er registrierte, dass Renates Mund einen Spalt offen stand.

»Da war Jessi aber noch ganz lebendig. Ich bin direkt wieder weg, und sie hat weitergeputzt. Ich schwöre!« Timo hob seine rechte Hand und reckte vier Finger hoch.

»Was haben Sie deponiert?«, fragte Max.

»Bisschen Stoff halt. Im Gartenhäuschen.«

»Unsinn«, sagte Renate aufbrausend. »Du hast ... Sie haben Jessica aus dem Fenster gestoßen. Vorher gab es heftigen Streit. Oder Sie wollten sie einfach loswerden, womöglich hat sie Sie erpresst? Mit ihrem Wissen über Ihre Dealerei?«

»Das stimmt nicht.« Timo zog seine Lippen nach hinten über das blasse Zahnfleisch.

»Genau«, sagte Renate. »Da fehlt noch was. Vorher haben Sie Ihre Freundin geknebelt und mit Kabelbinder gefesselt. Stehen Sie auf Fesselspiele?«

Andere Baustelle, dachte Max.

»Gibt Ihnen das ein Gefühl der Überlegenheit? Können Sie sich da endlich mal groß fühlen?«

Renate, Holzweg!, hätte Max am liebsten gerufen.

»Besonders so kleine Wichte wie Sie stehen doch …«

»Wann genau waren Sie bei Reifegerstes?«, unterbrach Werner Heil.

»Ich bin direkt mit Jessi hin«, antwortete Timo leise. »Und nach ein paar Minuten wieder weg.«

»Sie hatten angegeben, am Sonntag weitergeschlafen zu haben, nachdem Ihre Freundin zu der Putzstelle aufgebrochen war«, wandte Max ein.

»Was hätte ich sonst sagen sollen? Wirklich, ich bin direkt wieder los, nachdem ich die Sachen in das Häuschen gebracht hatte.«

Renate verschränkte ihre goldberingten Finger ineinander. Der abgenommene Ehering war durch mindestens acht andere Stücke ersetzt worden. »Warum haben Sie die Kette mitgenommen?«, fragte sie. »Hat Sie jemand beauftragt, Ihnen Geld dafür bezahlt? Einer von den Molitors?«

»Hm?«, machte Timo. »Wer? Ich kenne die Kette nicht. Die hat jemand in meine Wohnung gelegt.«

»Wer war seit Sonntag in Ihrer Wohnung?«, fragte Max.

»Jessica«, antwortete Timo prompt. »Ach nee … Moment.«

Genervt blies Renate die Backen auf.

»Ich weiß nicht. Mir ging's so schlecht. Ein Kumpel war da, den ich schon seit der Schulzeit kenne. Und Ronny, der hat was abgeholt.«

»Die Ratte?«, blökte Renate. »Wollen Sie uns verar…«

»Quatsch, doch nicht der Ronny. Roland, meine ich.«

»Feyerabend?«

Timo nickte. »Fragen Sie doch den, ob er die Kette verloren hat.«

»Das können wir nicht mehr«, bemerkte Werner Heil trocken. »Er ist tot. Vergiftet.«

»Was?« Entsetzen verwandelte Timos Gesicht in eine Grimasse.

»Haben Sie ihm schlechten Stoff verkauft?«, zischte Renate. »Hat ihn das umgebracht?«

»Argh!« Timo krallte die Finger in seinen Bürstenschnitt. »Ich will weg, lassen Sie mich gehen.« Er sprang von seinem Stuhl auf. Blitzschnell war Max bei ihm. Timo fuchtelte mit den Armen in der Luft, Max bekam einen ins Gesicht. Gleichzeitig versetzte Renates anwallende Körpermasse Timo ein Stück zur Seite.

»Schön ruhig, Bürschchen«, knurrte sie, packte einen von Timos Armen und drehte ihn auf den Rücken. Vor Schmerz schrie Timo auf.

Max griff ihn an den Schultern, der Körper unter dem verwaschenen Kapuzenpullover fühlte sich zerbrechlich an.

»Setzen Sie sich bitte wieder hin«, sagte er und roch dabei Timos Raucheratem und Renates Handcreme-Haarspray-Gemisch. Energisch drückte er Timo Schanz auf seinen Stuhl zurück.

»Herr Schanz, versuchen Sie's erst gar nicht«, mahnte Werner Heil. »Sie sind hier erst fertig, wenn wir sagen, dass Sie fertig sind.«

»Ich will einen Anwalt. Sofort.«

»Natürlich. Kennen Sie einen, der Sonntagvormittag vorbeikommt?«

»Ich hab ein Recht auf einen Anwalt. Sie müssen mir einen rufen.«

»Herr Schanz, Sie sind dringend tatverdächtig, Jessica Göbel getötet zu haben. Sie werden in Untersuchungshaft verbracht. In der JVA bekommen Sie einen Verteidiger.«

»JVA?«, kreischte Timo. »Einsperren?«

Mit einem leisen Geräusch öffnete sich die Tür des Besprechungsraums, Max drehte den Kopf. Ein stämmiger Beamter aus dem Innendienst kam heran, Brötchenkrümel hingen an seinem Schnäuzer. Er wischte sich darüber, schluckte und legte mit einem Schmatzen ein bedrucktes Blatt Papier vor Werner Heil.

»Gerade gekommen. Scheint eilig.« Mit unbeteiligtem Blick stand er neben dem Chef. Der überflog das Papier.

»Danke«, sagte er und schob es Max hin.

»Interpol«, las er in der Kopfzeile. Darunter die Referenz auf eine offene Vermisstenmeldung aus Polen, aus einem Ort namens Toszek. Vor neunzehn Jahren verschwand der dreiundzwanzigjährige Jakub Adamski. »DNA-Material vorhanden«, las Max weiter. »Abgleich mit Suchmuster 27486 übereinstimmend.«

29

»Herr Heil, Butter bei die Fische. Offenbar sind die Dinge ermittlungstaktisch nicht unter Kontrolle.«

»Das würde ich so nicht sagen.«

»Ich schon. Haben Sie nicht zu spät das LKA benachrichtigt? Wir sprechen über drei ungeklärte Todesfälle.«

»Ein *Cold Case* und möglicherweise ein Suizid.«

»Möglicherweise drei Morde«, kam es prompt zurück.

Max' Blick blieb an dem Leberfleck seitlich der schmalen Oberlippe hängen. Irgendein bekanntes Fotomodell hatte einen ähnlichen. Die war auch schon älter.

»Wie dem auch sei. Nun bin ich da, und wir werden der Sache auf den Grund gehen«, fuhr Hauptkommissarin Sandra Teichert fort. »Damit man sich in Ihrer wunderschönen Mosellandschaft wieder beruhigt dem Weintrinken widmen kann.«

Wie bitte?, dachte Max.

»Nicht wahr, Herr Engel?« Sandra Teichert lächelte fein, an einem ihrer Backenzähne glänzte eine Goldfüllung.

»Eigentlich verbringen wir nicht sehr viel Zeit mit …«

»Schon gut, Herr Engel. Es war ein Scherz.« Zwei stechend blaue Augen fixierten Max.

»Ah so.«

»Nach Sichtung der Unterlagen und Ihrer umfassenden Einführung, Herr Heil, habe ich das weitere Vorgehen idealtypisch skizziert«, schloss Sandra Teichert an. Sie wandte sich dem großen Flipchart zu, das Werner Heil seit Jahren nicht mehr benutzt hatte.

Renate gähnte herzhaft und hielt sich zu spät die Hand vor den Mund.

»Frau Haase, Sie möchten etwas sagen?«

»Ich? Nein. Ach was. Nein, nein. Machen Sie ruhig weiter. Idealtypisch.« Renate winkte ab.

Sandra Teichert musterte sie mit kühler Verwunderung. »Ich

erwarte von jedem Mitglied der ›Soko Steilhang‹ außerordentliches Commitment. Auch von Ihnen, Frau Haase. Haben wir uns verstanden?«

»Ich hab mich schon bei der Polizei *committed*, bevor es das Wort überhaupt gab«, maulte Renate. »Mich müssen Sie da nicht ermahnen.«

Ungerührt wies Sandra Teichert auf die linke obere Ecke der beschriebenen Tafel. »E 605« stand dort, rot eingekreist.

»Rekapitulieren wir: Auffällig ist, dass auf der bei Roland Feyerabend gefundenen Giftflasche keine verwertbaren Fingerabdrücke isoliert werden konnten. Es ist unwahrscheinlich, dass diese lediglich durch das um den Behälter gerollte Papier verwischt wurden. Bei der Schrift auf der Zeichnung handelt es sich nach Einschätzung des Graphologen um die von Feyerabend.«

»Er könnte beim Öffnen der Flasche Handschuhe getragen haben«, bemerkte Renate und machte ein engagiertes Gesicht.

»Wozu? Um vor dem Suizid beim Dosieren des Gifts seiner Gesundheit nicht zu schaden?« Sandra Teicherts Stimme trug Spott. »Wussten Sie, dass man in den USA mitunter die Einstichstelle von zum Tode Verurteilten desinfiziert, bevor man die tödliche Injektion setzt?«

»Jaja, schon gut«, brummte Renate.

»Der zeitliche Fokus liegt auf dem Donnerstagabend beziehungsweise der Nacht«, fuhr die Hauptkommissarin fort. »Dies ist mit dem Zugriff auf E 605 zu korrelieren.« Sie wies auf dem Flipchart zu gegenläufig gezeichneten Pfeilen. »Wer war am Donnerstag bei Roland Feyerabend und kann ihm das Gift verabreicht haben?«

So weit waren wir auch schon, dachte Max. Kein Grund, extra aus Mainz zu kommen.

»Im anvisierten Personenkreis stehen die Mitglieder der Familie Molitor sowie der in Untersuchungshaft befindliche Timo Schanz. Ein Abgleich der in Feyerabends Wohnung isolierten Fingerabdrücke wird vorgenommen, ebenso die Analyse der über sein Handy erfolgten Kommunikation.« Sandra Teichert machte eine Pause. Ihre schwarze Bluse steckte akkurat in der hellgrauen Bundfaltenhose, die wiederum über Pumps endete, mit denen sie jede Verfolgung im Gelände verloren hätte. »Zur Aufgabenverteilung: Wir ermitteln dreigleisig, in den Fällen Roland Feyerabend und Jessica Göbel sowie hinsichtlich der sterblichen Überreste des Jakub Adamski.« Die Hauptkommissarin zog weitere schraffierte Linien über die Tafel. »Herr Engel?«

»Ja?«

»Sie kommen mit mir.«

Ausgerechnet, dachte Max.

»Herr Heil und Frau Haase, Sie kümmern sich um die Analyse der Handykommunikation von Roland Feyerabend und die Auswertung der in seiner Wohnung durch die KT sichergestellten Funde. Dieser Psychologe, Jörn Müller, muss ebenfalls befragt werden, des Weiteren Timo Schanz. Doch zuvor«, Sandra Teichert hob den roten Filzschreiber in die Luft, »gilt es, ins Auge des Orkans zu sehen.«

»Worein?«, fragte Renate leise zu Max hin. Derweil kreiste Sandra Teichert mit einer nahezu exaltierten Bewegung den Namen Molitor auf dem Flipchart ein. In der Drehung ihres Oberkörpers blitzte dunkelrote Spitze unter dem Blusenkragen hervor. Das dicke aschblonde Haar fiel nach vorn über ihr Gesicht. Sie warf es zurück und stöpselte energisch die Verschlusskappe auf den Filzstift.

»Ich habe einen Zug der Bereitschaftspolizei angefordert. Die Kollegen warten auf mein Go. Wir nehmen uns den Hof der Molitors vor, den Durchsuchungsbeschluss habe ich auf alle Wohn- und Wirtschaftsgebäude erweitern lassen. Sie waren mir da offen gesagt etwas zurückhaltend, Herr Heil.«

»Mitnichten«, entgegnete Werner Heil. »Die Umstände haben zu dieser Zeit nicht gerechtfertigt, dass …«

»Schon gut.« Sandra Teichert winkte ab, zückte ein Handy aus ihrer Hosentasche, tippte darauf und hielt das Gerät ans Ohr. »Teichert hier. ›Steilhang‹ fertig zum Aufbruch«, wies sie an, steckte das Telefon wieder weg und blickte in die Runde. »Jeder weiß, was er zu tun hat. Herr Engel, los geht's.«

Kurze Zeit später saß Max auf dem Beifahrersitz von Sandra Teicherts Dienstwagen. Die Klimaanlage stand auf achtzehn Grad, der Innenraum sah aus wie bei einem gerade vom Band gerollten Fahrzeug. Max wurde den Gedanken an eine Mischung aus Topmanagerin und Bachforelle nicht los.

Die dreißig Beamten der Bereitschaftspolizei waren auf mehrere Einsatzwagen verteilt. Hinter dem Mainzer Passat kurvten sie wie ein Lindwurm die Landstraße hinauf. Sandra Teichert fuhr zügig bergan, links und rechts von Max rauschte die bewaldete Landschaft vorbei. Er hatte sich in seinem Leben schon wohler gefühlt.

»Sind Sie gut untergekommen?«, fragte er, um ein wenig Konversation zu betreiben.

»Ja. In einer kleinen Pension in einem Nachbarort. Für ein paar Tage wird es gehen.«

»Hoffen wir, dass es nicht länger dauert«, meinte Max. Erst am Ende des Satzes erkannte er dessen Doppelsinn.

»Ich bin optimistisch«, sagte Sandra Teichert mit ihrem leicht spöttischen Lächeln. »Und Sie? Leben Sie gern hier?«

»Schon. Ich bin in der Gegend aufgewachsen und wollte auch nie weg.«

Max erntete einen stahlblauen Blick. »Ach?« Dann schwieg die Kommissarin wieder.

»So ein richtiges Auge des Orkans ist der Molitor-Hof nicht«, bemerkte Max am Ortseingang. »Eher ein abgelegenes Gehöft.« Und in ein paar Minuten nicht mehr wiederzuerkennen, dachte er.

»Haben Sie sich gar nicht gefragt, wo der Rest des Skeletts von Jakub Adamski ist?«, fragte Sandra Teichert, während sie zu schnell durch den Ort fuhr. »Wenn ich es richtig verstehe, wurde bisher nur ein Knochen gefunden, und zwei weitere hat dieser Bauunternehmer gesichtet.«

»Natürlich haben wir uns das gefragt«, sagte Max. »Die Erde im weitläufigen Bereich der Fundstelle wurde gründlich abgesucht. Aber dass die Molitors die anderen Knochen irgendwo im Haus aufbewahren, ist auch unwahrscheinlich.«

»Herr Engel, bitte, für Ironie habe ich keine Zeit. Da vorn links ab?«

Max nickte.

Wenig später hielt Sandra Teichert auf dem Hof zwischen Wohnhaus und Scheune. Seitlich fuhren die blau-weißen Transporter der Polizei an.

Max stieg mit der Hauptkommissarin aus, der uniformierte Zugführer kam auf sie zu. »Zug 382 bereit«, meldete er.

»In Ordnung. Verteilen Sie sich auf Haus und Wirtschaftsgebäude. Fokus der Durchsuchung wie besprochen.« Sandra Teichert öffnete den Kofferraum ihres Wagens und beförderte ein paar weiße Turnschuhe ans Tageslicht. Unter dem schrägen Blick des Zugführers stützte sie sich am Heck ab und tauschte ihre Pumps gegen die Sneakers.

Aus der Scheune eilte Gernot Molitor heran.

»Wat is hier los? Sind Sie noch bei Trost? Wat soll die Invasion?«

Uniformierte Beamte strömten aus, das Bild einfallender Heuschrecken war nicht ganz unpassend.

»Durchsuchung«, sagte Sandra Teichert trocken und ließ den Kofferraumdeckel zuklappen. »Sie sind … Gernot Molitor?«

»Allerdings.«

»Wo ist Ihr Bruder?«

»Nach Köln zurückgefahren.«

»Haben Sie diesen Mann schon einmal gesehen?« Sandra Teichert zog ein Foto von Jakub Adamski aus ihrer Tasche.

»Wer soll dat sein?«, fragte Gernot Molitor zurück und kratzte sich am Kopf.

»Das Bild ist etwa zwanzig Jahre alt«, setzte Sandra Teichert nach. »Erkennen Sie den Mann?«

Max beobachtete Gernot Molitor, sein gerötetes Gesicht mit den vollen Wangen und der gedrungenen Stirn. »Nä«, sagte er. »Nie gesehen.«

»Wo stehen Ihre Pflanzenschutzmittel?«

»Was? Wieso dat denn?«

»Führen Sie uns bitte hin.«

»Da hinten, in einem Schrank in der Scheune. Abschließbar, wie es sich gehört.« Gernot Molitor rieb die Handflächen an seinem Blaumann ab und ging vor in die Scheune. Max und Sandra Teichert folgten.

Durch zwei Oberlichter fielen gedämpfte Sonnenstrahlen, es roch nach Diesel und Schmieröl. Die Scheune war voller Gerätschaften, an einer Wand stand eine gut eingerichtete Werkbank. Hinter Traktor und Hänger befand sich ein weißer Metallschrank, das Schloss war im Drehgriff verbaut, der Schlüssel fehlte. Gernot Molitor öffnete den Schrank.

»Abschließbar?«, fragte Sandra Teichert.

»Eigentlich schon.«

»Ist da alles drin, was Sie haben?«

»Jo. Wird wohl so sein.«

Mehrere kleine Kunststoffkanister und zwei Flaschen aus Blech oder Alu standen in dem Schrank. Auf einigen Behältern warnte ein schwarzes Kreuz auf orangefarbenem Grund. Auf einem anderen Etikett war, einer Postkartenidylle gleich, ein strahlend gelbes Rapsfeld vor blauem Himmel abgebildet. Die Spritzmittel trugen Beinamen wie »Vita«, »Progress« oder »Gold«.

»Haben Sie noch Restbestände verbotener Insektizide?«, fragte Sandra Teichert. »E 605 zum Beispiel.«

»Nee.« Gernot lachte kurz auf. »Sind Sie deshalb da? Die ham wir alle weggeschm… entsorgt. Schad drum eigentlich. E 605 hat gut geputzt.«

»Räumen Sie die Behälter bitte aus dem Schrank«, forderte Max auf.

Einen Moment zögerte Gernot Molitor. Dann begann er, einen Kanister nach dem anderen auf den Scheunenboden zu stellen. Max winkte einen uniformierten Kollegen heran. »Macht ihr bitte eine Bestandssicherung?«

»Ich brauch die Sachen«, protestierte Gernot Molitor. »Die Kohlfliege bleibt net von selbst weg.«

Max wandte sich ab. Dabei fiel sein Blick auf eine staubige

Plane in der gegenüberliegenden Ecke der Scheune. Metallstützen und ein breiteres Rohr ragten darunter heraus.

»Was ist das dort drüben?«, fragte er. »Decken Sie bitte die Plane ab.«

»Das ist nur 'ne alte Mühle. Wird schon lang nicht mehr gebraucht«, sagte Gernot Molitor und ging hinüber. Mit Schwung zog er die graue Plane weg, Staub wirbelte durch die Luft.

Eine Hammermühle kam zum Vorschein. Der hellblaue Lack war abgestoßen, überall traten rostige Stellen hervor. Der große quadratische Trichter ragte über dem Mahlwerk auf.

Nachdenklich betrachtete Max die Maschine. »Bitte auch absuchen«, sagte er an einen der Polizisten gewandt. »Sind Ihre Eltern im Haus?«, fragte er dann Gernot Molitor.

Der nickte.

Max ging zu Sandra Teichert. »Würden Sie mir bitte das Foto geben?«

Sie händigte ihm das Bild von Jakub Adamski aus.

Max verließ eilig die Scheune. Etwas trieb ihn hinaus, er wollte seine Arbeit ohne die LKA-Beamtin im Nacken erledigen.

Mit schnellen Schritten überquerte er den Hof und betrat das Wohnhaus. Im Flur traf er auf einen Polizisten, der den Garderobenschrank durchsuchte. Max begab sich zur Küche.

Auf der Eckbank unter den Fotos der Söhne saßen die Molitors. Helmut war blass, vor ihm lag das Telefon. Lieselotte Molitor nestelte an ihrer Strickjacke und atmete schwer.

»Wieso machen Sie das?«, fragte sie, ihre Unterlippe zitterte. »Wir haben nix getan.«

Max setzte sich Helmut und Lieselotte Molitor gegenüber. »Kennen Sie diesen Mann?« Er legte das Foto auf den Küchentisch.

Lieselottes Augenlid zuckte.

»Nein«, sagte Helmut. »Nie gesehen.« Er stand auf und ging zum Fenster.

»Und Sie?«, fragte Max Lieselotte.

Stumm schüttelte sie den Kopf.

»Das ist der Mann, dessen Knochen bei Ihnen gefunden wurden. Ein Pole, Jakub Adamski.« Max fixierte Lieselottes verwittertes Gesicht. »Ein hübscher junger Mann. Noch am Anfang seines Lebens. Frau Molitor, war Jakub bei Ihnen auf dem Hof? Hat er hier ausgeholfen?«

»Wir haben keine Polen. Nie gehabt.«

»Er wäre heute etwa im Alter Ihrer Söhne. Leider durfte er nicht weiterleben.«

»Es kann sich keiner aussuchen, wann er geht«, entgegnete Lieselotte.

Max nahm Strenge und Härte wahr, aber darunter lag noch etwas anderes. Er überlegte einen Augenblick.

»Zeigen Sie mir die alten Jugendzimmer Ihrer Söhne«, sagte er.

»Der Gernot hat sich das Dachgeschoss ausgebaut«, erwiderte Lieselotte. »Sein altes Zimmer steht leer.«

»Und Uwe?«

»Dem seins ist noch da.«

»Bitte.« Max machte eine auffordernde Handbewegung. Ächzend erhob sich Lieselotte.

Kurz darauf hinkte sie vor Max die Treppe hoch in den ersten Stock. Die Zimmertüren dort standen offen, Beamte waren in den Räumen zugange.

»Hier«, sagte Lieselotte.

Max trat hinter ihr in ein Jugendzimmer, das aussah, als lebte noch ein Sechzehnjähriger darin. Poster von Autos und Motorrädern hingen an den Wänden, vor dem Fenster stand ein Schreibtisch mit einem Globus und ein paar Büchern darauf. Neben dem Kleiderschrank befand sich eine kleine Couch, rechts davon eine Musikanlage.

»Haben Sie den Raum nie umgestalten wollen?«, fragte Max.

»Der ist gut so.«

»Hat Uwe eine Freundin?«

Lieselotte machte eine unwirsche Kopfbewegung. »Für Weiberkram hat der keine Zeit.«

»Wo waren Sie am Donnerstagabend?«

»Daheim. Wir waren alle da.«

»Den ganzen Abend?«

»Sicher.«

»Frau Molitor, Sie kommen aus der Sache nicht mehr so einfach raus. Wir werden Hinweise auf Jakubs Tod finden.«

»Sie werden nix finden.«

»Woher wissen Sie das?«, fragte Max.

Lieselotte zuckte mit den Achseln.

»Ist Ihr Sohn schwul?«

Lieselotte drehte sich um.

»Frau Molitor, haben Ihre Söhne etwas mit Jakub Adamskis Tod zu tun?«

»Unsinn.« Lieselotte hinkte aus dem Zimmer.

Max blieb vor dem Schreibtisch stehen, seine Augen spürten wie die eines Fährtenlesers herum. Er öffnete eine der Schubladen. Ein paar Schulhefte waren darin, »Englisch Uwe Molitor 10b« stand auf dem obersten. Max blätterte es auf. Sätze in rechtsgerichteter Handschrift füllten die Linien, die Tinte war blass geworden.

Max nahm ein weiteres Heft aus der Schublade. »Nacherzählung« lautete die Überschrift auf der ersten Seite. »An einem Sonntag im Mai ...«

Ein Blatt rutschte heraus und segelte zu Boden. Max hob es auf – und stockte. Es trug eine Bleistiftzeichnung. Ein See vor einer Hügellandschaft war darauf zu sehen, im Vordergrund ein Motorrad. »Forever United« stand in ausgeführten Lettern über dem Bild.

Max erkannte die runenhaften Schriftzüge von Roland Feyerabend.

30

»Mit 260 PS durch die Eifel«, las Georg über dem Foto des roten Sportflitzers. Ein gut aussehender Mann saß darin, augenscheinlich genoss er die Fahrt.

Das könnte ich mit Hella auch mal machen, dachte Georg, ein Cabrio leihen und los.

Sie saß neben ihm und schmökerte in einer Frauenzeitschrift.

Zum wiederholten Mal sah Georg auf die Uhr, sie warteten schon über zehn Minuten, dabei hatte der Müller offensichtlich gar keine andere Kundschaft.

Georg warf die Autozeitung auf den kleinen Tisch neben sich und trommelte mit den Fingern auf die Stuhllehne. Beschwichtigend legte ihm Hella die Hand auf den Unterarm. »Was Ihr Garten jetzt braucht«, stand auf der Seite, die sie in der Zeitschrift aufgeschlagen hatte.

Keine ungebetenen Besucher, keine Spurensicherung, keine Dealer, dachte Georg, das wäre schon mal was.

»So, Sie können reinkommen.« Geräuschlos hatte sich die Tür geöffnet, Jörn Müller steckte seinen grau gelockten Kopf herein.

»Endlich«, murrte Georg und folgte mit Hella dem Psychologen in den Raum gegenüber dem Wartezimmer.

»Nehmen Sie bitte Platz.« Jörn Müller wies auf die beiden Stühle, auf denen Georg und Hella schon einmal gesessen hatten. »Sie haben sich also entschieden, doch eine zweite Sitzung wahrzunehmen. Was hat Sie zu dem Sinneswandel bewogen, wenn ich fragen darf?«

Abwartend lehnte sich Jörn Müller in seinem Ledersessel zurück. Unter dem weißen Hemd zeichnete sich ein schmaler Oberkörper ab, im Haar glänzte Gel. Nach wie vor war der Mann Georg unsympathisch. Eigentlich waren ihm alle Kerle, die man nicht auf dem Bau gebrauchen konnte, suspekt. Der dort besonders.

»Wir denken, dass wir in dieser Ausnahmesituation nicht auf professionellen Beistand verzichten sollten. Mein Mann hat beim letzten Mal wohl etwas überreagiert«, antwortete Hella. »Wissen Sie, es ist für uns nicht einfach.«

Jörn Müller nickte und notierte etwas auf dem Klemmbrett, das auf seinen übereinandergeschlagenen Beinen lag.

Dieses Mitschreiben irritierte Georg, er wollte nicht notiert werden. Wer weiß, was der da für ein Zeug schreibt, dachte er und wackelte angespannt auf seinem Stuhl hin und her. Auf dem kleinen Beistelltisch neben ihm stand eine Box mit Papiertaschentüchern. Georg erschien das fast wie eine Beleidigung, er hatte nicht vor, Tränen zu vergießen.

»Darüber hinaus gab es noch einen Vorfall«, sagte Hella betrübt.

»Noch einen Vorfall?«, wiederholte Jörn Müller.

»Ja, furchtbar, nicht wahr, Georg? Wir wissen gar nicht, was gerade los ist. Eigentlich ist es doch in unserer Gegend friedlich.«

»Hm«, brummte Georg. »Der Teufel scheißt auf keinen kleinen Haufen. Wenn einmal der Wurm drin ist …«

Jörn Müller blinzelte. »Möchten Sie über den Vorfall sprechen?«, fragte er.

»Sicher hilft uns das. Was meinst du, Georg?«

»Jo. Fang du an.«

»Ach.« Hella nestelte an einem ihrer Ohrringe. »Ein junger Mann, also nicht mehr ganz jung, in den Vierzigern war er, wurde in seiner Wohnung in Traben-Trarbach tot aufgefunden.« Sie sog Luft ein und schien sich sammeln zu müssen. Das macht sie gar nicht schlecht, dachte Georg. »Womöglich hat jemand nachgeholfen«, fügte sie mit gedämpfter Stimme an. »Vermutet die Polizei.«

»Wirklich?« Jörn Müller hob die Augenbrauen. »Das ist natürlich nicht schön.«

Nicht schön?, dachte Georg. Du hast ja Ausdrücke.

»Was haben Sie damit zu tun?«, fragte der Psychologe und blickte aufmerksam durch seine runden Brillengläser.

Hella stöhnte auf. »Die Polizei war schon wieder bei uns. Das ist eine derartige Belastung, nach dem, was wir bereits durchgemacht haben. Das können Sie wohl kaum nachvollziehen?«

»Ich muss nicht alles nachvollziehen können, um zu verstehen«, erklärte Jörn Müller.

Georg rieb sich mit der flachen Hand durchs Gesicht.

»Es ist gut, wenn Sie einfach zum Ausdruck bringen, wie es Ihnen geht«, fuhr Jörn Müller salbungsvoll fort. »Auch Sie, Herr Reifegerste. Wir Männer neigen ja dazu, die Dinge mit uns selbst ausmachen zu wollen.«

Georg hatte keine Lust, mit dem Typen in einen Männertopf geworfen zu werden.

Jörn Müller machte ein nachdenkliches Gesicht. »Warum war die Polizei bei Ihnen?«, fragte er. »Kannten Sie diesen toten Mann?«

»Nein, gar nicht.« Hella schüttelte den Kopf. »Die Sache ist dubios. Möglicherweise geht es um eine alte Geschichte. Ein Autounfall, vor vielen Jahren, vor neunzehn oder zwanzig.« Sie fixierte die Frauenskulptur aus Porzellan, die auf Jörn Müllers Schreibtisch stand, und sagte nichts mehr.

Die Augäpfel des Psychologen zuckten nach unten, er notierte etwas, der Kuli gab ein kratzendes Geräusch von sich. »Und?«, fragte er scheinbar unbeteiligt, während er schrieb.

»Eine junge Frau ist damals gestorben«, sagte Hella. »Georg, du kanntest sie, oder?«

»Kennen ist zu viel gesagt. So vom Sehen halt. Soweit ich mich erinnere, ein hübsches, liebes Mädchen, das noch sein ganzes Leben vor sich hatte.«

Jörn Müller räusperte sich. »Wie tragisch«, meinte er und sah aus dem Fenster.

»Ja, schrecklich, oder? Diese Skulptur auf Ihrem Schreibtisch ist übrigens sehr schön. Ist das Meißen?«, fragte Hella.

»Wie bitte?«

»Die Figur dort.«

»Keine Ahnung.« Müller machte eine unwirsche Kopfbewegung.

»Ich hatte eine Tante, die Meißen gesammelt hat.« Hella kam ins Plaudern. »Der Nachlass ging an meine beiden Cousins, die allerdings überhaupt keinen Sinn für diese schönen Dinge haben. Es waren die sprichwörtlichen Perlen vor die ...«

»Frau Traber«, unterbrach Jörn Müller. »Leider ist unsere Gesprächszeit begrenzt. Was haben Sie auf dem Herzen?«

Hella zog ein Taschentuch aus ihrer Hose und schnäuzte sich geräuschvoll. »Jessica, das arme Ding. Ich komme da *nie* drüber weg.«

Nervös ließ Jörn Müller den Kuli zwischen seinen Fingern tanzen. »Ja, das wird nicht einfach«, sagte er. »Es braucht Geduld und sicherlich professionelle Hilfe. Aber dieser Unfall, was hat das nach all den Jahren ...?« Seine Kiefer mahlten aufeinander. »Ich verstehe den Zusammenhang nicht.«

»Georg, möchtest du weiterreden? Ich glaube, mich belastet das zu sehr.« Hella warf Georg einen leidenden Blick zu.

Georg musterte sie und war in seinen inneren Bildern hin- und hergerissen zwischen Miss Marple und Dalli vom Immenhof. Erst einmal hustete er kräftig, dann schwieg er.

Jörn Müller knabberte an einem Daumennagel.

»Nun ja, wir wissen auch nicht genau, was das mit unserer Putzfrau zu tun hat«, sagte Georg schließlich. »Das heißt, die Polizei hat Andeutungen gemacht ... Also, damals mit diesem Unfall, das ist eine merkwürdige Geschichte. Die Frau, die gestorben ist, saß hinter dem Steuer. Aber ... Ach nein, ich glaube das ja nicht. Stellen Sie sich mal vor, was das bedeuten würde.« Georg fuchtelte mit einer Hand in der Luft herum.

»Was?«, fragte Jörn Müller zu laut. »Was bedeuten würde?«

Georg winkte ab. »Nein, wirklich nicht.«

Fahrig griff Müller nach der Wasserkaraffe neben sich und goss ein blaues Kristallglas voll, eine Zitronenscheibe flutschte mit hinein. Sie klebte an Müllers Oberlippe, während er trank.

»Georg, sprich bitte weiter. Wir müssen uns diese Dinge von der Seele reden.«

Jörn Müller nickte bekräftigend.

»Gut. Also, es gibt Hinweise, dass nicht die Frau gefahren

ist, sondern ihr Freund. Nach dem Unfall, bei dem er nur leicht verletzt wurde, muss er sie folglich vom Beifahrersitz auf den Fahrersitz befördert haben. Die schwer verletzte oder sogar schon tote Frau.«

Hella fasste sich an die Herzgegend. »Wer tut so etwas? Das macht doch keiner.«

Abrupt stand Jörn Müller auf. »Das kann ich mir auch nicht vorstellen.«

»Wenn man besoffen ist, kommt man womöglich auf eine derartige Idee«, raunte Georg.

Mit verschränkten Armen ging Müller vor dem Fenster auf und ab.

Georg holte Luft, er freute sich auf die nächsten Sätze. »Die Polizei denkt«, sagte er langsam, »dass der Mann, der in Traben-Trarbach gestorben ist, Roland heißt er, dass der wusste, wie der Unfall seinerzeit wirklich passiert ist. Er wusste, dass nicht die Frau gefahren ist, er hatte vor, die Dinge ans Licht zu bringen. *Deshalb* musste er sterben.«

Jörn Müller erstarrte. »Das ist ja wie in einem schlechten Film«, keuchte er.

»Nicht wahr?«, pflichtete Hella bei. »Der Polizei nach könnte das jedoch Realität sein.«

»Absurd«, murmelte Jörn Müller kopfschüttelnd. »Und was hat das alles mit der toten Putzfrau zu tun?«

»Man hat bei Jessica in der Wohnung etwas gefunden, sie war mit diesem toten Roland befreundet. Es gab einen Hinweis auf die Sache mit dem Autounfall, Aufzeichnungen oder so. Womöglich war Erpressung im Spiel. Genau wissen wir es auch nicht.« Hella hielt inne und runzelte die Stirn. »Was wir Ihnen erzählen, wird aber vertraulich behandelt? Sie haben doch eine Schweigepflicht?«

»Natürlich.«

»Dann ist gut«, sagte Hella erleichtert. »Wissen Sie, im Prinzip sind das Informationen, die die Polizei …«

Ein Klingeln durchschnitt ihren Satz.

Jörn Müller zuckte zusammen. Irritiert schaute er auf seine

Uhr. »Nanu. Hm. Entschuldigen Sie bitte, vielleicht ist es der Paketbote. Ich sehe schnell nach.« Er eilte zur Tür.

Georg drehte den Kopf zu Hella. »Der hat Dreck am Stecken«, flüsterte er. Gleichzeitig klang eine kräftige Frauenstimme von draußen bis in das Besprechungszimmer. »Nein, Sie haben *jetzt* Zeit für uns. Ihre Patienten können später wiederkommen.«

»Das geht nicht.« Jörn Müller klang schrill. »Sie können nicht einfach so hereinplatzen.«

»Doch, Herr Müller. Wo können wir sprechen?« Diese Stimme kannte Georg, und zwar mittlerweile ziemlich gut. Es war die von Max Engel.

»Gar nicht, ich bin gerade mitten in einem Gespräch.«

»Beenden Sie es bitte«, gab die Frau Anweisung.

Ein paar Augenblicke war es still. Dann kam Jörn Müller in den Raum zurück, sein Gesicht war fahl. »Es tut mir leid, wir müssen den Termin verschieben«, sagte er hohl. »Nächste Woche um die gleiche Zeit?«

»Passt bestens«, antwortete Georg prompt und stand auf. Müller sah ihn verdutzt an.

»Danke, wir finden allein raus. Auf Wiedersehen. Komm, Hella.«

»Sie haben uns schon etwas geholfen«, meinte Hella höflich. »Vielen Dank. Bis nächste Woche.«

Auf dem Flur lugte Georg durch die offen stehende Tür des Wartezimmers. Dort stand Max Engel mit einer Frau Mitte vierzig. Sie wirkte wie eine dieser Businessfrauen, die genau wissen, was sie wollen.

»Hallo«, grüßte Hella munter in den Warteraum hinein. »Also, Herr Müller ist sehr zu empfehlen. Viel Erfolg Ihnen.«

Manchmal übertreibt sie wirklich, dachte Georg und eilte zum Ausgang. Wenn der Engel heute Abend zu uns ein Bier trinken kommt, hab ich nichts dagegen, ging es ihm durch den Kopf. Ich will wissen, wie die Sache weitergeht.

31

Bei Hellas Empfehlung hatte Max kaum ein Schmunzeln unterdrücken können. Die Frau war schlagfertiger, als er gedacht hatte. Nun saß er mit Sandra Teichert dem Psychologen gegenüber und war froh, nur aus beruflichen Gründen da zu sein.

»Ihr alter Freund Roland Feyerabend ist tot.« Sandra Teichert kam direkt zur Sache. »Wissen Sie davon?«

»Ich habe heute erst von Rolands Tod erfahren und bin schockiert. Wir hatten allerdings seit langer Zeit keinen wirklichen Kontakt mehr. Jeder lebte sein Leben.«

Max' Vater hatte im Arbeitszimmer ein Schwarz-Weiß-Foto in Plakatgröße. Mit nackten Oberkörpern saßen Männer und Frauen der »Kommune 1« zusammen. Einer von ihnen sah aus wie Jörn Müller in jung. Womöglich ist er früher ein Wilder gewesen, dachte Max. Heute nahm er Arroganz bei dem Mann wahr, die vermeintliche Überlegenheit des Wissenden.

Die Ärmel von Jörn Müllers weißem Hemd waren sorgfältig nach oben geschlagen, die Schnalle des schwarzen Ledergürtels trug das Logo einer teuren italienischen Marke. Max fühlte sich an einen Unternehmensberater in einem stilvoll eingerichteten Büro erinnert.

»Wissen Sie, wie Roland gestorben ist?«, fragte Sandra Teichert in nüchternem Ton.

»Nein.«

»Qualvoll.«

»Das ist nicht schön.«

»Wo waren Sie am Donnerstagabend?« Max beobachtete Müllers sonnengebräunte Züge.

Nach dem ungehaltenen Einstieg vorhin im Flur hatte der sich wieder im Griff. Gelassen formte er mit seinen Händen eine Raute. »Zu Hause. Allein, falls Sie das auch wissen möchten.«

»Keine Zeugen?«

»Bedauerlicherweise nicht.« Müllers Lippen verzogen sich zu einem angedeuteten Lächeln.

»Wann hatten Sie zuletzt Kontakt zu Roland Feyerabend?«, fragte Sandra Teichert.

»Da muss ich nachdenken.« Müller kniff die Brauen zusammen. »Unsere Wege haben sich, wie gesagt, getrennt. Es ist schon eine ganze Weile her.«

»Wie lang?«

»Ach, ja, genau, vergangenes Jahr haben wir uns auf einem Weinfest getroffen.«

»Das war der letzte Kontakt?«, hakte Sandra Teichert nach.

»Soweit ich mich erinnere, schon.«

»Was war Roland für ein Mensch?« Die Stimme der Hauptkommissarin wechselte ins Interessierte. »Sie sind doch Psychologe, erzählen Sie uns von ihm.«

Natürlich kannte Max die Klaviatur der Verhörmethoden, bislang bediente seine Kollegin Grundlagen. Kapitel eins: Reden lassen.

Jörn Müller führte die sich berührenden Fingerspitzen in einer nachdenklichen Geste zum Kinn. »Nun, ich würde sagen, er war impulsiv, mitunter mangelte es ihm an Selbstkontrolle. Früher konnte man viel Spaß mit ihm haben, aber die Dinge schlugen schnell in Ärger um, wenn es Roland wieder übertrieb.«

Er stellt den bösen Buben auf, dachte Max.

»Und Uwe Molitor?«, fragte Sandra Teichert. »Unseren Informationen nach ist er auch ein alter Freund von Ihnen. War er ebenfalls impulsiv und draufgängerisch?«

»Uwe? Was hat der mit der Sache zu tun?«

»Beschreiben Sie einfach seinen Charakter.«

»Nun ja. Uwe war immer rationaler, sicher auch intelligenter.« Müller zögerte einen Augenblick. »Doch auch er ging an Grenzen.«

»Inwiefern?«, fragte Max.

»Man war jung, man wollte sich ausprobieren. Uwe und Roland sind zum Beispiel Motorrad gefahren, nicht ohne Risiko.«

Hör doch auf mit diesen Kinkerlitzchen, dachte Max. Er sah, wie Sandra Teichert das Foto von Jakub Adamski aus der Tasche zog und auf Müllers Schreibtisch legte.

»Haben Sie diesen Mann schon einmal gesehen?«

Gelassen nahm Jörn Müller das Bild auf und betrachtete es. »Nein, er kommt mir nicht bekannt vor.«

»Sein Name ist Jakub Adamski. Er starb vor etwa neunzehn Jahren.«

»Das ist sehr bedauerlich.«

Ja, nicht schön, dachte Max und spürte Widerwillen aufsteigen. Eine mit Yin- und Yang-Kreisen bemalte Fassade eines Bunkers kam vor sein geistiges Auge. Etwas in ihm sagte: Brechstange statt Skalpell. Max geriet in Fahrt.

»Durchaus«, konterte er. »Noch bedauerlicher ist, dass seine Familie nicht an einem Grab um ihn trauern kann.« Sein Ton wurde scharf. »So wie die Familie Ihrer toten Freundin Michaela Hellstern.«

Jörn Müllers Oberlippe zuckte, die Fingerraute klappte ineinander.

»Jakubs Mutter hatte nie zumindest den Trost der Gewissheit«, setzte Max laut nach. »Man hat nämlich nur ein paar Knochen von Jakub gefunden. Und wissen Sie, wo?«

»Eh … nein.«

Max' Hand knallte auf die Schreibtischplatte. »Auf dem Hof Ihres Freundes Uwe Molitor. Die Knochen liegen seit neunzehn Jahren da, seit der Zeit, in der Sie mit Uwe befreundet und ständig zusammen unterwegs gewesen waren. Was haben Sie damals gemacht, Herr Müller? Außer Autos gegen Bäume zu setzen?«

Jörn Müller schwieg. Er drehte den Kopf zum offenen Fenster. »Sind Sie emotional betroffen?«, fragte er.

»Sie nicht?«

»Ich bin seinerzeit nicht gefahren«, erwiderte Müller bestimmt.

»Hat das jemand behauptet?«

Müller blickte ihn feindselig an. »Es steht alles in den

Unfallakten«, sagte er. »Ich habe mit der Vergangenheit abgeschlossen.«

»Schön für Sie«, sagte Max. »Waren Roland und Uwe an diesem Unfallabend auch in der Diskothek in Simmern?«

Max nahm wahr, dass Sandra Teicherts Rücken sich straffte. Er hatte ihr das Steuer aus der Hand genommen, und sie kannte die Richtung, in die es ging, nicht. Verhörmethoden – Anhang 1: Freistil.

»Ja, aber sie sind länger geblieben als Michaela und ich«, antwortete Müller.

»Ich verrate Ihnen etwas.« Max beugte sich ein Stück vor. »Ihre Freunde konnten Geheimnisse weniger gut für sich behalten, als Sie glauben. Womöglich gibt es Zeugen, die nicht im Unfallbericht stehen. Nun ist einer Ihrer Freunde tot. Überlegen Sie sich, ob *Sie* noch Geheimnisse wahren. Es ist an der Zeit, dass Sie mit der Wahrheit herausrücken. Was ist damals mit Jakub passiert?«

Jörn Müller presste die Lippen aufeinander. Er stand auf, schob die Hände in die Taschen seiner Anzughose und wandte den Ermittlern den Rücken zu. Max bemerkte feuchte Stellen in der Achselgegend des weißen Hemds. Eine Windböe rauschte durch das Laub der Bäume vor dem Haus.

»Ich weiß es nicht«, sagte Müller leise. »Doch ich weiß, dass Roland seine Affekte nie kontrollieren konnte. Er war in etliche Schlägereien verwickelt. Oft sah er sich mit Uwe Horrorfilme an, blutige Sachen. Für mich war das noch nie was. Im Prinzip halte ich Roland für eine Suchtpersönlichkeit und für einen Sadisten.«

»Trauen Sie ihm einen Mord zu?« Sandra Teichert klang in Max' Ohren nahezu hoffnungsvoll.

Langsam drehte sich Müller um, seine Gesichtszüge wirkten gefasst. »Natürlich ist mir die Tragweite, die sich mit der Antwort auf Ihre Frage verbindet, bewusst. Ich gebe Ihnen diese nicht als ehemaliger Freund, sondern als Psychologe und Psychotherapeut.« Er machte eine Pause und ließ seine Worte wirken. »Ja«, sagte er schließlich. »Tötung im Affekt traue ich Roland zu. Er konnte völlig ausrasten.«

Sandra Teichert nickte. »Hat er früher schon Drogen genommen?«

»Immer, seit ich ihn kenne.«

»Was ist mit Uwe Molitor? Wie schätzen Sie ihn ein?«

»Nun ja.« Müller runzelte die Stirn, als ginge es um die Analyse kniffliger Bilanzen. »Roland und Uwe waren viel zusammen unterwegs. Sie sind unterschiedliche Persönlichkeiten, Uwe ist kühl, egozentrisch, eher der Stratege. Übrigens hat er sich immer mehr zu Männern hingezogen gefühlt.«

Sandra Teichert hob eine Augenbraue, Max war nicht überrascht.

Jörn Müller setzte sich wieder und legte die Hände übereinander. Er hatte nun ganz den Habitus eines Beraters. »Sagten Sie, Sie haben bislang erst einige Skelettteile dieses jungen Mannes gefunden?«, fragte er.

»So ist es.« Sandra Teicherts Augäpfel zuckten in Max' Richtung, er registrierte Spannung und Erwartung in dieser minimalen Bewegung.

»Verstehen Sie mich bitte richtig. Ich beschuldige niemanden. Aber rein theoretisch gedacht … Uwe ist intelligent und kalt genug, jemanden mehr oder weniger spurlos verschwinden zu lassen. Doch bitte, wie gesagt, begreifen Sie das nicht als Anschuldigung.«

Im Raum lag Schweigen. Max' Blick schweifte von dem Psychologen hin zu dem Aquarell, das einen Baum mit dichter Laubkrone zeigte. Eigentlich ein schönes Gemälde, dachte Max, bestimmt hat Müller es bewusst ausgewählt. Vor dem Hintergrund seiner persönlichen Geschichte allerdings eine besondere Wahl. Ambivalent, so wie der gesamte Eindruck, den er von Jörn Müller hatte.

»Herr Müller«, sagte Sandra Teichert, »trauen Sie Uwe Molitor einen Mord zu? Wie war das Verhältnis zwischen Roland und ihm in der heutigen Zeit? Hatten die beiden Kontakt zueinander?«

»Darüber weiß ich nichts. Doch wenn es ein gemeinsames dunkles Geheimnis gibt – rein theoretisch gesprochen, natürlich –« Müller gab sich sachlich, »tut Uwe sicher alles dafür, dass es ein Geheimnis bleibt.«

»Denken Sie?« Sandra Teichert fixierte ihn durchdringend. Müller hielt dem Blick stand und nickte. »Gut. Ich bitte Sie, noch einmal gründlich nachzudenken, ob Sie zum Verschwinden des Jakub Adamski Informationen beisteuern können. Der Fall liegt fast zwei Jahrzehnte zurück, möglicherweise haben Sie etwas vergessen, das Ihnen wieder einfällt.«

Leises Erstaunen beschlich Max. Da steht ein dickes Ausrufezeichen hinter der Karriere, dachte er. Oberstes Ziel ist ein schneller Ermittlungserfolg.

»Sie geben Ihre Aussage bitte auf dem Revier zu Protokoll.« Sandra Teichert erhob sich. »Herr Engel, haben Sie Anschrift und Telefonnummern?«

Max reichte Müller eine Karte. Dabei deutete er auf das Aquarell mit dem Baum. »Ein schönes Bild«, sagte er scheinbar unbedarft.

»Nicht wahr?«

»Besuchen Sie ab und zu noch Michaelas Grab?«

Müllers Züge verhärteten sich. »Vergangenes ist vergangen.«

»Sicher. Und eine fahrlässige Tötung ist längst verjährt«, entgegnete Max. Erneut spürte er einen Schwall Adrenalin anfluten. »Für Ihren Ruf ist sie allerdings ruinös. Vor allem, wenn man sich, rein theoretisch gesprochen, die Vorgänge nach dem Aufprall vorstellt.«

»Ich weiß nicht, was Sie meinen.«

»Sicher, Herr Müller. Was tun *Sie*, um die Geheimnisse der Vergangenheit zu wahren?«

Wortlos wandte sich Müller ab.

Nach einem kurzen Zögern ging Sandra Teichert zur Tür und verabschiedete sich. »Auf Wiedersehen.«

Hinter ihr verließ Max schweigend den Raum.

»Sie hatten mich nicht über diese Sache mit dem Autounfall in Kenntnis gesetzt«, tadelte sie, während sie neben ihm zum Dienstwagen ging.

Max zuckte mit den Achseln. »Meine fast neunzigjährige

Informationsquelle ist womöglich nicht zuverlässig. Die Fakten stehen im Unfallbericht.«

Die Kommissarin warf ihm einen fragenden Blick zu. »Insgesamt aber nicht schlecht«, murmelte sie, schloss das Auto auf und stieg ein.

Max ließ sich auf den Beifahrersitz fallen, etwas in ihm hatte Lust, den Innenraum vollzukrümeln.

Sandra Teichert parkte sportlich aus und gab Gas. »Sie haben Müller aus der Reserve gelockt.« Ein Lächeln huschte über das markante Gesicht. »Gehen Sie heute Abend mit mir was trinken.«

Max hörte das Fragezeichen am Ende des Satzes nicht.

Sandra Teichert setzte den Blinker, bog ab und gelangte zu einer alten Doppelstockbrücke. Über die obere Ebene verliefen Bahngleise. Gerade fuhr ein Zug der Moselstrecke auf, es ratterte und polterte.

»Ich bin schon verabredet«, sagte Max.

32

»Ich weiß, Frau Haase, eigentlich ist es schon Zeit für Ihren Sundowner. Würden Sie sich bitte trotzdem noch etwas konzentrieren?«

Renate schnaubte, nahm eine Tube Handcreme aus ihrer Tasche und quetschte einen rosa Klecks heraus, den sie umständlich verrieb.

»Es gibt Neuigkeiten von der KT«, sagte Sandra Teichert. »Aus dem Fall Jessica Göbel ist ihr Freund Timo Schanz mutmaßlich raus. Das an Jessicas Hals gefundene Haar stammt von Roland Feyerabend, die DNA-Analyse ist uns vor einer halben Stunde zugegangen. Ebenfalls konnten ihm zwei Fingerabdrücke zugeordnet werden, die sich am Sekretär in Georg Reifegerstes Gästezimmer befanden. Wir gehen davon aus, dass er Jessica Göbel aus dem Fenster gestoßen hat. Einer der Fälle scheint aufgeklärt.« Die Hauptkommissarin setzte ihr kühles Lächeln auf. »Herzlichen Glückwunsch, Herr Heil.«

Werner Heil gab ein trockenes Räuspern von sich.

»Heißt das, der Schanz kommt wieder aus der JVA?«, fragte Renate.

»Der Untersuchungsrichter hält die U-Haft wegen der Drogendelikte aufrecht. Es wird weiter gegen Schanz ermittelt, das ist jedoch nicht mehr unser Ding. Wir konzentrieren uns darauf, wer Roland Feyerabend und Jakub Adamski auf dem Gewissen hat.« Sandra Teichert warf ihr Haar zurück. Sie wies zu dem aus Linien und Namen bestehenden Schaubild auf dem Flipchart. »Fassen wir zusammen. Bezüglich Adamski haben wir im Gespräch mit Jörn Müller Hinweise erhalten, die Müllers ehemalige Freunde Feyerabend und Molitor belasten. Uwe Molitor habe ich vorladen lassen, er hat sich morgen zur Vernehmung einzufinden. Bei der Objektdurchsuchung Molitor wurde eine Zeichnung gefunden, die mutmaßlich von Roland Feyerabend angefertigt wurde. Denkbar ist somit, dass auch das um das E 605 gerollte Bild aus dem Besitz eines Mitglieds der Familie Molitor stammt. Restbestände des Gifts selbst wurden bislang nicht gesichert, die chemische Analyse der Pflanzenschutzmittel läuft. Ebenso werden die Daten der beiden bei Gernot Molitor sichergestellten Computer ausgelesen.«

Gedanklich kehrte Max in das von Gernot bewohnte Dachgeschoss zurück. Die Einrichtung hatte ihn an die in Werbebeilagen günstiger Möbelhäuser erinnert. Fernseher und Surround-Anlage waren allerdings vom Feinsten. Gernot Molitor besaß eine riesige Filmsammlung. Max hatte die DVDs überflogen, ein Teil davon waren Horrorfilme. Darauf angesprochen, hatte Gernot nur mit den Schultern gezuckt. »Ab und zu mal bisschen Action.«

»Schlachten Sie Ihre Hühner eigentlich selbst?«, hatte Max gefragt.

»Nur die für den Hausgebrauch. Wenn man Vieh hält, is dat normal.«

Sandra Teicherts Stimme riss Max aus seinen Gedanken. »Die Molitors zeigten sich in der Befragung wenig kooperativ. Sie beharren darauf, weder zum Tod von Jakub Adamski noch zu dem von Roland Feyerabend etwas zu wissen.«

Max richtete seinen Blick auf die Gesprächsprotokolle vor sich. Sandra Teicherts Fragen waren wie das Werkeln eines Diamantbohrers auf Totholz gewesen. Der Masterabschluss an der Polizeiakademie stand gegen das Stoische der Ackerscholle. Es war offensichtlich gewesen, wer in dieser Runde gewann.

»Wir können Ihnen nix dazu sagen.«

»Ich habe keine Ahnung, von was Sie sprechen.«

»Den Polen kannten wir nicht.«

»Ja, das mit Roland ist schlimm, aber mehr weiß ich dazu nicht.«

Am Ende war nur noch lakonisches Schweigen gewesen.

»Der Abgleich der Fingerabdrücke aus Roland Feyerabends Wohnung ist noch nicht abgeschlossen, bislang wurde keine Übereinstimmung mit bereits erkennungsdienstlich behandelten Personen festgestellt. Die drei befragten Molitors haben ihre

Fingerabdrücke abgegeben.« Sandra Teichert setzte sich an den Konferenztisch. In gleichbleibendem Tempo und mit maschinenartiger Energie hatte sie den Tag abgearbeitet und sich dabei scheinbar nur von einer Flasche Sprudelwasser ernährt.

In dem Besprechungsraum war die Luft verbraucht, dazu ging ein künstlicher Rosenduft von Renates Händen aus. Max stand auf und öffnete das Fenster. Draußen neigte sich ein Frühsommertag seinem milden Ende zu.

»Eine der zentralen Fragen ist«, Sandra Teichert hob den Zeigefinger, »wo ist der Rest von Adamskis Leiche? Ich habe einen Antrag gestellt, dass die Kellerböden bei den Molitors untersucht und aufgegraben werden. Es wäre nicht das erste Mal, dass eine Leiche im Beton verschwindet.«

Werner Heil blies Luft aus.

»Der ganze Fall kam doch mit dem Knochenfund dieses Bauunternehmers ins Rollen. Nicht wahr, Herr Engel?«

Max nickte und setzte sich wieder.

»Finden Sie heraus, ob es vor etwa neunzehn Jahren Baumaßnahmen auf dem Hof oder Gelände der Molitors gab.«

»Die haben so viel Land, das können wir nicht alles umgraben«, warf Werner Heil ein.

Sandra Teichert überging den Einwand. »Herr Heil, was gibt es Neues zur Auswertung der in Feyerabends Wohnung gesicherten Spuren?«, fragte sie.

Werner Heil blätterte den Ordner auf, der vor ihm lag.

»Die KT konnte feststellen, in welchem Nahrungsmittel das Gift war. Es gab Anhaftungen an der im Mülleimer gefundenen, zusammengeknüllten Alufolie. Diese wird noch auf DNA-Spuren untersucht, man kann aber bereits sagen, dass das E 605 in einer Art Zwiebelkuchen oder Flammkuchen war.«

»Genau«, pflichtete Renate bei. »Dabei haben wir gar keine Saison für Zwiebelkuchen. Sie sind aus der Stadt, da wissen Sie das vielleicht nicht.« Nachsichtig zwinkerte sie Sandra Teichert zu. »Zwiebelkuchen gibt es bei uns im September, Oktober, zusammen mit dem Federweißen. Das wiederum ist der noch nicht durchgegorene …«

»Frau Haase, der Begriff ist mir geläufig. Mainz ist umgeben von Weinanbaugebieten.«

»Ach so. Aber es stellt sich die Frage«, jetzt hob Renate demonstrativ den Zeigefinger, Max rutschte auf seinem Stuhl ein Stück herunter, »warum Zwiebelkuchen?«

»Warum nicht?«, erwiderte die Hauptkommissarin trocken.

»Handelt es sich dabei um eine Spezialität des Mörders?« Renate kniff die Augen zusammen. »Oder der Mörderin? Wusste der- oder diejenige, dass Feyerabend Zwiebelkuchen mochte? Ist das ein Indiz für eine persönliche Beziehung zwischen Täter und Opfer?«

»Frau Haase, wir gehen ohnehin von einer irgendwie gearteten persönlichen Beziehung zwischen Täter und Opfer aus«, sagte Sandra Teichert. »Herr Heil, was ist mit der über Feyerabends Handy geführten Kommunikation?«

»Wir haben uns auf die Anrufe und Nachrichten der letzten beiden Wochen konzentriert.« Der Chef blätterte ein paar Seiten in dem Ordner um. Er zog mehrere Kopien hervor, die er am Besprechungstisch herumreichte. »Aus Feyerabends privatem Umfeld gibt es die Kommunikation mit seiner Freundin Katja Timm, sie wurde in einer nicht weiter auffälligen Weise betrieben. Daneben fand ein Nachrichtenaustausch mit einer Gabi Göttert statt. Sie scheint ebenfalls so etwas wie eine Freundin zu sein und schreibt immer wieder Aufbauendes. ›Du schaffst das schon‹, ›Ich bin für dich da‹ und so weiter. Feyerabend hat zweimal mit dem Dealer Timo Schanz telefoniert, der Kontakt ist uns ja bereits bekannt. Bemerkenswert ist ein Anruf in der Praxis des Psychologen Jörn Müller. Dieser dauerte sieben Sekunden. Es handelt sich folglich entweder um ein sehr kurzes Gespräch oder um eine auf dem Anrufbeantworter hinterlassene Nachricht.«

»Wann fand der Anruf statt?«, fragte Max.

»Vergangenen Montag, also einen Tag nach dem Tod von Jessica Göbel.«

»Das bedeutet, Jörn Müller hat in der Befragung gelogen«, stellte Sandra Teichert fest. Max glaubte, einen Anflug von Enttäuschung in ihrer Stimme zu hören.

»Ebenfalls am Montag«, fuhr Werner Heil fort, »rief Feyerabend in Molitors Produktionsfirma in Köln an. Das Gespräch dauerte zweiundfünfzig Sekunden.«

»Somit standen Feyerabend, Müller und Molitor nach dem Tod der Putzfrau in Kontakt«, kombinierte Renate.

Nachdenklich rieb sich Werner Heil übers Kinn. »In den Verbindungsauflistungen ist eine weitere Auffälligkeit markiert. Roland Feyerabend führte mehrere Telefonate, ein- und abgehend, mit einer Nummer, die zu einer Prepaid-SIM-Karte gehört. Registriert ist dieser Handyanschluss auf den Namen Martin Schmidt. Die angegebene Anschrift in Koblenz ist nach unserer Überprüfung falsch. Es ist ja kein Problem, Prepaid-Handys über das Internet mit fiktiven Personendaten freischalten zu lassen.«

»Wer verbirgt sich hinter dem Namen?«, fragte Sandra Teichert, stand auf und schrieb »Martin Schmidt« an die Tafel.

In Max' Kopf begann sich ein konkreteres Bild zu formen. »Meiner Meinung nach«, sagte er, »gab es zwischen den drei Jugendfreunden nicht nur diese beiden kurzen Telefonkontakte. Ich denke, dass alle drei etwas über den Tod von Jakub Adamski wissen und sich nach dem Fund der Knochen besprochen haben. Als Georg Reifegerste ausschachtete, ging die Information über die Fundstücke von Helmut oder Lieselotte an die Söhne, von dort aus weiter. Das Prepaid-Handy kann Jörn Müller oder Uwe Molitor gehören. Wie wir gehört haben, war Roland vor seinem Tod sehr nervös – womöglich aus Angst davor, dass die alte Geschichte ans Tageslicht kommt. Er war panisch und konnte dem Druck kaum standhalten. Sein Drogenkonsum stieg. Für die anderen beiden wurde er ein Risiko, sie mussten befürchten, dass er redet.«

Prüfend musterte Sandra Teichert Max. »Interessante Theorie, Herr Engel. Wenn ich Sie recht verstehe, sehen Sie auch Jörn Müller als Tatverdächtigen.« Sie faltete die Hände ineinander. »Schon möglich. Generell aber muss ich Ihnen sagen, dass ich kein Freund verfrühter Hypothesen bin. Analysen zahlreicher Fälle haben gezeigt, dass Unvoreingenommenheit und Kombinationsgabe von Ermittlern hierdurch maßgeblich eingeschränkt werden.«

»So?«, entgegnete Werner Heil. »Ihre vielleicht. Bei unserer Ermittlungsarbeit …«

»Herr Heil, bitte.« Die Hauptkommissarin lächelte milde. »Diese Ermittlungen führe ich, nicht Sie.«

»Ich krieg Kopfweh.« Renate klatschte sich hektisch beide Hände vor die Stirn. »Migräne. Ganz schlimm. Hab ich leider manchmal, kommt ganz plötzlich. Ich muss sofort nach Hause, sonst spuck ich Ihnen hier alles voll.« Sie stand schwankend auf.

»Soll ich dich bringen?«, fragte Max, dabei schaffte er es, seine Mimik unter Kontrolle zu halten. »Du kannst doch nicht mehr fahren.«

»Herr Engel?«, klang es konsterniert durch den Raum.

»Das wäre super, mir flimmert schon alles vor Augen.« Renate stützte sich an der Tischkante ab.

»Dann komm. Danach fahre ich noch bei diesem Reifegerste vorbei«, beeilte sich Max zu sagen. Er raffte seine Unterlagen zusammen. »Wenn bei Molitors gebaut wurde, hat der bestimmt was davon mitbekommen.«

Renate wankte bereits Richtung Tür, Max eilte ihr hinterher. »Wenn was ist, ich bin übers Handy erreichbar«, rief er und verließ hinter Renate den Raum.

»Was für eine Beißzange«, raunte sie auf dem Flur. »Denkt, sie kann alles, und wir sind die Dorfdeppen.«

Aber das Beißzangenmonopol hat sie nicht, dachte Max und schwieg. Gemeinsam mit Renate lief er die Treppen runter.

Draußen vor dem Revier angekommen zündete sie sich eine Zigarette an, danach schloss sie ihren roten Kleinwagen auf. »Bis morgen.« Genüsslich blies sie Rauch aus. »Ich finde deine Hypothese übrigens nicht schlecht. Werde nachher mal drüber nachdenken.« Sie stieg ein, knallte die Tür zu und brauste mit einem Grinsen davon.

Max ging zu seinem Auto. Er machte sich ebenfalls auf den Weg.

Während der Fahrt dachte er über den Tag nach. Erinnerungsfetzen stiegen auf, Max versuchte, sie zu einem Ganzen zusammenzufügen. Die Gespräche mit den Molitors und mit Jörn Müller, die Durchsuchung des Hofes. Gernot, wie er rotwangig und derb in der Scheune gestanden und sich womöglich hinter seiner Einfachheit versteckt hatte.

Zwanzig Minuten später klingelte Max bei den Reifegerstes. Die Tür wurde aufgerissen, beinah gleichzeitig traf ihn etwas wie ein Geschoss am Kopf. Max' Körper katapultierte sich in Alarmbereitschaft, jemand kicherte.

Max sah nach unten. Ein etwa sechsjähriger Junge mit braunem Haar und Sommersprossen sammelte einen Schaumstoffpylonen auf, lachte und flitzte davon.

Georgs Schwiegertochter Olga kam aus dem Wohnbereich an die Tür. »Entschuldigen Sie bitte. Die kleinen Racker sind manchmal nicht zu bremsen.« Sie drehte den Kopf. »Franz, stell dich in die Ecke und schäm dich!«

Der Junge war irgendwo im Haus verschwunden.

»Kommen Sie rein, Herr Engel. Morgen ist schulfrei, beweglicher Ferientag, so eine deutsche Einrichtung.« Olga hob den Blick gen Decke. »Ich dachte, Georg und Hella könnten etwas Ablenkung durch ihre Enkel gebrauchen, da sind wir hergefahren. Mögen Sie ein Glas Sekt?«

»Danke, eigentlich bin ich nicht so der Sekttrinker«, sagte Max und trat ein. »Ein Bier würde ich nehmen. Es war ein ziemlich anstrengender Tag.«

»Wem sagen Sie das?« Olga wedelte mit den Händen in der Luft. »Kriegen Sie erst mal Kinder.« Sie verschwand in der Küche. »Ich bringe Ihnen das Bier. Gehen Sie einfach durch in den Garten, Julie ist auch da. Ich glaube, Georg und Hella haben Ihnen was zu berichten. Sie waren heute bei diesem Psychologen.«

»Ich weiß«, sagte Max. »Wir auch.«

33

»Wo mein Sohn tot? Jakub Adamski.«

Max starrte auf das zerknitterte Blatt mit der linkischen Schrift. Ihm stockte der Atem. Die Frau, die das Papier in ihrer schwieligen Hand hielt, wirkte unendlich müde. Ihre Kleidung war abgetragen, fast ärmlich, im linken Schuh klaffte vorn ein Riss. Neben sich hatte sie eine alte Reisetasche abgestellt.

»Sie will offenbar zu Ihnen«, sagte der Kollege vom Innendienst, der im Türrahmen stand. »Glaube ich zumindest, ich verstehe sie nicht. Polin oder so. Aber Sie bearbeiten ja den Fall.« Er zuckte mit den Schultern, drehte sich um und verschwand über den Flur.

Max stand von seinem Schreibtischstuhl auf. Es war erst halb acht am Morgen, noch war er allein im Büro. Sandra Teichert musste jeden Moment eintreffen. Sie hatte sich gestern an Renates Schreibtisch einquartiert und Renate zum Chef ausgelagert.

»Schließlich brauche ich auch einen Arbeitsplatz«, hatte Sandra Teichert gemeint.

Max wäre eine andere Aufteilung der Büros lieber gewesen.

»Hallo«, sagte er zu der Frau und trat auf sie zu. »Sie sind die Mutter von Jakub Adamski?« Er streckte ihr seine Hand entgegen.

Unsicher drückte die Frau sie, in ihrem wettergegerbten Gesicht lag Anspannung. »*Matka* Jakub«, sagte sie und nickte. Dann tippte sie mit den Fingerspitzen an ihre Brust. »Marta Adamski.«

»Verstehen Sie Deutsch?«, fragte Max langsam und deutlich. Die Frau schüttelte zweifelnd den Kopf.

»Dann wird's schwierig«, murmelte Max mehr zu sich selbst. Er wies auf den zweiten Bürostuhl. »Setzen Sie sich«, sagte er und versuchte ein aufmunterndes Lächeln.

Zögerlich nahm Marta Adamski die Reisetasche auf. Mit schleppenden Schritten ging sie zu Renates Platz.

»Mögen Sie einen Kaffee?«, fragte Max in beachtlicher Lautstärke. Eine Sekunde später fiel ihm ein, dass die Frau nicht schwerhörig war, sondern Polin. Laut zu sprechen trug leider nichts zum Verstehen bei.

Max zeigte auf die Maschine, durch die eben frischer Kaffee gelaufen war.

»*Tak*«, sagte die Frau leise und nickte. Einer ihrer Schneidezähne war aus Gold. An den Rändern der Oberlippe wuchsen ein paar dunkle Haare, die Lider hatten sich schräg über die äußeren Augenwinkel gesenkt.

Max goss eine Tasse voll und stellte den dampfenden Kaffee auf Renates Schreibtisch. Marta Adamski nahm das Gefäß in beide Hände und wärmte sie daran. Der Ehering an ihrer rechten Hand schien ins Fleisch des Fingers gewachsen. Sie führte die Tasse zum Mund und schlürfte einen Schluck.

»Was ist das denn?« Sandra Teichert stand an der Bürotür. Entgeistert starrte sie auf die alte Frau.

Wenn schon, *wer*?, dachte Max und sagte: »Die Mutter von Jakub Adamski.«

»Ach.« Die Hauptkommissarin kam heran. Sie stellte ihre Aktentasche aus feinem braunem Leder auf Max' Schreibtisch ab und drapierte ihren Trenchcoat zusammengelegt daneben. »Wie ist sie hergekommen?«

»Keine Ahnung. Sie spricht kein Deutsch.«

Marta Adamski hielt Sandra Teichert das beschriebene Blatt Papier hin, ihre Hand zitterte dabei.

»Was will sie?«

»Ich denke, sie will wissen, wo wir ihren Sohn gefunden haben.«

Sandra Teichert legte den Kopf schräg und zögerte. »Nein«, sagte sie gedehnt. »Nein, nein. Die Ermittlungen laufen noch, der Fundort ist abgesichert. Da kann nicht jeder rumspazieren.«

»Darum geht es sicher auch nicht«, wandte Max ein. »Sie wusste neunzehn Jahre lang nicht, was mit ihrem Sohn ist.«

»Hm«, machte Sandra Teichert und strich nachdenklich

über die Perlenkette, die sie heute trug. Dann schüttelte sie den Kopf. »Sie muss nicht wissen, wo wir Skelettteile gefunden haben.«

Bei dem Wort *Skelett* zuckte Marta Adamski zusammen. »Jakub«, sagte sie leise und krallte die Finger ineinander.

»Doch mit ihr sprechen sollten wir natürlich«, fuhr Sandra Teichert fort. »Ich fordere einen vereidigten Dolmetscher an. Es kann allerdings etwas dauern, bis der da ist.« Sie kräuselte den Nasenrücken. »Hier warten kann die Frau nicht.«

»Wo soll sie hin?«, fragte Max.

»Was weiß ich.« Sandra Teichert hob die Schultern, über die Ärmel ihrer weißen Bluse liefen scharfe Bügelfalten. »Zur Not in die Ausnüchterungszelle?«

»Wie bitte?«

»Die Tür kann natürlich offen bleiben.« Sandra Teichert klappte ihre Aktentasche auf und nahm einen blauen Hefter heraus. »Ich möchte an meinen Arbeitsplatz. Wenn Sie die Frau also bitte nach unten begleiten würden.«

Das mache ich, dachte Max, aber bestimmt nicht in die Zelle. »Ich wüsste, wo sie warten kann«, sagte er. »Es gibt in der Nähe …«

»Herr Engel, tun Sie, was Sie für richtig halten. Doch Sie sind verantwortlich dafür, dass wir die Frau nachher befragen können.«

»Sicher«, erwiderte Max und öffnete den Internetbrowser auf seinem Computer. Ein paar Tastaturanschläge konnten heute die umständliche Verständigung mit Händen und Füßen ersetzen. Er rief ein Übersetzungsprogramm auf und winkte Marta Adamski heran. »Kommen Sie bitte mal?«

Mit fragendem Ausdruck stand die Frau auf und schlurfte zu Max.

»Wir fahren zu einer polnischen Freundin«, gab Max in ein kleines rechteckiges Feld auf dem Bildschirm ein. Fast zeitgleich wuchs in dem rechten Nachbarfeld ein Satz heran. *Idziemy do polskiej dziewczyny.* Max zeigte darauf. »Ja?«, fragte er. »Kommen Sie bitte mit.«

»Ah.« Marta Adamskis Gesicht hellte sich ein wenig auf, sie nickte. »*Tak.*«

Kurze Zeit darauf saß Max mit der Frau im Wagen. Auf ihren Knien stand die Reisetasche, ihre Hände umklammerten die Henkel. Max schätzte, dass Marta Adamski um die siebzig war, möglicherweise auch ein paar Jahre jünger.

Die Fahrt verlief schweigend. Einmal bot Max Marta ein Bonbon aus einer Tüte, die in der Mittelkonsole lag, an. Sie lehnte ab. Sich gar nicht mit jemandem verständigen zu können, ist merkwürdig, dachte er und hoffte, dass er Olga noch bei Georg antraf. Gestern Abend war sie zumindest, nach mehreren Gläsern Sekt, nicht mehr gefahren.

Eine Viertelstunde später parkte Max den Wagen vor Georgs Haus. »Wir sind da«, erklärte er trotz Sprachproblem und stieg aus. Ungelenk öffnete Marta Adamski die Beifahrertür und mühte sich aus dem Auto.

Max klingelte. Schon wieder stand er bei Georg auf der Matte – nachdem er sich mitten in der Nacht aus Julies Bett geschält hatte und nach Hause gefahren war. Was sein Chef zu den derzeit fließenden Übergängen von Dienst und Privatleben sagen würde, wollte er sich nicht vorstellen. Werner Heil musste nicht alles wissen.

Die Haustür wurde geöffnet. In einem hellblauen Morgenmantel stand Hella da, ihr Haar war strubbelig, das Gesicht ungeschminkt.

»Herr Engel«, sagte sie in einem Ton, als habe sie ihn Jahre nicht gesehen, dabei strahlte sie. »Das ist aber eine Überraschung. Kommen Sie rein. Wen bringen Sie da mit? Hallo, ich bin Hella Traber.« Hella reichte Marta Adamski die Hand. »Sie sehen aus, als könnten Sie einen Kaffee gebrauchen.«

Hella wurde Max immer sympathischer, er mochte diesen geländegängigen Humor und die Herzlichkeit.

»Das ist die Mutter von Jakub Adamski«, stellte er vor. »Heute Morgen stand sie plötzlich bei uns im Büro. Sie spricht kein Deutsch, und ich dachte, da Olga doch Polin ist …«

»Oh, natürlich. Deshalb sind Sie da, ich verstehe. Olga sitzt schon in der Küche, Julie auch. Nur Georg und die Zwillinge schlummern noch. Kommen Sie.«

Max trat mit Marta Adamski ins Haus. Kurz darauf saß er mit vier Frauen und dampfendem Kaffee am Küchentisch.

Olga sprach polnisch, Marta Adamski redete stockend und leise mit belegter Stimme.

»Sie sagt, sie fährt nicht wieder weg, bevor sie die Stelle gesehen hat, an der Jakub gefunden wurde«, übersetzte Olga nach einer Weile. »Sie ist die ganze Nacht durchgefahren. Erst mit dem Fernbus bis Mannheim, dann mit einem anderen Bus bis zum Flughafen Hahn, dann per Autostopp. Sie sagt, sie konnte neunzehn Jahre nicht richtig trauern, die Ungewissheit hat sie aufgefressen. Sie muss den Ort sehen.«

Max atmete hörbar aus und rieb sich mit der flachen Hand durchs Gesicht.

»Sie Arme.« Mitfühlend legte Hella ihre Hand auf Martas.

»Sie sagt, sie möchte Jakub nach Hause mitnehmen. Das, was von ihm übrig ist«, fuhr Olga fort. »Ich habe ihr erklärt, dass das nicht gehen wird. Sie weiß nicht, dass bislang nur ein paar Knochen gefunden wurden, nur ein kleiner Teil ihres Sohnes. Sie will, dass er in Polen beerdigt wird. Sie hatte nie ein Grab. Sie will an seinem Grab trauern, danach kann sie sterben, sagt sie.«

Olga schwieg, eine bleierne Stille lag im Raum.

»Unsere neue Vorgesetzte will nicht, dass sie zum Hof der Molitors gebracht wird«, meinte Max schließlich leise. »Ich glaube, das Emotionale interessiert Sandra Teichert nicht so.«

»Dich schon«, sagte Julie, ohne die Stimme zu heben. Es war kein Fragezeichen zu hören. Max fand es gut so.

»Sie wissen, dass eine solche Konfrontation, auch wenn es nur um einen Ort geht, sehr heftige Reaktionen auslösen kann?«, bemerkte Olga. »Auch nach all den Jahren.«

Max nickte. »Dennoch denke ich, sie muss dahin.«

»Gut, dann los. Ich komme mit.« Olga erhob sich. Auf Polnisch wandte sie sich an Marta Adamski. Die stand ebenfalls auf.

Max war angespannt, als er kurz darauf den Motor seines

Wagens anließ. Er fuhr Marta Adamski zuliebe zum Hof der Molitors. Doch er wäre nicht mit Leib und Seele Polizist gewesen, wenn er nicht auf mehr hoffte, als ihr zu einem kleinen Stück Frieden zu verhelfen.

»Wie war das damals mit Jakubs Verschwinden«, fragte er und drehte kurz den Kopf zu Olga hin, die auf der Rückbank saß. »Wann hat er sich zuletzt gemeldet, was hat er erzählt?«

Olga beugte sich zwischen die beiden Frontsitze vor, übersetzte, hörte Marta Adamski zu, fragte weiter, hörte wieder zu. Schließlich fasste sie zusammen. »Jakub wollte raus aus dem kleinen Ort«, sagte sie. »Ihn hat nichts mehr gehalten. Zwei Wochen lang war er weg, ein paarmal hat er angerufen, von irgendwoher. Er hatte noch kein Handy, es war nicht wie heute. Jakub hat gesagt, es gehe ihm gut. Erst war er einige Tage bei einem Bekannten in Berlin, aber die Stadt war ihm zu groß, alles zu hektisch. Dann ist er weiter, offenbar Richtung Westen.«

»Wie kam er ausgerechnet in unsere Gegend?«, fragte Max. »Hat er von Leuten berichtet, die er kennengelernt hat?«

Wieder übersetzte Olga. Marta Adamskis raue Stimme klang durch den Innenraum des Wagens, die Sätze waren kurz und abgehackt.

»Sie weiß nicht mehr genau, was ihr Sohn gesagt hat«, erklärte Olga. »Sie wusste ja nicht, dass es sein letztes Telefonat war, das letzte Mal, dass sie mit ihm sprechen konnte. Es war viel zu tun in ihrer kleinen Landwirtschaft damals, sie hatte wenig Zeit gehabt. Sie macht sich heute noch Vorwürfe, sie erinnert sich, dass es nur ein kurzes Gespräch war. Marta glaubt, dass Jakub aus Koblenz angerufen hatte. Er hatte gelacht und gemeint, es gäbe dort guten Wein und gutes Bier. Er habe aber kein Geld mehr, müsse sich Arbeit suchen, an Rhein oder Mosel, in der Landwirtschaft oder bei einem Winzer. Vielleicht auch in der Gastronomie.«

In der Ferne tauchte der Hof der Molitors auf.

»Da vorn ist es«, sagte Max und zeigte auf das Gehöft. Er bemerkte, dass sich Marta Adamskis Hände in den Stoff ihres Mantels krallten. Langsam fuhr Max weiter.

Nach ein oder zwei Minuten rollte er in die Einfahrt zum Hof und hielt an.

Das ausgeschachtete und umgegrabene Gelände war mit rot-weißem Absperrband umsäumt. Es kam Max nun wie eine Wunde vor, die man der Erde geschlagen hatte.

Marta Adamski starrte stumm geradeaus durch die Frontscheibe und bewegte sich nicht. Olga sprach polnisch, sie stellte eine Frage. Marta erwiderte ein Wort.

»Ich wollte wissen, ob sie sicher ist. Sie sagt, sie will es sehen«, meinte Olga, stieg aus und öffnete die Beifahrertür.

Langsam bewegte sich Marta Adamski aus dem Auto. Olga half ihr dabei und stützte sie.

Gemeinsam gingen die Frauen zu der Ausschachtung vor, Max folgte in wenigen Schritten Abstand. Dann stand er an dem Absperrband neben ihnen.

»Jakub«, entfuhr es Marta, es klang wie ein Winseln. Sie fasste sich an die Brust. Zeitgleich wurde Max' Blick von einer Bewegung beim Hühnerstall angezogen. Aus ungefähr dreißig Metern Entfernung kam Lieselotte Molitor angehinkt, in der rechten Hand schlenkerte ein weißer Eimer. Nach ein paar Schritten blieb sie stehen, zögerte und setzte sich wieder in Bewegung. Sie kam heran, ihr Gesicht war mürrisch. Nur noch wenige Meter entfernt wechselten ihre Züge in Unsicherheit hinüber, sie musterte Olga und Marta Adamski.

»Was wollen Sie auf unserem Grundstück?«, knarzte sie.

Max ließ die Ungewissheit einige Augenblicke lang wirken. »Das ist die Mutter von Jakub Adamski«, sagte er dann.

Lieselotte Molitors Oberkörper wich zurück, ihr Mund öffnete sich einen Spalt.

Die beiden derben Landfrauen standen sich gegenüber. Sie sahen sich an, unwillkürlich musste Max an einen Spiegel denken. Zwei Frauen, für die Leben und Überleben fast das Gleiche zu sein schien. Aber es gab etwas, das sie über den Alltag und die Arbeit hob.

Lieselotte ließ den Futtereimer los. Dumpf setzte er auf dem Boden auf.

Dass sie Mütter sind, dachte Max. Das war schon immer stärker als alles andere.

Langsam und rau sagte Marta etwas.

»Sie will wissen, ob Sie Kinder haben«, wandte sich Olga an Lieselotte.

Die schwieg, ihre Lippen schlossen sich zu einem Strich.

Olga erklärte etwas auf Polnisch, Marta erwiderte zwei Sätze. Nochmals sprach Olga Lieselotte an. »Marta Adamski sagt: ›Wenn Sie zwei Söhne haben, müssen Sie mich doch verstehen. Was ist mit meinem Jungen passiert?‹«

Max fixierte Lieselottes Züge, über die sich Ablehnung gelegt hatte. Wie in Zeitlupe nahm sie den Eimer wieder auf.

»Ich weiß nix«, sagte sie tonlos. »Muss weiter schaffen.«

Entschlossen drehte sie sich um und ging los, Richtung Wohnhaus. Nach ein paar Metern hielt sie inne, stand da, den Rücken durch das Gewicht des Eimers nach rechts geneigt.

»Frau Molitor ...« Die Worte kamen wie von selbst aus Max' Mund. »Freunde Ihrer Söhne werden reden. Sie haben es schon getan.«

Kurz verharrte Lieselotte. Dann hinkte sie weiter und verschwand durch das Tor der Scheune.

Max bemerkte, wie Marta Adamski zitterte, ihre Haut war leichengelb. Vom Hühnerstall klang Gackern herüber, etliche Tiere pickten und scharrten in dem eingezäunten Gelände vor dem Gebäude.

Martas Blick ging dorthin. Mit Verachtung in der Stimme sagte sie etwas.

»Federvieh. Denkt nicht, frisst nur«, gab Olga wieder.

Max kam es vor, als meinte Marta jemand anderen.

Plötzlich sackte sie zusammen, in der Bewegung klammerte sie sich an ihm fest. Max spürte ihr ganzes Gewicht und versuchte, sie zu halten.

Olga griff von der anderen Seite unter ihren Arm und hob sie an. »Wir sollten sie von hier wegbringen«, sagte sie.

34

Gerade hatten sie Marta Adamski in Georgs Wohnzimmer auf einen Sessel verfrachtet, als Max' Handy geklingelt hatte.

»Herr Engel, ich weiß nicht, wo *Sie* sind«, klang Sandra Teichert lautstark aus dem Telefon. »Aber der Dolmetscher ist in etwa einer dreiviertel Stunde vor Ort.«

Hella hatte Marta Adamski noch zu einem Glas Wasser und einer Kleinigkeit zu essen genötigt. Anschließend war Max mit ihr wieder aufgebrochen und zurück aufs Polizeirevier gefahren.

Er brachte Marta zum Büro einer Kollegin vom Innendienst, die er als freundlich und umgänglich kannte. »Darf sie noch ein paar Minuten hier warten?«, hatte er nach einer kurzen Erklärung gefragt.

»Ja, natürlich, kein Problem.«

Max war die Treppen hoch zu seinem Büro gespurtet, außer Atem betrat er den Raum.

An seinem Schreibtisch saß Werner Heil, neben ihm Renate. Ihnen gegenüber stand Sandra Teichert mit verschränkten Armen neben dem Flipchart. Es schien sie wie ein Haustier zu begleiten.

»Herr Engel, schön, dass Sie da sind.« Die Ironie war nicht zu überhören. »Wo ist die Polin?«

»Unten. Sie steht für die Befragung zur Verfügung.«

»Um Sie auf den aktuellen Stand der Dinge zu bringen: Uwe Molitors Anwalt hat mit einer kurzen Nachricht des Bedauerns ein ärztliches Attest für seinen Mandanten übermittelt. Molitor sei nicht vernehmungsfähig.« Sandra Teichert sprach sachlich und ungerührt.

»Warum verhaften wir ihn nicht einfach?«, fragte Renate. Sie trug einen grasgrünen Blazer. Max kam allerdings ein Adjektiv in den Sinn, das auf der entgegengesetzten Seite von *frisch* lag.

»Frau Haase, Sie sollten dringend Ihre Kenntnisse in Rechtskunde auffrischen. Festnahmegründe nach Paragraf hundertsiebenundzwanzig Strafprozessordnung sind …?« Sandra Teichert machte eine auffordernde Geste.

»Wir sind doch hier nicht in der Schule«, maulte Renate.

»Uwe Molitors Identität ist bekannt, wir haben ihn nicht auf frischer Tat angetroffen, ein Fluchtverdacht ist nicht hinreichend begründet«, schnarrte Sandra Teichert. »Festnahme geht nicht. Wir brauchen Indizien und Beweise, damit wir einen Haftbefehl durchbekommen.« Sie setzte sich auf Renates Schreibtischstuhl. »Zumal dem Haftrichter bekannt ist, dass man bei Timo Schanz gerade erst danebenlag.«

Werner Heil machte ein Gesicht wie bei einer Prostatauntersuchung.

»Also, die Befragung von Marta Adamski steht an«, fuhr Sandra Teichert fort. »Herr Engel und ich werden diese durchführen. Herr Engel hat sich ja bereits mit der Dame bekannt gemacht.«

Tja, dachte Max, und vermutlich wird Marta berichten, dass sie auf dem Hof der Molitors war.

Max' Handy piepste. Er zögerte, beobachtet von einem stahlblauen Augenpaar. Vielleicht ist die Nachricht dienstlich, dachte er, und wichtig. Oder privat und auch wichtig.

Sandra Teichert schüttelte ihr Haar zurecht, drehte sich um und schrieb etwas an das Flipchart. Rasch zog Max das Telefon aus der Tasche seiner Jeans und tippte auf das Display. Die Nachricht war von Hannes, einem Fliegerkollegen.

Okay, später, dachte Max. Dabei flogen seine Augen über den ersten Satz.

»Hi, Max, ich fahr heute Nachmittag nach Graach, bist du auch da?«

»Ist es interessant, Herr Engel?« Sandra Teichert hatte aufgehört zu schreiben, sie musterte Max mit unverhohlener Neugier.

»Was? Nein, nein.« Er steckte das Handy zurück in die Hosentasche. Graach kann ich heute vergessen, dachte er. Doch plötzlich fühlte sein Körper wie in einer Traumszene für einen

Augenblick mächtigen, packenden Auftrieb. Die Erinnerung an das Getragenwerden war so real, dass ein Lächeln über Max' Gesicht huschte.

»Aha«, sagte Sandra Teichert trocken und stöpselte die Verschlusskappe auf den Stift. »Frau Haase und Herr Heil, Sie fahren nach Köln. Wenn Uwe Molitor krank daniederliegt, sprechen Sie mit seinen Mitarbeitern, mit Bekannten, Freunden.«

Hannes war für Max in den letzten Jahren so etwas wie ein Freund geworden. Ich antworte ihm später, dachte er.

»Versuchen Sie, in Köln Informationen zu bekommen, die uns in den Fällen Feyerabend und Adamski weiterbringen. Herr Heil, Sie wissen, worum es geht. Fakten, Indizien«, sagte Sandra Teichert bestimmt.

Max hatte Schwierigkeiten, ihr überhaupt zuzuhören. Seine Gedanken wollten woandershin, als habe man einen Hund von der Leine gelassen, während das Frauchen dastand und rief und rief.

Hannes kam vom Ultraleichtfliegen. Er war erst vor zwei, drei Jahren umgestiegen, nach einem Vogelschlag während des Flugs. Geradeso hatte Hannes seinerzeit noch landen können, doch es war knapp gewesen.

Plötzlich spürte Max seinen Herzschlag bis in die Kehle, ihm wurde heiß. Ein Vogelkörper, im Propeller zermahlen.

Hühner denken nicht, fressen nur.

»Ich muss dringend weg«, platzte er heraus und sprang auf. »Ich nehm zwei Leute von der KT mit, erklär's später.«

»Wie bitte?« Sandra Teicherts Stimme war ungewohnt schrill.

Max eilte aus der Tür, über den Flur und die Treppen runter. Im Erdgeschoss stürmte er in eines der beiden Büros von der Kriminaltechnik.

Er wusste nicht, ob man nach all den Jahren überhaupt noch etwas finden konnte, aber es war einen Versuch wert. In ein paar Sätzen erklärte er den Kollegen, worum es ging.

»Kann schon sein«, sagte der eine. »Gucken wir halt mal.«

Wenig später saß Max mit den Männern in einem VW Transporter, hinter ihnen folgte ein Streifenwagen.

In Max' Hosentasche vibrierte es. Er zog das Telefon heraus und drückte einen Anruf von Sandra Teichert weg.

Zwanzig Minuten später kurvte er zum zweiten Mal an diesem noch jungen Tag die Landstraße zu dem kleinen Dorf hinauf. Einer der Kollegen zündete sich eine Zigarette an, ließ das Beifahrerfenster hinunter und blies den Rauch raus. »Stört euch doch nicht, oder?« Er zog heftig, die Glut glomm auf. »Wisst ihr noch, letztes Jahr? Der, der acht Tage in seiner Wohnung gelegen hat? An dem Abend hab ich wieder angefangen.«

Max wollte nicht daran erinnert werden. Er ließ auch sein Fenster ein Stück hinunter und konzentrierte sich auf die Straße.

Ein paar Minuten darauf hielt er auf dem Hof der Molitors an, der Streifenwagen parkte neben dem VW.

Max stieg mit den Kollegen aus. Zu dritt gingen sie geradewegs durch das offene Schiebetor in die Scheune. Die Beamten von der Streife blieben am Eingang stehen, einer von ihnen war groß und bullig. Max wusste, dass er bei einer Bodybuilding-Meisterschaft im Kurhaus von Bad Ems mitgemacht hatte.

Die Kriminaltechniker stellten ihre Werkzeug- und Spurensicherungskoffer ab. Die Mühle war wieder mit der staubigen Plane abgedeckt. Zusammen mit einem der Kollegen zog Max sie herunter. Beim Anblick der Maschine fühlte er sich an ein gefräßiges altes Tier erinnert. Die Frage war, was es in seinen jungen Jahren verschlungen hatte.

Der andere Techniker nahm mit einem metallischen Klappern den Deckel von dem großen Trichter und lehnte ihn vorsichtig an die Wand.

»Am ehesten findet sich tief drin im Mahlwerk was, zwischen den Mahlscheiben«, sagte er. »Wenn man das Ding nicht komplett auseinandergebaut hat, um es gründlich zu reinigen, kann da schon noch was sein. Kopf- oder Körperbehaarung zum Beispiel ist auch nach vielen Jahren noch dankbares Material.«

Sein Kollege nickte und ging in die Hocke. »Lass uns die seitliche Abdeckung abschrauben und sehen, wie wir an das Mahlwerk kommen. Im Inneren von diesem breiten Abgangsrohr könnte auch was sein. Wir nehmen Proben von Anhaftungen direkt vor Ort, danach laden wir das Teil auseinandergebaut für weitere Analysen in den Transporter.«

»In Ordnung«, sagte Max.

»Wat machen Sie da?«, hallte es laut durch die Scheune. Durch das Tor eilte Gernot Molitor heran, der bullige Streifenbeamte folgte ihm.

»Lassen Sie uns bitte arbeiten«, erwiderte Max.

»Wat wollen Sie mit dem alten Ding da? Die funktioniert doch schon lang net mehr.«

»Herr Molitor, am besten, Sie gehen ins Haus und trinken einen Kaffee. Behindern Sie bitte nicht unsere Arbeit«, erklärte Max.

»Nä. Das ist *meine* Scheune. Gehen Sie da weg.« Gernot sprang aufgebracht auf einen der Techniker zu und zog ihn an seinem Schutzoverall.

»Herr Molitor, bitte!« Max griff nach Gernots Schulter. Der Streifenpolizist kam blitzschnell heran und drehte Gernot Molitor einen Arm auf den Rücken.

»Kommen Sie mit«, knurrte er und schob Gernot Richtung Scheunentor. »Ab an die frische Luft.«

Die Molitor-Brüder sind wirklich verschieden, dachte Max. Gleichzeitig fühlte er seinen Jagdinstinkt durch Gernots Verhalten weiter angetrieben.

Ein Techniker löste die seitliche Metallabdeckung der Mühle. »Jo«, sagte er. »Das ist ein ordentliches Mahlwerk. Damit geht schon was. Was hat das Ding für einen Motor?« Er neigte sich zur Seite. »Zehn, fünfzehn KW bringt der. Die alten Teile sind stark und robust. Stefan, gehst du dort mal mit dem Spurenträger rein?«

»Mach ich.«

Ein wie ein überdimensioniertes Wattestäbchen aussehender Träger wurde im Mahlwerk hin- und herbewegt und anschließend in einem Plastikbeutel gesichert.

Die Männer werkelten weiter und nahmen etliche Proben. Max trat ein paar Schritte zur Seite.

Wenn das Ding seit Langem nicht mehr benutzt wird, wieso haben es die Molitors nicht entsorgt oder verkauft?, überlegte er. Vor allem, wenn es damals für *das* benutzt wurde.

Weil Helmut nichts davon wusste, kam es Max in den Sinn. Er war ja derjenige, der seinerzeit über die Gerätschaften entschieden hatte. In den folgenden Jahren stand die Mühle dann wie die vielen anderen Maschinen auf dem Hof herum und war in Vergessenheit geraten.

»Okay, das dort kann schon in den Transporter«, sagte einer der Techniker und wies auf ein paar abgeschraubte Metallteile. Max trug sie nach draußen. Als er am Wohnhaus vorbeiging, bewegte sich die Gardine hinter einem der Fenster.

Nach und nach wurden alle Teile in den VW verfrachtet. Die Mühle selbst war schwer, Max schleppte sie mit dem kräftigen Streifenpolizisten zusammen.

»Das war's. Abflug.« Die KTler schälten sich aus den weißen Overalls.

Zügig gingen die Männer zu den Fahrzeugen. Max stieg hinters Steuer des VW und fuhr zurück aufs Revier. Er dachte an Marta Adamski. Wenn er den richtigen Riecher gehabt hatte, durfte sie es nie erfahren.

35

Demnächst drückt Hella dem Engel einen Haustürschlüssel in die Hand, hatte Georg gedacht, als der Kommissar am Mittag noch einmal mit Marta Adamski gekommen war. »Sie will unbedingt heute zurück«, hatte er gesagt. »Könnte sie nachher jemand zum Flughafen Hahn fahren und in den Fernbus setzen?«

Wieso schickt ihr nicht einfach einen Streifenwagen?, hatte Georg gedacht und gemurrt: »Natürlich, kein Problem.«

Für ihn war es höchste Zeit, dass die Polizei aus seinem Leben verschwand und Julie wieder nach Mallorca abschwirrte. In seinem Haus herrschte zu viel Betrieb. Er war schließlich im *Ruhestand*.

Schweigend hatte er Marta Adamski zum Bus gebracht und mit einem festen Händedruck verabschiedet. Die Frau tat ihm leid, aber was sollte er tun?

Auf der Rückfahrt steuerte er Traben-Trarbach an. Eine andere schweigsame Frau erwartete ihn, Mathilde brauchte frische Wäsche.

Georg parkte sein Auto vor dem Altersheim und ging ins Gebäude.

»Hallo, Herr Reifegerste, Ihre Mutter ist im Aufenthaltsraum«, erklärte eine der Pflegerinnen.

Georg stieg die Treppen hoch, lief die Gänge entlang und erreichte die offene Glastür. Der große Raum war gut besucht. Auf den apricotfarbenen Polstermöbeln hatten sich in runzligen Körpern Hunderte von Jahren eingefunden.

Georgs Mutter saß an einem kleinen Tisch, ihr gegenüber ein alter Mann mit kahlem Schädel und braunfleckiger Haut. Vor ihnen stand ein riesiges Mensch-ärgere-Dich-nicht-Brett mit goldhamstergroßen Figuren.

»Du bist dran!«, hörte Georg seine Mutter kommandieren.

Der Mann hob seine knochige Hand und schob eine blaue Figur vor.

»Du bist gelb!«, herrschte ihn Mathilde an.

Georg kam näher heran. »Hallo, Mutter.« Er legte Mathilde eine Hand auf die Schulter.

»Ach, du bist es«, sagte sie. »Hast du Kuchen mitgebracht? Heute würde ich ein Stück essen.«

»Nein, leider nicht. Hella hat keinen gebacken. Das nächste Mal wieder.«

»Ach, nächstes Mal.« Energisch warf Mathilde den Würfel auf das Brett.

Georg hatte sie seit Ewigkeiten nichts mehr spielen sehen, eigentlich hatte er sie überhaupt nichts mehr tun sehen. Er setzte sich auf einen Stuhl neben seine Mutter, die eine blaue Figur vier Felder vorbewegte.

»Hast du den Engel nicht mitgebracht?«, fragte Mathilde, es klang tadelnd.

»Der muss arbeiten«, nuschelte Georg. Wie viel man innerhalb von zwei Minuten falsch machen kann, dachte er.

»Aber schön, dass wenigstens du da bist.« Mathilde sah ihn aus ihren wasserblauen Augen an.

In Georg stieg eine kleine Wärme auf. So etwas hatte sie lange nicht mehr gesagt.

Forsch schnippte Mathilde ihrem Gegenüber den Würfel hin. »Mach. Wenn du nicht aufpasst, können wir auch aufhören. Ich hab nicht ewig Zeit.«

»Mutter, spielt doch weiter«, sagte Georg. »Das macht doch Spaß.«

»Wie im Kindergarten«, grummelte Mathilde.

Die zittrige Hand des Mannes warf den Würfel übers Brett, er fiel zu Boden.

»Pass doch auf«, rügte Mathilde.

»Ist nicht schlimm, das kann passieren.« Georg bückte sich, hob den Würfel auf und legte ihn dem Mann hin. »Würfeln Sie einfach noch mal.«

Ein trüber Blick aus dunklen Kirschkernaugen richtete sich auf Georg, der Mann zögerte.

»Ich hab keine Lust mehr«, murrte Mathilde und raffte ihre

vier blauen Figuren zusammen. »Was gibt's Neues, Georg?«, fragte sie streng.

»Hm. Eigentlich … nicht viel.«

»Immer sagst du das Gleiche.« Mathilde zupfte am Ärmel ihrer ockergelben Bluse herum.

Du könntest erzählen, dachte Georg. Die Gespräche mit Max Engel gingen ihm durch den Kopf, der Besuch bei diesem Psychologen, das Geheimnis, das der Hof der Molitors verbarg. Die Trauer von Marta Adamski, dunkel wie ein Stollen unter der Erde.

Schlummerte in Mathildes Gehirn noch irgendetwas, das von Bedeutung sein konnte? Offensichtlich hatte sie heute einen guten Tag.

»Du kanntest doch die Mutter von der Lieselotte Molitor«, sagte Georg und neigte sich zu Mathilde hin.

»Die Alma«, antwortete sie. »Schon lange tot.«

»Von ihr wusstest du ja das mit dem Autounfall.«

Mathilde nickte.

»Was hat sie sonst noch erzählt?«

»Sonst noch?«

Der alte Mann Georg gegenüber schob teilnahmslos die Räder seines Rollstuhls nach hinten und entfernte sich vom Tisch. In der schwarzen Trainingshose steckte nur noch ein Bein. Der Stoff auf der anderen Seite war nach oben geklappt und mit einer Sicherheitsnadel befestigt. Langsam rollte der Mann durch die offen stehende Glastür nach draußen.

»Die Lieselotte hatte einen kleinen Bruder«, sagte Mathilde. »Der ist beim Schwimmen in der Mosel ertrunken. Das hat die Alma nie verwunden. Hat mal gesagt, das falsche Kind sei gestorben, hat der Lieselotte Vorwürfe gemacht, sie hätte auf den Bruder aufpassen müssen. Aber die war ja selbst noch ein Kind. Schlimm war das damals. Die Lieselotte hat kämpfen müssen, hat alle Arbeiten gemacht, im Haus und in der Metzgerei. Doch der Liebling von der Alma war tot.« Mathilde drehte den Ehering an ihrem mageren Finger. »Dein Vater und ich, wir waren froh mit dir. Hugo war stolz. Du warst so ein stattlicher Junge.«

Georgs Erinnerungen an seinen Vater waren andere, doch ihn überkam ein Funken Rührung. »Warum habe ich keine Geschwister?« Zum ersten Mal in seinem Leben stellte er diese Frage.

Mathilde wandte ihm ihr spitzes Gesicht zu, das weiße Haar erinnerte an bauschige Watte. »Eins ist genug.«

»Och, Frau Reifegerste, Sie spielen ja gar nicht mehr.« Eine Pflegerin war herangekommen. »Na ja, gleich gibt es auch Abendessen.« Beiläufig tätschelte sie Mathildes Schulter. Danach ging sie weiter zu einer anderen Heimbewohnerin, der sie einen roten Becher an die Lippen führte.

Georg schaute auf die Uhr, kurz nach fünf. Irgendeins von Mathildes Worten schwirrte in seinem Gehirn herum. Dann kam er drauf.

»Lieselottes Familie hatte zu Hause eine Metzgerei?«, fragte er.

Mathilde kippte den Kopf ein paar Zentimeter herunter. Georg kannte die Geste, es war die erste Hälfte eines Nickens. Für die zweite fehlte ihr entweder die Kraft oder die Lust.

»Sicher«, sagte sie. »Damals gab es noch drei im Dorf. Dazu vier Bäcker.« Sie rümpfte die schmale Nase. »Die Lieselotte konnte immer gut kochen. Und backen. Das war ihrem Mann wichtig, der Helmut will was Anständiges auf dem Teller.« Ein ungewohnter Nachdruck schwang in ihrer Stimme mit. »Tresterfleisch«, sagte sie laut. »Sauerbraten. Selbst gemachte Klöße.« Erstaunt musterte Georg seine kleine ausgedörrte Mutter. »Sülze«, kam es entschieden aus ihrem sonst so trägen Mund. »Im Herbst Zwiebelkuchen und an Weihnachten die Gans. Torten konnte Lieselotte auch.«

»Zwiebelkuchen?«, fragte Georg und dachte an Max Engels Berichte zum Tod von Roland Feyerabend.

»Den macht in unserer Gegend jeder. Nix Besonderes.« Mathilde wedelte mit einer Hand in der Luft. »Dein Vater hat meinen gern gegessen. Und meinen Beerenwein hat er gemocht.« Eine rote Zungenspitze schnellte aus dem Mund. »Bring mir mal Wein mit.«

»Sicher, Mutter, wenn du welchen trinken willst.« Georgs Verwunderung wuchs.

»Und komm wieder mit dem Engel.« Es klang wie ein Befehl.

»Hm«, machte Georg.

»Was arbeitet der, hast du gesagt?«

Ich habe gar nichts gesagt, dachte Georg und antwortete: »Er ist Polizist.«

Mathilde hob die blassen Augenbrauen. Hinter Georg wurde es unruhig im Raum.

»Essenszeit«, sagte die Pflegerin von eben laut und nachdrücklich. »Komm, Frau Wagner. Du auch, Frau Hill.« Sie begann, die Alten zu mobilisieren.

»Brot mit Wurst«, murrte Mathilde verächtlich.

»Mutter, nächsten Sonntag können wir mit dir essen gehen, wenn du willst.«

»Ach was.« Mathilde winkte ab. »Spart euer Geld.« Verschlossenheit trat in ihr Gesicht.

Georg betrachtete seine Mutter. Sie kniff die Lippen zusammen und schwieg. »Ich tausche deine Wäsche«, sagte er. »Lass es dir gleich schmecken.« Er stand auf und strich Mathilde über die Wange. »Bis bald.« Die Haut fühlte sich wie hauchdünnes Pergament an. Nachdenklich ging Georg hinüber zu Mathildes Zimmer.

36

»Herr Engel, ich hoffe, Sie haben sich bei Ihrem Alleingang gut gefühlt.« Sandra Teichert klang kühl wie die Nacht. »Ein derartiges Gebaren ist mir noch nicht untergekommen. Haben Sie zu viele schlechte Krimis gesehen, dass Sie mal so eben, unter Inanspruchnahme erheblicher Ressourcen, einfach einer Idee nachgehen?«

Mist, fluchte Max innerlich und fixierte die weiße Wand des Besprechungsraums, die Morgensonne malte Muster daran. Das mit der Mühle hätte sein können, dachte er.

»Allerdings«, fuhr die LKA-Beamtin gedehnt fort, »lagen Sie dieses Mal richtig.«

Max riss seinen Blick von den tanzenden Sonnenstrahlen los.

»Im Mahlwerk der Hammermühle konnten DNA-Spuren gesichert werden, die dem genetischen Profil von Jakub Adamski entsprechen. Herzlichen Glückwunsch, Herr Engel.«

Die Gratulation klang nicht wirklich herzlich. Max war das egal. Ja!, jubelte es in ihm.

Renate klappte anerkennend ihre Unterlippe nach vorn, Werner Heil hob den Daumen. *Team Heil* hatte gepunktet.

»Das ist natürlich noch kein Beweis«, fuhr Sandra Teichert trocken fort. »Lediglich ein Indiz.« Ihr aschblondes Haar hing ungewohnt strähnig herab, die graue Bluse hatte einen Fleck neben der Knopfleiste.

Die Provinz fordert ihren Tribut, dachte Max. Aber wenn es gut läuft, kann die Frau bald in die Großstadt zurück.

»Ich habe einen Haftbefehl gegen Gernot und Uwe Molitor erwirkt«, sagte Sandra Teichert. »Gernot Molitor wurde heute früh festgenommen und befindet sich bereits in der JVA Wittlich. Uwe wurde in seinem Apartment in der Kölner Südstadt verhaftet. Er wird aktuell hierher überstellt. Ich bin sicher, wir werden ebenfalls mit Blick auf den Tod von Roland Feyerabend weiterkommen. Das habe ich im Gefühl.«

Gefühl?, fragte sich Max.

»Herr Heil und ich fahren in die JVA. Herr Engel und Frau Haase, Sie können die aktuellen Entwicklungen berichtlich festhalten. Das muss auch gemacht werden.«

Max glaubte, er habe sich verhört. Er hatte keine Lust, auf der Zielgeraden ausgebootet zu werden.

»Ich halte es für sinnvoll, dass ich in der JVA dabei bin«, sagte er entschieden. »Schließlich habe ich Gernot Molitor auf dem Hof mit der Untersuchung der Mühle konfrontiert. Ich möchte hier weiter ansetzen.«

»Sinnvoll?« Die LKA-Beamtin runzelte die Stirn.

»Frau Teichert«, mahnte Werner Heil, »ich trage immer noch die Personalverantwortung. Herr Engel fährt mit in die JVA.«

Sandra Teichert zögerte. »Gut. Meinetwegen. Abfahrt ist in zehn Minuten. Herr Heil, ich möchte noch etwas unter vier Augen mit Ihnen besprechen.«

Max verließ mit Renate den Besprechungsraum. Auf dem Flur besah sie sich im Gehen ihre Fingernägel. »Also kann ich den Bericht allein schreiben? Das geht sicher nicht so schnell, wie die Teichert sich das denkt.«

Max schwieg. Renate zu etwas nötigen zu wollen, war wie der Versuch, Pudding an die Wand zu nageln. Die Erfahrung wollte wohl niemand im Team Sandra Teichert vorenthalten.

»Gestern in Köln, in der Firma vom Molitor, das waren so attraktive Menschen«, begann Renate zu schwärmen. Bei jedem Schritt gaben ihre nackten Füße in den Sandalen ein schmatzendes Geräusch von sich. »Die waren alle total nett. Und ganz locker. Ich mein, die arbeiten jeden Tag mit Stars zusammen, aber das merkst du denen nicht an. Die sind ganz auf dem Boden geblieben.«

»Habt ihr etwas von Bedeutung herausgefunden?«, fragte Max.

»Von Bedeutung?« Renate klang konsterniert.

»Etwas, das Uwe Molitor belastet oder entlastet?«

»Die sagen alle, ihr Chef sei ein cooler Typ, der was vom Business verstehe. Allerdings ist er hart und direkt in Verhandlungen, manchmal auch zynisch und nachtragend. Es ist übrigens bekannt, dass er auf Männer steht. Ich mein, in Köln ist das ja sowieso normal.« Renate wedelte in der Luft herum. »Seine Kontakte hält er aber aus der Firma raus.«

»Wusste jemand etwas zu den Vorkommnissen auf dem Hof seiner Eltern? Oder zum Tod seines alten Freundes Feyerabend?«, fragte Max weiter.

Renate öffnete die Tür zu Werner Heils Büro. »Nein, auch das hat er aus seinem Job rausgehalten. Donnerstagabend, also zur angenommenen Tatzeit Feyerabend, war er bis mindestens neunzehn Uhr im Büro. Da ist der letzte seiner Mitarbeiter gegangen.«

»Aha«, murmelte Max. Renate trat ein und ließ sich auf den zweiten Schreibtischstuhl fallen.

»Eine kleine Statistenrolle würde ich mir schon zutrauen«, sagte sie und streckte ihre Beine aus. »In einer Serie halt. Für *Let's Dance* muss ich noch ein bisschen trainieren.« Sie grinste.

»Du kannst ja bei Molitor nachfragen«, antwortete Max und hob die Hand. »Bis später.«

Er ging weiter zu seinem Büro. Dort trank er noch einen Schluck Wasser, griff nach seiner Lederjacke und machte sich auf den Weg nach unten.

Wenige Minuten später saß er mit dem Chef und Sandra Teichert im Wagen.

Werner Heil fuhr schweigend. Max saß auf dem Rücksitz, das herbe Parfüm der LKA-Beamtin wehte zu ihm hin. Sie hatte heute etwas mehr aufgelegt.

Es war nicht weit vom Revier bis zur JVA. Schon nach einer kurzen Fahrt Richtung Westen aus der Stadt heraus bog der Chef auf den Parkplatz vor dem Eingangsbereich der Haftanstalt ein. Die langen schmalen Gebäude aus dem frühen zwanzigsten Jahrhundert befanden sich auf einem weitläufigen Gelände, zwischen ihnen standen moderne Neubauten. Der Eingang lag in einem rostrot gestrichenen Bau mit halbrundem Dach. Er wirkte auf Max immer zu freundlich, wie ein Architektenhaus für eine nette Familie.

Die Ermittler stiegen aus. Sie begaben sich zum Haupteingang und passierten die Kontrolle. Ein älterer Beamter in hellblauem Diensthemd brachte sie zu einem der Neubauten.

Er schloss die Eingangstür aus Stahl und Sicherheitsglas auf und ging über einen langen, neonbeleuchteten Flur voran. Es roch nach Putzmittel und frischer Farbe. Etwa in der Mitte des Gangs öffnete der Mann eine Tür auf der rechten Seite.

Max trat mit den Kollegen in einen kahlen weißen Besprechungsraum ein, der Justizbeamte blieb bei der Tür stehen.

An einem der beiden Tische, vor denen ein paar Stühle gruppiert waren, saß Gernot Molitor.

Das Erste, was Max in den Sinn kam, war ein gefällter Baum. Gernots Robustheit schien verschwunden. Er war blass, das Gesicht wirkte ängstlich und verschlossen.

Die Ermittler setzten sich ihm gegenüber. Gernot Molitor wischte sich mit dem Ärmel seines braunen Karohemds über die Nase.

»Herr Molitor«, begann Sandra Teichert. »Sie wissen, warum Sie hier sind?«

»Nein. Ich weiß von gar nix.« Gernots Stimme klang höher als sonst. »Lassen Sie mich raus. Ich halte es nicht aus, eingesperrt zu sein.«

Das glaubte ihm Max, der Mann brauchte Luft und seine Felder. Allerdings nahm die Justiz gemeinhin auf solche Bedürfnisse keine Rücksicht.

»So einfach werden Sie die JVA nicht wieder verlassen.« Sandra Teichert faltete die Hände auf der Tischplatte. »Da müssen Sie mit uns kooperieren.«

»Kooperieren?« In Gernot Molitors Ausdruck prangte Unverständnis.

»Herr Molitor, wir haben DNA von Jakub Adamski in der beschlagnahmten Hammermühle gefunden. Sie erinnern sich, wie Sie uns davon abhalten wollten, sie zu untersuchen?«, sagte Max. »Sie können uns nicht erzählen, dass Sie von nichts wissen. Das glaubt Ihnen keiner mehr.«

Gernot Molitor fixierte die Tischplatte und schwieg.

»Wir haben noch weitere Hinweise gefunden«, fügte Werner Heil an. »Es ist Zeit für die Wahrheit. Kannten Sie den jungen Polen?«

Gernot Molitor schwieg weiter. Nach ein paar Sekunden senkte und hob sich sein Kopf in einem kaum erkennbaren Nicken.

»Ja«, murmelte er. »Der war damals bei uns, hat ein paar Tage auf dem Hof gearbeitet. Dann war er auf einmal wieder weg. Das ist alles so lang her, ich erinnere mich nicht mehr richtig.«

»Was heißt *wieder weg*?«, hakte Max nach. »Sie wissen doch, warum er verschwunden ist!«

»Ich hab keine Ahnung«, rief Gernot Molitor. »Ich muss auf den Hof zurück. Die Tiere, der ganze Betrieb. Das läuft nicht ohne mich.«

»Kann es sein, dass Sie Ihren Bruder schützen wollen?«, fragte Max. »Dass er etwas mit Jakubs Tod zu tun hat?«

»Mein Bruder?« Gernot Molitor starrte ihn an. »Nein.« Er schüttelte den Kopf.

»Herr Molitor, wir haben mit Jörn Müller gesprochen«, erklärte Sandra Teichert. »Sagt Ihnen der Name etwas?«

»Hm? Wie? Nein. Ich glaube nicht.«

Manchmal sah man es den Leuten einfach an, wenn sie logen. Für Max war das einer dieser Momente.

»Jörn Müller war oder ist ein Freund Ihres Bruders. Er hat Sie beide belastet.« Sandra Teichert stand auf, ging auf Gernot zu und beugte sich zu ihm hinunter. »Auch was den Tod von Roland Feyerabend betrifft.«

Gernot Molitor wich mit dem Oberkörper zur Seite aus.

»Herr Molitor«, sagte Sandra Teichert eindringlich. »Wir wissen es ohnehin schon.«

Wieder einmal ließ der gute alte John Reid grüßen. Seine in den vierziger Jahren entwickelte Verhörmethode war der Klassiker. Die Stufe *Wir haben bereits unwiderlegbare Beweise* kam ziemlich am Anfang, ob es den Fakten entsprach, war zweitrangig.

»Ich sag nix mehr«, murmelte Gernot Molitor. »Schon gar nicht ohne Anwalt.« Seine Augäpfel zuckten hin und her. »Ich will den Anwalt von meinem Bruder. Nur den.« Er hielt inne und schien zu überlegen. »Was ist mit meinem Bruder? Verhören Sie den auch?«

Die Ermittler schwiegen. Sandra Teichert kehrte zu ihrem Stuhl zurück.

»Natürlich verhören Sie den auch.« In Gernot Molitors Ausdruck trat lauerndes Begreifen. »Verhaften Sie den auch?«

Werner Heil kratzte sich über sein glatt rasiertes Kinn. »Ja, wir verhören auch Ihren Bruder.«

»Ich will, dass mich sein Anwalt verteidigt. Uwe kennt die besten Leute. Ich sag nix mehr.«

Max und Werner Heil tauschten einen Blick, Gernot Molitor verschränkte die Arme vor der Brust.

»Herr Molitor, es war in einer Nacht im Mai, Sie erinnern sich.« Sandra Teichert wollte ihn neunzehn Jahre zurückversetzen. »Jakub war bereits einige Tage auf Ihrem Hof, er hat für Sie gearbeitet. Dann gab es eine Auseinandersetzung, einen Streit. Sie sind in Rage geraten, alles ist eskaliert. Sie haben ihn umgebracht und anschließend *zermahlen*.«

Gernot Molitor kniff die Lippen zusammen.

»Ein Geständnis wirkt sich strafmildernd aus, denken Sie nach.«

»Ich will zurück in die Zelle«, verlangte Gernot Molitor scharf. »Sofort. So lang, bis ich meinen Anwalt habe.«

»Womöglich war es auch ein Unfall?«, bot Sandra Teichert an. »Etwas so Unglückliches, dass Ihnen keiner geglaubt hätte. Deshalb haben Sie die Leiche verschwinden lassen.«

»Ich spreche nicht mehr mit Ihnen. Ich will in die Zelle!«

»Roland Feyerabend wusste etwas. Deshalb musste er sterben, als nun die alte Geschichte wieder hochkam.«

Gernot Molitor schwieg.

»Hat das mit Roland Ihr Bruder übernommen?«, setzte Max nach.

Stumm starrte Gernot Molitor vor sich hin. Der Sekundenzeiger der großen Uhr an einer der Wände lief. Fast eine Minute passierte nichts.

»Gut«, sagte Sandra Teichert schließlich. Sie nickte dem Vollzugsbeamten am Eingang zu. »Bringen Sie ihn bitte hinaus.« Der Mann kam heran und führte Gernot Molitor aus dem Raum.

»Wir machen weiter, wenn Uwe Molitor da ist«, erklärte Sandra Teichert. »Er müsste in etwa einer halben Stunde eintreffen. Es würde mich nicht wundern, wenn er tatsächlich seinen Anwalt im Schlepptau hat.«

37

Gerade war Max vor die Tür gegangen, um frische Luft zu schnappen, als ein silbergraues Mercedes Coupé flott auf den Parkplatz der JVA einbog. Der Wagen setzte in eine Parklücke, die Fahrertür wurde geöffnet. Mit einer verdrehten Bewegung stieg ein Mann aus dem tiefgelegten Auto. Manuel Ballschuh, Uwe Molitors Anwalt, war eingetroffen.

Kaum in der Senkrechten angelangt, bückte er sich wieder, tauchte durch die Fahrertür in das Innere des Coupés und kam mit einer schwarzen Aktentasche hervor. Dann schloss er die Autotür und ging auf den Eingang der JVA zu. Aus ein paar Metern Entfernung erkannte er Max.

»Ach, die Exekutive ist schon da«, schnarrte er mit seinem kölschen Einschlag. »Ich grüße Sie.« In einem edlen dunkelblauen Anzug stand er neben Max und nickte ihm zu.

»Hallo«, sagte der und vergrub die Hände in den Taschen seiner Jeans.

»Dann wollen wir das hier mal hinter uns bringen«, sagte Ballschuh, als ginge es um eine kleine lästige Pflicht. Er betätigte den Klingelschalter an der Eingangspforte. Mit einem Surren öffnete sich die Tür, der Anwalt verschwand im Inneren des Gebäudes.

Max dachte an Gernot Molitor und fragte sich, ob Ballschuh beide Brüder vertreten würde. Gernot bewunderte Uwe offenbar, doch wie war er über die ganzen Jahre mit der Zurücksetzung umgegangen, mit der Bevorzugung des anderen?

Kurz nach dem Mercedes bog ein Polizeitransporter ein, Max registrierte das Kölner Kennzeichen. Das große Einfahrtstor öffnete sich, der Wagen fuhr auf das Gelände. Uwe Molitor war weniger stilsicher als sein Anwalt gereist.

Los geht's, dachte Max, atmete noch einmal tief ein und begab sich durch die Pforte in die Haftanstalt.

Das Bild, das sich ihm fünfzehn Minuten später im Vernehmungsraum bot, hatte nichts von einem gefällten Baum.

Selbstsicher und gepflegt saßen Max zwei Geschäftsmänner gegenüber. Irgendeine Schaltung in seinem Gehirn verknüpfte den Anwalt und Sandra Teichert zu einem *Power Couple.* Bevor der Gedanke bildlicher werden konnte, wischte Max ihn eilig weg.

»Herr Molitor, Sie kennen die Umstände, die den Haftbefehl gegen Sie begründen?«, begann Sandra Teichert.

»Kenntnis ja, Verständnis nein«, schnarrte Manuel Ballschuh. »Wir haben bereits einen Haftprüfungsantrag gestellt. Die gegen meinen Mandanten erhobenen Vorwürfe sind in keiner Weise haltbar. Insofern ist der Haftbefehl umgehend auszusetzen. Mein Mandant ist bei der Aufklärung der Sachlage zur Kooperation bereit.«

Sandra Teichert ließ Ballschuh ein feines Lächeln zukommen und wandte sich wieder an Uwe Molitor. »Was geschah vor neunzehn Jahren mit Jakub Adamski?«, fragte sie. »Hat der Mann bei Ihnen auf dem Hof gearbeitet?«

Uwe Molitor faltete die Hände ineinander, sein weißes Hemd schimmerte edel. Er würde es demnächst gegen die weniger schicke Anstaltskleidung tauschen müssen.

»Ja«, sagte er. »Wenn ich mich recht erinnere, war auf unserem Hof vor etwa neunzehn Jahren ein Saisonarbeiter. Ein Pole. Meines Wissens nach nannte er sich Jaschko, aber meine Erinnerung ist da nicht zuverlässig.« Angestrengt kniff er die Augenbrauen zusammen. »Einen Nachnamen kannte ich ohnehin nicht, und die Bilder in meinem Kopf sind sehr vage. Die Angelegenheit ist ja bereits zwei Jahrzehnte her.«

»Bei der *Angelegenheit*, wie Sie es nennen, handelt es sich mutmaßlich um ein Tötungsdelikt«, widersprach Sandra Teichert energisch.

»Warum?«, fragte Uwe Molitor. »Welche Hinweise gibt es darauf?«

»Das ist Ihnen bekannt. Wir haben DNA von Jakub Adamski in einer auf dem Hof befindlichen Hammermühle gefunden«, sagte Werner Heil. »Dazu einen Knochen von ihm, vergraben auf Ihrem Grundstück.«

»Und?« In Uwe Molitors Ausdruck lag eine Mischung aus Interesse und Unverständnis.

»Wir müssen davon ausgehen, dass Jakubs Leiche zermahlen wurde«, setzte Werner Heil nach.

»Wie kommen Sie darauf? Ich verstehe Ihre Schlussfolgerung nicht.« Uwe Molitor deutete ein Kopfschütteln an. »Es ist richtig, dass dieser Jakub bei uns ausgeholfen hat. Wenn Sie DNA-Spuren von ihm gefunden haben, so ist das nicht verwunderlich. Bei der Arbeit wird eines seiner Haare oder Ähnliches in die Mühle gekommen sein. Meines Wissens wird sie schon viele Jahre nicht mehr benutzt. Das Haar blieb einfach in der Maschine, so haben Ihre Kriminaltechniker entsprechende DNA gesichert.« Uwe Molitor zuckte mit den Schultern. »Ich sehe da keinen Hinweis auf ein Tötungsdelikt.«

Das ist ziemlich dreist, dachte Max. Und clever.

»Was ist mit dem vergrabenen Knochen?«, fragte er. »Wie erklären Sie sich den?«

»Sehen Sie, das wiederum ist mir auch ein Rätsel«, sagte Uwe Molitor. »Ich weiß nicht, mit wem dieser Pole damals verkehrte, aber ich habe mit seinem Tod sicher nichts zu tun.«

»Ihr alter Freund Jörn Müller erinnert sich noch gut, mit wem der Pole damals verkehrte«, konterte Max. »Mit Ihnen und Roland Feyerabend.«

»*Wer* sagt das?«

»Tun Sie nicht so. Sie waren eng mit Jörn Müller befreundet.«

»Ach, Jörn.« Uwe Molitors Miene erhellte sich im Erinnern. »Das stimmt. Damals, vor vielen Jahren, kannten wir uns. Der sagt, wir waren mit dem Polen unterwegs?«

»Nicht nur er«, äußerte Sandra Teichert.

»Nun ja, wir waren tatsächlich mal mit diesem Jakub ein Bier trinken. Ich erinnere mich, dass sein Englisch sehr schlecht war, wir hatten keine wirkliche Kommunikation. Irgendwann, ein paar Tage später, war der Mann einfach wieder weg. Weitergezogen.«

»Herr Molitor, so werden Sie aus der Sache nicht herauskommen.« Sandra Teichert lachte trocken auf. »Wenn Sie uns den Ahnungslosen vorspielen, können Sie sich in Ihrer Zelle häuslich einrichten.« In einer charmanten Geste wandte sie sich an Manuel Ballschuh. »Machen Sie Ihrem Mandanten das klar.«

»Da gibt es nichts klarzumachen«, erwiderte Uwe Molitor. »Ich hatte wirklich so gut wie keinen Kontakt mit dem Polen. Mich hat der Hof und alles drum herum damals schon nicht interessiert. Mein Bruder hatte mehr mit dem Mann zu tun.«

Max horchte auf.

»Ach so?« Sandra Teicherts schmal gezupfte Brauen schnellten nach oben. »Inwiefern?«

Uwe Molitor machte ein nachdenkliches Gesicht und stützte die Ellbogen auf die Tischplatte. »Die beiden hatten sich etwas angefreundet«, sagte er schließlich. »Gernot hatte zu dieser Zeit nicht viele Freunde, eigentlich niemanden. Er war eher ein Einzelgänger, manche würden sagen, ein Sonderling. Womöglich ist er das heute noch.« Er zögerte. »Doch sicher ein ganz lieber Kerl.«

Was kommt jetzt?, fragte sich Max gespannt.

»Ich möchte definitiv nicht meinen Bruder belasten.«

Nicht?, dachte Max.

»Ich scheue mich davor, Ihnen zu berichten, an was ich mich erinnern kann. Schlicht aus Sorge, dass Sie die falschen Schlussfolgerungen ziehen.« Uwe Molitor senkte den Blick. Max beobachtete seine markanten Züge, das Mienenspiel blieb ruhig. »Im Prinzip weiß ich gar nichts. Ich habe lediglich mitbekommen, dass Gernot und der Pole eines Abends heftig gestritten haben. Es war im Mai, soweit ich mich erinnere, an einem verregneten Tag. Mein damaliger Kumpel Roland und ich wollten mit den Motorrädern los, aber das Wetter war zu schlecht. Wir haben bei mir rumgehangen, wie man heute sagen würde, ein, zwei Bier getrunken.« Uwe Molitor hielt inne.

Seine Erinnerungen werden ziemlich konkret, dachte Max.

»Weiter?«, forderte Sandra Teichert auf.

»Es war schon spät, um Mitternacht herum, als wir diesen Streit hörten. Dann war alles still.« Wieder stockte Molitor. »Am nächsten Tag habe ich den Polen nicht mehr gesehen. Gernot hat unseren Eltern gesagt, dass er weitergezogen sei. Ich habe damals nicht darüber nachgedacht. Mein Bruder wirkte noch verschlossener in der Zeit danach. Er stürzte sich in Arbeit, hat viel herumgewerkelt, in der Scheune, im Stall, im Kühlhaus.« Nun rieb sich Uwe Molitor mit der Hand über die Stirn und schüttelte den Kopf. »Absurd«, murmelte er kaum hörbar. »Völlig abwegig.« Er schwieg.

»Sprechen Sie weiter«, sagte Sandra Teichert. »Was meinen Sie mit *absurd*?«

»Das, was Sie möglicherweise daraus ableiten«, erwiderte Molitor mit brüchiger Stimme.

»Woraus?«

Gepresst atmete Uwe Molitor ein. »Am Abend nach dem Streit hat Roland in unserer Scheune an seinem Motorrad geschraubt. Ich erinnere mich noch an sein Gesicht, als er zu mir sagte: ›Du, da ist Blut auf dem Boden.‹ Es gab tatsächlich mehrere kleine Lachen. Ich dachte, es sei von den Hühnern.«

Drückende Stille lag im Raum. Uwe Molitor presste die Daumen in die Augenwinkel. »Ich kann doch meinen eigenen Bruder nicht belasten«, sagte er leise.

Max war unsicher. Er spürte dem eben Gehörten nach und versuchte, sich ein Bild zu machen. Wenn Gernot nicht so vehement gegen die Untersuchung der Mühle gewesen wäre, dachte er. Ein Sonderling mit Horrorvideos im Regal.

»Herr Molitor, wissen Sie etwas zum Pestizidbestand auf dem elterlichen Hof?« Sandra Teichert strich eine Haarsträhne hinters Ohr, Ballschuh beäugte sie und reckte sein Kinn ein Stück nach vorn.

»Was soll diese Frage?«, erwiderte Uwe Molitor.

»Antworten Sie einfach.«

»Keine Ahnung.« Molitor zuckte mit den Achseln. »Das ist nicht mein Metier. Aber …«

»Aber was?«

»Mein Vater und mein Bruder sind keine Biolandwirte, um es einmal so auszudrücken. Sie sind diesbezüglich eher gestrig. Ich weiß, dass sie Gifte einsetzen. Wir hatten darüber mehrere Diskussionen. Mittlerweile habe ich es aufgegeben, sie von etwas überzeugen zu wollen.«

»Haben Sie Kenntnis von Altbeständen an Gift auf dem Hof?«, hakte Sandra Teichert nach.

»Nein, habe ich nicht.«

»Ihr Bruder hat den Wunsch geäußert, dass Ihr Anwalt ihn vertritt«, sagte Max zu Uwe Molitor und erntete einen erstaunten Blick von ihm.

Mit einem Hüsteln richtete Manuel Ballschuh seinen Krawattenknoten. »Das halte ich für keine gute Idee.«

»Warum? Sehen Sie einen Interessenkonflikt?«, fragte Max.

»Nicht im eigentlichen Sinne. Es erscheint mir jedoch angemessener, einen Kollegen hinzuzuziehen.«

Unvermittelt empfand Max leises Mitgefühl. Gernot hatte so sicher gewirkt, dass die *guten Leute*, mit denen sich sein Bruder umgab, auch für ihn da waren.

»Nun, Herr Molitor.« Sandra Teichert schlug ein Bein über das andere. Ballschuhs Pupillen glitten den Stoff ihrer Hose entlang. »Leider können wir Roland Feyerabend zu dieser bewussten Mainacht nicht mehr befragen. Apropos, wo waren Sie am vergangenen Donnerstagabend?«

»Zu Hause in Köln.«

»Zeugen?«

»Leider nein.« Uwe Molitor wirkte ernst, die selbstsichere Arroganz war gewichen. »Allerdings stand mein Wagen ab etwa neunzehn Uhr dreißig bis morgens in der Tiefgarage des Hauses, in dem mein Apartment liegt. Die Garage ist kameraüberwacht.«

Ein Indiz, dachte Max, kein Beweis.

»Wir überprüfen das«, meinte Sandra Teichert. »Sagt Ihnen der Name Martin Schmidt etwas?« Es ging um die Prepaid-Handykarte, die Feyerabend kontaktiert hatte.

»Das ist so ein Allerweltsname.« Nun schmunzelte Uwe Molitor. »Kurioserweise hat mein Bruder ihn früher benutzt, wenn er unter falschem Namen im Internet unterwegs war.«

Ist nicht wahr, dachte Max. Im selben Augenblick vibrierte

es in der Tasche seiner Jeans, das Brummen lief kitzelnd seinen Oberschenkel hinunter. Max stand auf und begab sich ein paar Schritte Richtung Tür. Mittlerweile dachte er *immer*, wenn sein Handy klingelte, an Julie. Passend oder unpassend, völlig egal. Er zog das Telefon heraus. Es war Renate.

»Was gibt's?« Leise nahm er das Gespräch an.

»Ich weiß ja nicht, was ihr gerade macht.« Renate klang wie die nicht eingeladene dreizehnte Fee. »Aber bei mir im Revier sitzt Lieselotte Molitor und hat ein umfassendes Geständnis abgelegt.«

38

»Wenn der Kopf ab ist, ist es wie beim Tier.«

Max las den Satz zweimal.

Dann sprangen seine Augen wieder zum Anfang des Textes. Max kannte den Inhalt bereits, doch er hatte das vage Gefühl, etwas darin zu suchen.

»Er war drei oder vier Tage bei uns, hat gearbeitet. Es war im Mai, es gab genug zu tun. An einem Morgen habe ich gemerkt, dass Geld fehlte, aus der Kassette ganz oben im Küchenschrank. Ich war sicher, dass es der Pole geklaut hat. Ich lass mich nicht beklauen, wir haben für alles hart gearbeitet. Mittags hab ich Scheine in die Kassette getan, nach dem Mittagessen, sodass er es gesehen hat. Nachts bin ich wach geblieben, hab gehorcht. Erst war nichts, und ich bin eingenickt. So um zwei war ich wieder wach, bin runter, hab nachgeguckt, das Geld war noch da. Ich hab mich im Dunkeln auf einen Stuhl gesetzt. Tatsächlich kam er, hat sich angeschlichen, die Küchentür stand offen. Ich hab ihn zur Rede gestellt. Er hat mich geschubst, dass ich auf den Boden gefallen bin. Dann hab ich nach dem Schürhaken neben dem Ofen gegriffen. Hab nur einmal zugeschlagen, aber er ist nicht mehr aufgewacht. Ich wollte das nicht. Es war Notwehr.«

Max hielt inne. Das Bild von Lieselotte Molitor ging ihm im Kopf herum. Wie sie dagesessen hatte, die wulstigen Hände gefaltet, das derbe Gesicht reglos. Sie hatte ein schwarzes Kostüm getragen, die dicken Beine ragten unter dem Rock hervor. Sie hatte sich fein angezogen zum Geständnis. Max hatte an eine Beerdigung denken müssen, daran, dass die alten Leute in der Gegend die Kleidung rauslegten, die sie im Sarg tragen wollten.

»Ich habe ihn unter einer Plane in der Scheune versteckt«, las Max weiter. »Am Abend habe ich mich an die Arbeit gemacht. Ich bin in einer Metzgerei aufgewachsen. Wenn der Kopf ab ist, ist es wie beim Tier.«

Wieder stockte Max.

»Die Hühner fressen alles, in ein paar Tagen sechzig, siebzig Kilo. Das ist schnell weg. Einen Teil von ihm hab ich vergraben, hab nicht alles verfüttert.« Lieselotte hatte mit den Schultern gezuckt und eine Weile geschwiegen. »Der Roland hat mich in der Nacht an der Mühle gesehen«, hatte sie leise hinzugefügt.

»Warum ist er nicht zur Polizei gegangen?«

Die Zwischenfrage war von Max gekommen. Lieselotte Molitors Ausdruck war teilnahmslos und verschlossen geblieben, als sie antwortete.

»Roland war von klein auf bei uns. Sein Elternhaus war schlimm, die Familie kaputt. Er konnte bei uns essen, draußen spielen, hat auch übernachtet. Kam mit Uwe aus der Schule und ist oft am nächsten Tag wieder mit ihm hin. Ich hab die Mutter angerufen, meist war die sternhagelvoll. Ihr war's egal, wo der Roland ist. Der hatte keine richtige Mutter. Bei uns konnte er sein. Der hat mich nicht verraten. Dafür hat der mir viel zu viel verdankt.«

Nachdenklich blickte Max von dem Geständnisprotokoll auf und neigte sich ein Stück zur Seite. Auf Renates Platz schräg gegenüber tippte Sandra Teichert auf ihrem Laptop. Vermutlich schrieb sie den Abschlussbericht, der gestrige Tag war zu ihrer vollen Zufriedenheit verlaufen.

Max griff nach der Tasse vor sich, sie war von der letzten Wittlicher Säubrenner-Kirmes. Er trank einen Schluck kalten Kaffee, bitter floss er seine Kehle hinunter. Er las weiter.

»Roland hat geschwiegen, all die Jahre lang. Aber er ist auf die schiefe Bahn gekommen mit den Drogen, ich hab's gesehen. Manchmal sind wir uns begegnet, er hat die Straßenseite gewechselt. Dann passierte das mit den Knochen. Hat sich schnell rumgesprochen im Dorf und drum herum. Roland kam auf unseren Hof. Er hat gesagt, die Polizei hat zwanzigtausend Euro Belohnung ausgesetzt. Davon wusste ich nichts. Er hat gesagt, ihm steht das Geld zu. Wenn er schweigt, will er es von mir. Er will noch mehr, vierzigtausend. Er war verkommen, die Drogen haben ihn kaputtgemacht. Ich hatte keine andere Wahl. Wir haben nicht so viel Geld. Er musste für immer den Mund halten.«

»Was heißt das?«, hatte Sandra Teichert gefragt.

»Ich war das mit dem Roland.« Lieselotte Molitors Stimme war hart und bestimmt gewesen.

»Schildern Sie den Tathergang.«

»Ich bin zu ihm gegangen, Donnerstagabend, zu seiner Wohnung. Hab ihm was zu essen mitgebracht. Er mochte mein Essen, immer schon, er ist damit aufgewachsen. Es war wie Erinnerung für ihn, ich wusste, dass er isst, was ich bringe. Ich hab ihm gesagt, ich besorg das Geld, aber ich brauche noch paar Tage Zeit.«

»Was haben Sie ihm zu essen gebracht?« Sandra Teichert zielte auf Täterwissen ab. Wenn es fehlte, konnte sie von vorn anfangen.

»Zwiebelkuchen. Ich hab Gift beigemischt, aus unserer Scheune, was mit Totenkopf auf der Packung. Ich glaube, was Altes. Viel davon.«

Sandra Teichert hatte genickt, Max hatte es verwundert registriert.

»Haben Sie etwas in Roland Feyerabends Wohnung gelassen?«, war die nächste Frage gewesen.

Lieselotte Molitor hatte stumm mit den Schultern gezuckt.

»Beschreiben Sie die Wohnung.«

»Unordentlich. Runtergekommen.«

»Sie müssen Fingerabdrücke hinterlassen haben.«

»Hab nichts angefasst. Ich war nur im Flur, hab kurz mit Roland geredet, dann bin ich wieder gegangen.«

»Wie war der Zwiebelkuchen verpackt?«

»In Folie.«

Das ist die wahrscheinlichste Möglichkeit, hatte Max gedacht. Ein Mörder hinterlässt nicht sein Porzellan oder die Tupperware. Die Frage, wie das E 605 in die Tasche der Motorradjacke gelangt war, war offen geblieben.

»Die Geständige hat hinreichendes Detailwissen«, hatte Sandra Teichert später zusammengefasst. »Ich sehe keinen Anlass, ihre Aussage anzuzweifeln.«

Max drückte seinen Rücken durch und spürte einen dumpfen

Schmerz. Letzte Nacht hatte er schlecht geschlafen. Er hatte in seinem Bett gelegen, war eingedöst und immer wieder von wirren Traumbildern aufgeschreckt worden. In einem stand Lieselotte mit einem Strauß Strohblumen an einem offenen Grab. Sie trug das schwarze Kostüm und einen Hut mit Schleier, ihr rechter Arm streckte sich nach vorn. Doch statt den Blumenstrauß in die Grube zu werfen, sprang sie hinein und verschwand ins Bodenlose.

In einer anderen Traumszene war Julie von der Graacher Schanze aus wie ein Vogel davongeflogen. Max wusste, dass sie in den nächsten Tagen zurück nach Mallorca wollte. Es bekümmerte ihn und machte ihn traurig.

Er erhob sich von seinem Bürostuhl. Sandra Teichert schaute von ihrem Laptop auf. Forschend und selbstsicher sah sie Max an, direkt in die Augen. Max hielt inne, hing in diesem Blick fest. Sekundenlang. Endlich wandte er sich ab.

»Ich gehe kurz rüber zum Chef«, murmelte er und verließ das Büro.

Auf dem Flur kam ihm ein Kollege vom Innendienst entgegen. »Hey, gut gemacht.« Er blieb stehen und klopfte Max auf die Schulter. »Doppelmord aufgeklärt. Unsere Pressefrau gibt es heute raus. Könnte für dich ein Schrittchen auf der Karriereleiter sein.«

»Hm«, machte Max. »Ich glaube, die Lorbeeren gehen nach Mainz. Trotzdem danke.« Er lächelte und setzte sich wieder in Bewegung. Nach einigen Schritten erreichte er Werner Heils Büro, klopfte an die Tür, die einen Spalt offen stand, und trat ein.

»Hallo, Max«, grüßte Werner Heil. »Alles klar? Was gibt's?«

»Brauchst du Luftveränderung, hat die Teichert dich vertrieben?«, fragte Renate. Sie griff nach einem grünen Apfel, der neben einem Teller mit Weintrauben auf dem Schreibtisch lag, und biss herzhaft hinein. Knirschend zermahlten ihre Kiefer das Fruchtfleisch.

Max setzte sich auf einen Stuhl neben Werner Heil. »Ich habe noch einmal Lieselotte Molitors Geständnis gelesen«, sagte er.

»Und?«

»Warum hat Uwe Molitor in seiner Aussage den Bruder belastet?«

»Max, darüber haben wir gestern schon gesprochen. Lieselottes Geständnis widerspricht nicht dem, was Uwe angegeben hat. Er kann damals den Streit zwischen Jakub und Gernot gehört, später auch das Blut auf dem Scheunenboden gesehen haben. Sein Freund Roland hat ihm nicht verraten, dass er Lieselotte gesehen hatte, sie war sozusagen seine Ziehmutter. Roland war geschockt, verwirrt, er hat geschwiegen. Stellt euch mal die Situation vor.« Werner Heil legte den Kuli aus der Hand und straffte seine Haltung. »Dass Jakub von einem Tag auf den anderen verschwunden war, entspricht den Tatsachen. Womöglich war Gernot davon irgendwie getroffen, er hat sich in Arbeit gestürzt, herumgewerkelt, wie es Uwe ausdrückte.«

»Ich begreife noch nicht ganz, warum Feyerabend Jessica Göbel getötet hat«, setzte Max nach. »Was wollte er in Georg Reifegerstes Haus? Wieso musste die Putzfrau sterben?«

»Bei den Drogis steckst du nicht drin«, schmatzte Renate hervor. »Du hast doch gehört, dass Roland völlig kaputt war. Wahrscheinlich ging es an diesem Sonntagvormittag um Drogen. In Reifegerstes Gartenhaus war ein Depot, Roland wollte da ran. Dann gab es Stress mit Jessica. Die und ihr Freund waren doch voll in der Szene.«

Hoffentlich ist es deine Tochter nicht mehr, dachte Max. »Diese Silberkette, die bei Reifegerstes verschwunden ist und bei Timo Schanz wieder aufgetaucht … Was war damit?«, fragte er.

»Max, Renate hat recht«, sagte Werner Heil bedächtig. »Es ist wahrscheinlich, dass Jessica wegen einer Auseinandersetzung sterben musste, die mit Drogen zu tun hat. Die Kette hat Jessicas Freund mitgenommen. Oder Roland, und der hat sie später in Timos Wohnung hinterlassen, um eine falsche Fährte zu legen.« Er lehnte sich in seinem Stuhl zurück. »Wir werden nicht mehr alles erfahren können. Roland ist tot.«

»Max, die Sache ist aufgeklärt. Die Teichert sieht es so, also ist es so.« Renate biss in den Apfel, es knackte und spritzte. »Die ist vom LKA, die weiß, wie's geht. Hat sie doch die ganze Zeit raushängen lassen.«

Hinter sich hörte Max ein Räuspern. Er wandte sich um, dabei fuhr ein Druckschmerz in seinen Rücken. Geräuschlos war Sandra Teichert in den Raum getreten. »Störe ich?«

Renate hielt mit vollen Backen im Kauen inne. »Eheh«, machte sie und schüttelte den Kopf. »Überhaupt nicht.«

»Ich wollte Sie darüber informieren, dass mich der Haftrichter eben angerufen hat. Er hat den Anträgen auf Aufhebung der Untersuchungshaft bei den Molitor-Brüdern stattgegeben. Aufgrund der neu hinzugetretenen Umstände und der geänderten Sachlage werden beide aus der JVA entlassen. Allerdings werden sie gebeten, sich für die Ermittlungsbehörden als Zeugen zur Verfügung zu halten. Ob sie für oder gegen ihre Mutter aussagen, wird sich zeigen. An deren Geständnis ist zunächst nicht zu rütteln.« Sandra Teichert befeuchtete mit der Zunge ihre schmalen Lippen. »Tja, meine Herrschaften, das war's. Ich fahre nachher nach Mainz zurück. Herr Heil, eine Kopie meines Berichts geht Ihnen zu.« Trotz der hörbaren Zufriedenheit wechselte ihr Ausdruck ins Unschlüssige. Sie rieb über ihren Nacken. »Also«, sagte sie, »es war mir ein … Vergnügen.« Sie sah Max an.

»Uns auch«, erwiderte Renate, ohne rot zu werden.

»Ich habe übrigens bei meinen Gastgebern einen Karton Moselriesling erstanden.« Sandra Teicherts Lächeln geriet spröde. »Wenn ich eine Flasche öffne, denke ich an Sie.«

»Tun Sie das«, meinte Werner Heil, erhob sich und gab der LKA-Beamtin die Hand. »Auf Wiedersehen.«

»Ja, auf Wiedersehen.« Für einen kurzen Moment wirkte Sandra Teichert verlegen und fast mädchenhaft. »Tschüss.«

Sie hob die Hand, drehte sich um und ging.

39

Der Rest des Tages war mit Schreibtischarbeit vergangen. Max war allein in seinem Büro gewesen, Renate gefiel es anscheinend beim Chef.

Am späten Nachmittag brach Max vom Revier auf. Die Zufriedenheit, die sich normalerweise beim Abschluss eines Falls einstellte, war immer noch nicht da. Max rechnete kaum noch mit ihrem Eintreffen.

Er trat aus dem Polizeigebäude in einen diesigen Tag und hatte keine rechte Lust, nach Hause zu fahren. Und zum ersten Mal seit langer Zeit hatte er auch keine Lust zu fliegen. Wetter und Wind waren ohnehin nicht besonders gut dafür, aber er registrierte verwundert diesen seltsamen Missmut.

Unschlüssig stand er vor seinem Wagen, legte die Hände auf das Dach und trommelte mit den Fingerspitzen darauf. Er wollte Julie sehen, es zog ihn zu ihr. Kurz überlegte er, griff nach seinem Handy und schickte ihr eine Nachricht. Sie antwortete direkt. »Gern. Komm vorbei.«

Max schloss auf und stieg ein. Als er den Motor startete, merkte er, dass es ihn auch zu Georg und Hella zog. Er hatte das Bedürfnis, seine Eindrücke zum Fortgang des Falls zu teilen, wollte von Lieselotte erzählen und hören, was die beiden dazu sagten.

Nachdenklich fuhr er an der Mosel entlang. Die Wasseroberfläche war glatt, der Fluss lag heute da wie eine behäbige grünbraune Schlange. Etwa in der Mitte der Fahrtstrecke sah Max ein großes Schubschiff. Es hatte Altmetall geladen, am Bug stand in dunkelblauer Schrift »Miriam«. Ein kräftiger glatzköpfiger Mann zog an Deck an einem dicken Tau.

Max' Wagen glitt an dem Schiff vorbei um eine lang gezogene Kurve. Max gab Gas, die Geschwindigkeit kribbelte in seinem Magen.

Nach einigen Minuten kam er bei Georg an. Julie öffnete ihm

die Tür, nahm seine Hand und drückte ihm einen Kuss auf die Wange. Wieder kribbelte es.

»Komm rein.« Sie hatte das Haar zu einem hohen Zopf gebunden, auf Max wirkte sie noch hübscher als sonst. Ihr Strahlen versetzte ihn in Entzücken und gab ihm gleichzeitig einen Stich. Er ging mit ihr ins Haus.

Hella hatte frischen Erdbeerkuchen gebacken, dazu gab es Kaffee und selbst gemachte Limonade. Georg kam aus dem Garten in die Küche, er begrüßte Max ziemlich gut gelaunt. Zu viert saßen sie an dem alten Holztisch.

»Was gibt's Neues, Herr Engel?«, fragte Hella und beförderte ein Stück Kuchen auf Max' Teller. »Nehmen Sie Sahne dazu?«

»Ja, gern.«

Hella gab einen kleinen weißen Berg neben die roten Früchte.

»Es gibt Neuigkeiten.« Max drehte den Teller vor sich. »Ich denke, das kann man so sagen.« Er trennte mit der Gabel die Spitze des Kuchenstücks ab und schob sie sich in den Mund. Es schmeckte nach Sonne und Spaß, ganz anders, als er sich fühlte.

Er begann zu berichten, zunächst von den Befragungen der Molitor-Brüder in der U-Haft, anschließend von Lieselottes Geständnis. Dabei versuchte er zu beschreiben, wie sie gewesen war, in ihr Kostüm gekleidet, reglos, derb und bestimmt.

»Es ist nicht so, dass ich ihr die Verbrechen nicht zutrauen würde. Ich kann mir vorstellen, dass sie Jakub erschlagen und Roland vergiftet hat.« Max hielt inne. Auf dem Küchentisch stand ein großer Wiesenblumenstrauß, einige der Blüten welkten schon. »Selbst das mit der Hammermühle würde ich ihr zutrauen. Sie sagt, sie sei in einem Metzgerhaushalt groß geworden, und ihr ganzes Wesen ist so, dass sie einfach die Dinge tut, die getan werden müssen.«

Zustimmend nickte Georg.

»Dennoch passt für mich etwas nicht. Auch wenn unsere LKA-Spezialistin den Fall abgeschlossen hat und schon wieder in Mainz ist«, fügte Max an und trank einen Schluck Limonade. Sie floss über seine Zunge, einen Moment lang saß er in seiner Erinnerung wieder auf der Schaukel im Garten seiner Eltern.

Bedächtig neigte Georg den Kopf. »Lieselotte«, murmelte er. »Tatsächlich? Ich kannte sie auch als junge Frau, war mit ihr in der Tanzstunde. Sie war immer schon burschikos und hart, aber auch lebenslustig.« Er berichtete, was Mathilde ihm im Altersheim über Lieselotte und ihren kleinen Bruder erzählt hatte.

»Das ist furchtbar«, sagte Julie.

»Tja, aus dem Mädchen ist später diese Frau geworden«, erwiderte Georg.

»Das Mädchen ist immer noch in ihr.« Julie nahm einen Bissen Kuchen. Er verschwand in ihrem bezaubernden Mund, sie kaute genießerisch. Irgendwie blieb Max an ihrem letzten Satz hängen.

»Herr Engel«, sagte Hella, »wenn ich Sie richtig verstehe, haben Sie Zweifel an dem Ermittlungsergebnis?«

Max zögerte kurz. »Im Prinzip ja«, antwortete er schließlich.

»Es gibt immer mehrere Wahrheiten.« Julie fuhr mit der Gabel einen kleinen Kreis durch die Luft und pikste anschließend eine Erdbeere von ihrem Teller auf.

»Es wäre schon gut, wenn wir die *eine* kennen würden«, meinte Max.

»Was ist mit diesem Psychologen, dem Müller?«, fragte Georg. »Wie passt der in die Geschichte? Warum hat er Roland und Uwe belastet?«

»Die Fragen habe ich mir auch gestellt«, antwortete Max. Gedanklich ging er zurück zu den *mehreren Wahrheiten*. Für ihn als Polizisten gab es die nicht, aber es existierten mehrere plausible Erklärungen und Möglichkeiten.

»Wird eigentlich etwas wegen dieses Autounfalls unternommen, den offenbar Müller verursacht hat?«, fragte Hella.

»Eher nicht«, gab Max zurück. »Eine fahrlässige Tötung ist längst verjährt. Wenn die Staatsanwaltschaft auf Totschlag plädieren würde, wäre es für Müller gefährlich. Aber das halte ich nach all den Jahren für unwahrscheinlich. Dafür ist zu wenig von der Sache zuverlässig rekonstruierbar.«

»Fakt ist, dass er seine Praxis dichtmachen kann, wenn die

alte Geschichte ans Tageslicht kommt«, bemerkte Georg. »Das spricht sich rum wie ein Lauffeuer. Seine berufliche Existenz ist damit zumindest in unserer Gegend ruiniert.«

»Er kann in eine größere Stadt ziehen und sich da niederlassen«, erwiderte Julie. »Auch wenn das natürlich ein aufwendiger Neuanfang ist.«

»Ihr Lieben, ihr vergesst das Internet«, sagte Hella. »Doch das vergisst nicht. Patientenkommentare. Leute, die schreiben: Zu diesem Therapeuten würde ich nie gehen, weil …«

»Okay«, sagte Max. »Lasst uns eine andere Version des Geschehens bedenken. Jörn Müller und Uwe Molitor kennen das dunkle Geheimnis des jeweils anderen. Sie wahren es über die Jahre in einer Art Gleichgewicht. Man verliert sich aus den Augen, lebt sein Leben, baut sich etwas auf, schweigt. Die Vergangenheit verblasst. Doch dann kommen Überreste von Jakub zum Vorschein. Fast gleichzeitig erfährt Müller, dass seine Schuld an dem Unfall und das üble Vertuschen kein gut gehütetes Geheimnis mehr ist.«

»Uwe Molitor und Jörn Müller sind sich gegenseitig eine Gefahr«, stimmte Georg zu. »Und Müller wird mit dem jetzigen Ausgang der Ermittlungen nicht recht zufrieden sein.«

»Andererseits ist Müllers Wissen für Uwe bedrohlich«, ergänzte Hella.

»Wenn ihr mich fragt, werden die beiden in Kontakt miteinander treten.« Julie stützte das Kinn auf die Hände, die schmalen goldenen Reifen an ihrem Handgelenk klirrten aneinander. »Es wird wohl kaum ein harmonisches Gespräch. Wo ist Uwe Molitor zurzeit?«

»Keine Ahnung. Sobald er aus der JVA entlassen ist, ist er ein freier Mensch«, erwiderte Max.

»Hat einer von euch mal an Helmut gedacht?« Auf Georgs Stirn prägte sich eine tiefe Furche ein. »Daran, wie es dem geht? Er ist doch ein guter Bekannter von mir.«

Alle schwiegen.

»Vielleicht solltest du hinfahren«, meinte Julie leise zu Georg.

Skeptisch schüttelte Hella den Kopf. »Ich weiß nicht ...«

»Womöglich sollte ich mitkommen«, sagte Max aus dem Bauch heraus. »Sehen, ob Uwe und Gernot auf dem Hof sind. Versuchen, noch einmal mit ihnen zu sprechen, auch mit Helmut. Er wird ohnehin befragt werden.«

Spürbare Unentschlossenheit lag im Raum. Max überlegte. Der Fall galt als abgeschlossen.

»Ihr solltet fahren«, sagte Julie. »Die Sache lässt dich sonst nicht in Ruhe, Max.«

»Hm«, brummte Georg zustimmend.

Bei Max fiel die Entscheidung.

Wenig später brachen er und Georg auf. Julie kam mit vor zur Haustür. »Ich fliege morgen zurück nach Mallorca. Es wäre schön, wenn wir uns nachher noch einmal wiedersehen.«

Oh, dachte Max, morgen schon? »Sicher. Natürlich sehen wir uns wieder«, beeilte er sich zu sagen. »Klar.«

Georg wartete an der Beifahrerseite des Wagens. Max eilte hin und schloss auf. »Bis später.« Er winkte Julie zu.

Kurz darauf lenkte er den Wagen die ansteigende Landstraße hoch, mittlerweile kannte er jede Kurve. Das Auto holperte leicht auf der unebenen Fahrbahn. Georg streckte seine Beine aus und stopfte einen Zipfel seines Polohemds zurück in den Hosenbund.

»Wann fliegst du das nächste Mal in Graach?«, fragte er beiläufig.

Du?, dachte Max. Ja, es ist wohl an der Zeit dafür.

»So bald wie möglich«, antwortete er.

»Ich hab vor, meine alten Knochen wieder öfter in die Luft zu heben.« Georg schmunzelte. »Wer weiß, wie lang es noch geht.«

»So alt sind die noch nicht«, widersprach Max. Ihm kam ein anderes Bild von Knochen in den Sinn. Er bog um die letzte Kurve. Der Ortseingang lag vor ihm, er bremste ab.

»Schönen Gruß von Olga, übrigens«, meinte Georg, als sie rechter Hand an der Burgruine vorbeifuhren. »Sie sagte, Julie habe wie immer einen guten Geschmack.«

»Danke.« Max' Ohren wurden ein bisschen warm. »Gruß zurück.«

Nach der kurzen Fahrt durch den Ort bog er auf den Weg zum Hof der Molitors ein und rollte langsam weiter. Er hielt an der Zufahrt.

Der Himmel war bleigrau und wolkenbedeckt, das Tageslicht verdunkelt, es sah nach Regen aus. Still lag der Hof da. Die vorderen Rollläden des Wohnhauses waren heruntergelassen, es wirkte abweisend. Schräg vor der Scheune parkte ein schwarzer Sportwagen. Max stockte, »JM 77« stand auf dem Kennzeichen.

»Zufall?«, fragte er.

»Wie man's nimmt«, erwiderte Georg. »Das Auto habe ich zuletzt in Bullay vor Müllers Praxis gesehen. Park dort drüben hinter den Hecken, wir sind wohl besser vorsichtig.«

Im Schritttempo ließ Max den Wagen weiterrollen. Nach ein paar Metern stoppte er und machte den Motor aus.

Eine Ahnung von Gefahr stieg in Max auf, sein Instinkt warnte ihn. »Willst du erst mal im Auto warten?«, fragte er Georg. Der schüttelte den Kopf.

»Gut, dann los.« Max stieg aus und schloss leise die Fahrertür. Aus dem benachbarten Wald schrie ein Vogel, gellend und heiser wie eine alte Frau. Es war schwül, neben Max wischte sich Georg über die Stirn.

Langsam näherten sie sich dem Haus. Sie kamen hinter den Hecken vor und hatten den Hof im Blick.

In dem Moment wurde die Haustür aufgerissen. Im Eingang stand ein heftig gestikulierender Mann mit schmalem Oberkörper und grauen Locken. »So nicht!«, schrie er.

Blitzschnell wichen Max und Georg hinter das Gebüsch und spähten durch die Zweige zum Hof.

»Wir hatten einen Pakt«, schrie Jörn Müller ins Innere des Hauses. »Du bist ausgestiegen und hast gequatscht. In *deiner* Situation, wie blöd kann man sein? Du glaubst doch nicht im Ernst, dass ich weiter schweigen werde.« Ein Zeigefinger ging stechend nach vorn. »Ich hab damals alles für mich aufgeschrieben, die Einzelheiten, alles, was dein feiner Freund Roland mir im Suff erzählt hat. Noch bevor du ihm einen Maulkorb verpassen konntest. Ihr sadistischen Schweine.« Müllers kreischende Stimme überschlug sich. »Du weißt, dass ich es weiß!«

Aus dem Hausinneren drang ein dumpfer Laut. Gleichzeitig wurde Müller mit dem Rücken zuerst aus dem Türrahmen katapultiert, sein weißes Hemd schoss wie ein Segel durch die Luft. Uwe Molitor hatte ihn angesprungen und landete mit wutverzerrten Zügen auf ihm.

»Du wirst deine Schnauze nicht aufmachen!«, schrie er, hob die Faust und ließ sie in Müllers Gesicht fahren. Ein Schmerzensschrei gellte durch die Luft.

»Scheiße«, zischte Georg neben Max. Beide tauschten einen Blick und rannten los zum Hof.

Uwe Molitor drückte Müller zu Boden, holte zum zweiten Mal aus und schlug zu.

»Stopp«, rief Max. »Sofort aufhören. Lassen Sie den Mann los!«

Georg und Max stürzten sich auf Uwe Molitor und zerrten ihn von dem Psychologen herunter. Molitor wand sich, sein trainierter Körper war kräftig, Max musste mit aller Gewalt zupacken.

Jörn Müller lag noch am Boden, aus seiner Nase lief Blut. »Du Schwein«, jaulte er und rappelte sich auf die Knie hoch. »Wolltest du noch mal sehen, wie einer stirbt? Wie damals bei dem Polen. Du kranker Drecksack.«

Max drehte Uwe Molitor den Arm auf den Rücken, Georg hielt ihn von der anderen Seite fest.

»Herr Molitor, Sie sind vorläufig festgenommen«, keuchte Max, angelte sein Handy heraus und wählte die Nummer der nächsten Leitstelle. In knappen Worten forderte er Verstärkung an. Fast hätte er den Arzt für Müller vergessen. Als er schon auflegen wollte, erinnerte ihn Müllers Greinen daran.

»Lassen Sie mich los«, befahl Uwe Molitor. »Das war eine rein private Auseinandersetzung. Der Mann hatte schon immer ein Problem mit mir. Nun setzt er üble Lügen in die Welt.«

»Weißt du eigentlich, was du deinen Eltern antust?«, fragte Georg scharf. »Schämst du dich nicht?«

»Was mischen Sie sich denn jetzt ein?«, herrschte Uwe Molitor ihn an. »Ich hab eine weiße Weste. Es gibt bereits eine Täterin.«

Er redet von seiner Mutter, dachte Max ungläubig.

»Der Mann da ist ein Killer.« Uwe Molitor zeigte auf Müller. »Er hat seine Freundin auf dem Gewissen. Der Kretin hat eine tote Frau auf den Fahrersitz geschleift, damit es so aussieht, als sei sie gefahren. Danach hat er mir mit seinen Schuldgefühlen die Ohren vollgejault.«

Plötzlich drang ein markerschütternder Schrei durch die Luft, Max fuhr herum. Mit irrem Gesicht kam Gernot Molitor vom Hühnerstall auf sie zugestürmt. In seiner rechten Hand hielt er ein Jagdgewehr.

Verdammt, fluchte Max innerlich, wir haben den Hof *durchsucht*. Es gab keine Waffen.

Wie von Sinnen hechtete Gernot auf seinen Bruder zu, das Gewehr im Anschlag. Erschrocken wich Georg zurück und ließ Uwe Molitor los. Der riss sich blitzschnell aus Max' Griff, machte einen Ausfallschritt, wollte losrennen. Gernot schlug ihm den Gewehrlauf in den Rücken. Mit einem Stöhnen ging Uwe zu Boden.

»Immer hat die Mutter alles für dich gemacht«, schrie Gernot. »Immer für dich. Alles. Und du hast es einfach hingenommen, noch nicht mal dankbar warst du. Aber in den Knast gehen lässt du sie nicht für dich. Du lässt nicht die Mutter für dich kaputtgehen. Nur über meine Leiche.«

Gernot stand über Uwe und richtete den Gewehrlauf auf ihn. »Ich hab's mitgekriegt damals, ich bin nicht blöd«, schrie er. »Das war damals schon mein Hof, ich krieg mit, was da passiert. Du hast als Kind schon die Tiere gequält, wolltest immer Macht haben. Der Jakub war in Ordnung, der war ein guter Kerl. Du und Roland, ihr habt ihn auf dem Gewissen. Ich hab seine Schreie gehört in der Nacht. Ich hab nix gesagt, weil du mein Bruder bist, weil ich die Schande von unserer Familie weghalten wollte.« Er japste nach Luft. »Ich hab für die Mutter geschwiegen. Aber jetzt ist Schluss.«

Gernot legte das Gewehr an, sein Zeigefinger krümmte sich um den Abzug.

Adrenalin peitschte in Max auf, die folgende Sekunde erschien ihm gedehnt wie drei oder vier. Er stürzte nach vorn und warf sich mit seinem ganzen Gewicht gegen Gernot. Beide gingen zu Boden. Ein ohrenbetäubender Knall schnitt Max ins Trommelfell.

»Aarr«, schrie Uwe Molitor. Mit gebleckten Zähnen griff er sich an die Schulter, zwischen seinen Fingern rann Blut hervor.

Unter Max wehrte sich Gernot mit der bulligen Kraft jahrelanger körperlicher Arbeit. Max merkte sofort, dass er ihn nicht lang unten halten konnte. Neben ihm lag das Gewehr auf dem Boden. Georg stand wie gelähmt dahinter. Dann trat er es außer Reichweite.

Gernots Hand krallte sich schmerzhaft in Max' Gesicht, er rang nach Atem. Mit einem lauten Fluch kam Georg Max zu Hilfe, drückte Gernots Oberkörper herunter, hielt ihn an der Schulter und kniete sich halb darauf. Zu zweit brachten sie Gernot unter Kontrolle. Ein paarmal wand er sich noch heftig, schließlich wurde er ruhiger.

Max roch eine Alkoholfahne. Gernots Miene war rasend vor Zorn und gleichzeitig unendlich verzweifelt. Einige Meter von ihm entfernt rollte sich sein Bruder schreiend und blutverschmiert auf der Erde.

Aus der Ferne hörte Max Polizeisirenen, Erleichterung überlief ihn. Zeitgleich kam von links ein würgendes Geräusch. Max drehte den Kopf und sah, wie Jörn Müller sich über die Oberschenkel erbrach, gelb-grüne Flecken prangten auf seiner Jeans und dem weißen Hemd. Erst jetzt nahm Max das laute Gackern wahr, das vom Hühnerstall herüberklang. Er atmete tief ein und verdrängte aufkommende Bilder.

40

»Max, ich bin überhaupt kein Freund von solchen Alleingängen.« Werner Heil guckte streng.

»Hm«, machte Max.

»Vor allem, weil es nicht das erste Mal war.«

»Ich weiß.«

»Doch ich muss sagen«, langsam wandelte sich Werner Heils Ausdruck in den einer gewieften Katze, »insgesamt war's nicht schlecht.« Seine Mundwinkel bogen sich nach oben. »Gute Arbeit.«

»Danke schön«, sagte Max erleichtert.

Renate reckte den Daumen hoch. »Ein Haufen Glück war natürlich auch dabei. Trotzdem top. Ich wäre zu gern mit dabei gewesen.«

»Das glaube ich dir aufs Wort.« Max grinste.

»Wenigstens durfte ich Uwe Molitor im Krankenhaus beehren«, setzte Renate nach. »Dem Guten ging ganz schön die Muffe, was? Ordentliche Schmerzen.«

»Mit einem Schulterdurchschuss kein Wunder«, meinte Max. Er hatte wieder den verletzten Uwe vor Augen, dem die Überheblichkeit abhandengekommen war.

Gernots Aussage belastete seinen Bruder schwer, dazu kam die von Jörn Müller. Kollegen vom Bereitschaftsdienst hatten umgehend nach den privaten Notizen, von denen er gesprochen hatte, gesucht und sie in seiner Wohnung als Beweismittel sichergestellt. In einer alten Kladde mit Karopapier waren in rundlicher Handschrift zwei Seiten beschrieben, vermutlich ein authentisches Gedächtnisprotokoll. Fassungslos hatte Max es gelesen.

»Roland war zu mir gekommen, er war schon besoffen, als er ankam, und wahrscheinlich wieder bekifft. Hat weiter Bier getrunken und von seiner letzten Motorradtour erzählt. Auf einmal fing er an. ›Ich hab was geseh'n, was

noch keiner geseh'n hat.‹ Ich dachte, es geht um die Tour. Er hat aufgelacht. Manchmal ist er mir unheimlich. ›Es war Uwes Idee‹, fuhr er fort. ›Der kam damit an, abends nach paar Bier, einfach so. Er wusste alles drüber, hatte im Internet nachgelesen, sich haarklein informiert. Wusste genau, was beim Erdrosseln passiert, die einzelnen Phasen und so. Und dass es viel länger dauert, als man denkt. Uwe wollte sehen, wie's ist, in echt ist, wenn er jemanden in der Hand hat, wenn jemand sein Leben verliert. Der war total gierig danach. ›Du machst was, was keine Steigerung mehr hat‹, hat er gesagt und geglüht dabei. ›In echt machst du das, es ist kein Film. Den Polen vermisst eh keiner‹, hat er gesagt, ›egal, wenn der von heut auf morgen verschwindet.‹ Uwe hatte ein bisschen Koks. Wir waren total drauf. Dann haben wir's einfach gemacht, bei Uwe im alten Stall. Erst haben wir den Polen gefesselt, paar Sachen ausprobiert. Dann haben wir ihm die Luft abgeschnürt, gesehen, wie er zappelt. Er war schmal und hübsch, fast wie ein Mädchen. Naiv glaub ich, man hatte Lust dem wehzutun.‹«

Max hatte an Jakubs Mutter gedacht, Wut hatte ihn geschüttelt. Er wusste um menschliche Abgründe, sie waren nichts Neues für ihn. Doch er verstand nicht, warum kranke Gehirne vom Denken ins Tun kippten.

Die Ermittler hatten Uwe Molitor schon im Krankenhaus mit dem Gedächtnisprotokoll konfrontiert.

»Unsinn«, hatte er gekeucht. »Frei erfunden.«

»Komm mal mit raus«, hatte Werner Heil zu Max gesagt und sich auf dem Gang kurz mit ihm besprochen. Renate blieb bei Uwe Molitor.

Nachdem Max und Werner Heil in den Behandlungsraum zurückgekehrt waren, setzte der Chef die Befragung fort. »Ihr Bruder Gernot weiß, dass altes E 605 vom Hof verschwunden ist. Er weiß auch, dass Sie Donnerstagabend bei Ihren Eltern waren, und zwar mit einem anderen Auto als sonst, einem Ihrer Firmenwagen.«

Schweißperlen waren über Uwe Molitors Schläfen gelaufen. Er war nicht in akuter Lebensgefahr, doch die blanke Angst stand ihm im Gesicht.

»Das mit dem Polen damals war Rolands Idee«, hatte er gejapst. »Ich hab nur mitgemacht. Wir wollten sehen, wie weit man gehen kann, haben ein bisschen rumprobiert. Wir haben's wohl übertrieben, plötzlich war der tot. Wir haben das nicht gewollt, es war ein Unfall. Aber wir mussten die Leiche loswerden. Ich glaube, es hat Roland sogar fasziniert, das Ding mit der Mühle. Dann war Gras über die Sache gewachsen, den Polen hat doch keiner vermisst.« Molitor hatte die Zähne aufeinandergebissen. Renate stand neben ihm und nickte. »Als die Knochen der Teile, die wir vergraben hatten, aus der Erde kamen«, fuhr Uwe Molitor gequält fort, »hat Roland die Nerven verloren. Der war komplett paranoid. Ich konnte mir von dem nicht meine Existenz ruinieren lassen. Der war so durch, der hätte alles ausgequatscht. Hat mich in der Firma angerufen, auf meinem zweiten Handy, hat mir sogar Mails geschickt. Ich musste handeln.«

»Wissen Sie etwas zum Tod von Jessica Göbel?«, hatte Max gefragt.

»Roland hat die kaltgemacht, er war in dem Haus von diesem Bauunternehmer. Der hat doch bei uns auf dem Grundstück gegraben. Ich hab's Roland gesagt, hab gesagt: ›Guck nach, ob der was gefunden hat.‹ Ich wusste nicht, dass der Idiot so durchdreht. Er ist von der Putzfrau überrascht worden und hat sie aus dem Fenster geschmissen. Danach hat er mich vollgegreint, ich solle was unternehmen.«

Renate hatte Uwe aufmerksam angesehen. Er hatte Qualen gelitten, und dennoch schien das Gestehen für ihn befreiend zu sein. Schließlich war er in den OP gebracht worden.

»Weißt du, wie es Helmut Molitor geht?« Renates kräftige Stimme holte Max aus seinen Gedanken. Er verneinte.

Helmut war ein paar Stunden vor der Eskalation zwischen den Brüdern mit Verdacht auf Herzinfarkt ins Krankenhaus gekommen. Vermutlich hatte das dazu beigetragen, dass Gernot ausgerastet war. Dazu kam der Alkohol, den er intus gehabt hatte.

Wie es Lieselotte Molitor ging, wusste Max. Nicht gut. Es war der schwerste Gang an diesem Tag für ihn gewesen. Er war in die Haftanstalt gefahren und hatte Lieselotte mit der Auseinandersetzung zwischen ihren Söhnen konfrontiert, berichtet, dass Gernot Uwe schwer belastete, dass der Ältere angeschossen worden war, dass er gestanden hatte.

Lieselotte hörte ihm zu, alle Farbe wich aus ihrem Gesicht. Sie schüttelte stumm den Kopf. »Ich war es. Nicht der Uwe.«

»Frau Molitor, es hat keinen Sinn mehr.«

Lieselotte hatte geschwiegen.

»Bitte«, sagte Max. »Sie werden Uwe nicht vor seiner Strafe bewahren können.«

»Ich war es.«

»Frau Molitor, Ihr Mann liegt im Krankenhaus.«

Lieselotte zuckte zusammen, blanker Schrecken trat in ihre Züge.

»Verdacht auf Herzinfarkt«, hatte Max erklärt. »Sie müssen für Ihren Mann da sein, er braucht Sie.«

Still hatte Lieselotte in dem kahlen Befragungsraum gesessen, die Hände im Schoß gefaltet. Die dunkelrote Anstaltskleidung wirkte an ihr noch unpassender als das Kostüm. »Wie geht es Helmut?«, hatte sie geflüstert.

»Ich weiß es nicht. Doch Sie helfen niemandem, wenn Sie bei Ihrer falschen Aussage bleiben. Im Gegenteil. Widerrufen Sie Ihr Geständnis und kümmern Sie sich um Ihren Mann.«

Lieselottes graublaue Augen wurden feucht. Sie blinzelte, eine einzelne Träne rann über ihre Wange.

»Frau Molitor, Sie waren es nicht, stimmt das?«

Lieselotte saß reglos da, sekundenlang. Schließlich nickte sie. Max hatte für einen Moment das Gefühl gehabt, in ihre Seele zu blicken. Darin war es wie in einem kühlen trockenen Stall, mit Stroh auf der Erde und leeren Viehstricken.

»Woher wussten Sie das mit dem Zwiebelkuchen und dem Gift?«, wollte Max wissen.

Lieselotte zuckte mit den Schultern. »Donnerstagabend war der Rest Zwiebelkuchen verschwunden, der in der Küche gestanden hatte«, antwortete sie mit gebrochener Stimme. »Dass Sie Gift suchen, wusste ich von Gernot.«

»Wissen Sie seit neunzehn Jahren von dem Mord an Jakub? Haben Sie es damals bemerkt?«

Lieselotte hatte geschwiegen, beharrlich und auf jede wiederholte Nachfrage von Max hin.

Welche Fakten sie kannte, war bislang unklar. Aber sie hatte gewusst, dass sie ihren Sohn retten musste, dass die Indizien zu belastend geworden waren, dass sich die Schlinge eng zog. Es war das Wissen der Mutter.

Der Ausgang des Falls hatte Max getroffen, die Details zu Jakubs Tod, die Verzweiflung der Eltern eines Mörders.

Nachdenklich schaute er aus dem Fenster neben Werner Heils Schreibtisch, draußen regnete es.

»Chef, ich hätte gern drei, vier Tage Urlaub. Geht das?«, fragte er.

»Natürlich. Den hast du dir verdient.«

»Super.« Max stand auf, seine Beine fühlten sich steif an. Es war noch einiges an Schreibkram zu erledigen, die Lust dazu hielt sich bei ihm in Grenzen.

»Warte, ich komm mit dir raus.« Flink sprang Renate von ihrem Stuhl hoch.

Auf dem Gang zwinkerte sie ihm zu. »Gut, dass der Uwe Molitor ausgepackt hat, gell?«

Max zögerte. »Jaaa«, antwortete er gedehnt.

»Als ihr im Krankenhaus kurz vor der Tür wart, hab ich dem klargemacht, dass kein OP frei wird, bevor er geredet hat. Hab ihm auch gesagt, dass einer unserer Kollegen am Schulterdurchschuss gestorben ist.«

Max blieb stehen. »Wie bitte?«, fragte er ungläubig.

»Ach«, Renate winkte ab, »das war doch nur so gesagt. Und stimmt ja auch nicht.«

Max wusste, dass Derartiges bei Renate niemals beiläufig kam. Renate *glaubte* man das.

»Verdammt, Renate, weißt du, was das bedeutet?«

»Denkst du, ich hab Lust, zuzugucken, wie sein gelackter Anwalt den Molitor da rausboxt?« Sie zog eine Schnute. »Wir brauchten ein Geständnis. Das haben wir. Punkt. Außerdem bleibt die Sache mit dem OP ja unter uns.«

Max atmete gepresst aus. »Ich bin erst mal ein paar Tage weg.«

»Wo geht's denn hin?« Renate legte den Kopf schräg, Neugier war eine ihrer hervorstechenden Eigenschaften.

»Fliegen«, antwortete Max und fühlte leise Vorfreude. »In neuen Winden.«

41

»Hella, guck mal, Julie hat gemailt. Sie hat Fotos geschickt«, rief Georg aus seinem Arbeitszimmer.

»Was sagst du?«, fragte Hella vom Wohnbereich her. »Ich versteh dich nicht.«

Kein Wunder, dachte Georg. Aber wenigstens war er von Mick Jagger übertönt worden und nicht von einer barocken Falsettstimme. Eben hatte Hella die Stones aufgelegt.

Georg nahm den Laptop und ging damit rüber zu ihr. Ein Schmunzeln überlief sein Gesicht. Hella stand neben dem Sofa und hatte eine Weinflasche zwischen die Beine geklemmt. Kräftig zog sie an einem Korkenzieher aus gedrehtem Rebenholz, ein lautes Ploppen erklang. Fast wie eine Trophäe hob Hella den vom Gewinde durchbohrten Korken an die Nase und schnupperte.

Vor ein, zwei Jahren hatte Georg einen teuren Druckluft-Korkenzieher angeschafft. Hella hatte ihn skeptisch beäugt. »Hat der auch eine Gangschaltung?« Dann hatte sie ihn zur Seite gelegt. »Das ist mir zu kompliziert.«

Hella goss ein, mit einem hellen Gluckern floss der Wein in die Gläser. »Du, ich habe doch noch Calmont im Keller gefunden«, sagte sie. »Da sind noch mehrere Flaschen.«

»Ach so?« Georg stellte den Laptop auf den Couchtisch und nahm das Glas an, das Hella ihm reichte. Der Engel trinkt sowieso lieber Bier, dachte er und stieß mit Hella an. »Zum Wohl.«

Sie führte das Glas an ihre rot geschminkten Lippen. Auch Georg trank einen Schluck. Wie immer bei diesem Wein war er augenblicklich begeistert. Er ließ sich auf die Couch fallen und zog schlürfend einen weiteren Schluck in seinen Mund.

»Ach, Georg«, seufzte Hella. »Ich bin so froh, dass wir das alles hinter uns haben.«

»Ich auch«, erwiderte Georg. »Und wie. Also, schau mal, Julie hat Fotos geschickt.«

Hella setzte sich vor den Computer. In rotem Fliegeroverall und gelbem Helm lachte Julie vor einem wolkenlosen Himmel, dicht neben ihr strahlte Max Engel. Georg öffnete das nächste Foto. Julie hing vor Max im Gurtzeug und breitete begeistert die Arme aus. Am Horizont weit hinter ihr gingen Meer und Himmel ineinander über.

»Ich nehme den Laptop morgen zu Mathilde mit«, sagte Georg. »Wir können ihr die Bilder zeigen. Vielleicht freut sie sich.«

»Gute Idee.« Hella nickte. »Was schreibt Julie?«

»Dass man im Norden von Mallorca super fliegen kann. Dort gibt es einen Berg, Sankt Marti, oder so, von dem aus sie starten.«

Georg klickte zurück auf Julies Mail, Hella beugte sich ein Stück vor. Ihre Pupillen huschten über den Text, sie kicherte.

»Mit einem Engel fliegt es sich besonders schön«, las sie vor und grinste Georg an. »Möchtest du auch dorthin? Du könntest fliegen, und ich mache Yoga.« Sie rekelte ihren Oberkörper ein wenig hin und her. »Tue was für meine Beweglichkeit.«

Georg betrachtete sie von der Seite. Sie roch wunderbar blumig, ihre Wangen waren gerötet, und ihr Haar floss in dicken Strähnen bis zu den Schultern.

»I can't get no ... satisfaction«, knödelte Mick Jagger im Hintergrund.

Herr im Himmel, dachte Georg, der Kerl ist *älter* als ich.

Hella trank einen Schluck Wein. »Mmhh«, machte sie. Ihr weit ausgeschnittenes Oberteil rutschte über ihre Schulter, als sie das Glas wieder abstellte.

Georg spürte ein Kribbeln im Bauch. »Apropos Beweglichkeit ...«, sagte er.

Hella lächelte geheimnisvoll und drückte sich an ihn.

Es versprach, ein guter Abend zu werden.

Hannah Corvey
HEIDELBERGER WASSER
Broschur, 272 Seiten
ISBN 978-3-7408-0045-1

»Ein sprachlich und inhaltlich ausgefeilter Roman über menschliche Abgründe, der durch einen spannenden Plot und psychologischen Tiefgang glänzt.« Die Stadtredaktion

www.emons-verlag.de